気がついたら
妹とできていて
悪女のそしり
います
鬼頭香月
Kouduki Kitou Presents
fairy kiss

この作品はフィクションです。
実際の人物・団体・事件などに一切関係ありません。

気がついたら婚約者が妹とできていて
悪女のそしりを受けています

序章

彼に出会ってから、エリーゼは夕陽(ゆうひ)を見るのが好きになった。

地平線近くの燃えるようなオレンジ。そこから中天へ向けて黄、紫、藍へと変わる色。

それは、自分は醜く汚れた存在だと信じていたエリーゼに、初めて『エリー、君は美しいよ』と言ってくれた優しい友人の髪色だった。

「エド、見て。空がとても綺麗(きれい)」

馬車の中から外を見たエリーゼは、瞳を輝かせて隣に座るエドを振り返った。

夕暮れ時までエドの生家であるデューリンガー侯爵邸で過ごし、滞在している祖父の家に送ってもらう道中だった。

「ん？」

声をかけられたエドは、少し腰を浮かしてエリーゼ側の窓から外を覗(のぞ)く。目の前に彼の顔が近づけられ、エリーゼはその整った容貌をさりげなく見つめた。

夕陽が射(さ)して、彼の翡翠色(ひすいいろ)の瞳は宝石のような輝きを孕(はら)んでいた。身を起こした際に揺れた背に届くほどの髪は、とても美しい夕陽色だ。根元は黒で、そこから藍、紫、黄、オレンジへと変化する。

何度見ても美しい友人の横顔に見入っていると、彼は外の景色からこちらに視線を戻し、ふっと笑った。

「エリーは夕暮れが好きだね。俺の髪と同じ色だから？」

エリーゼは、夕陽を目にするたび嬉々としてそれを彼に知らせていた。そんな態度から、内心を見透かされたのだろう。エドはエリーゼを愛称で呼び、面白がるような表情で尋ねた。

まだ十二歳なのに、間近で笑う彼の表情には大人びた色香があり、二歳年下のエリーゼは頬を染めた。

「うん。……エドの髪は、とても綺麗だもの」

真っ白なエリーゼの髪とはまた違う、特異な色をしたエドの髪。

魔法使いが生まれないマルモア王国出身のエリーゼは、自分の髪が異質だと感じて育った。かの国には、黒や金、栗色の髪の人しかいないのである。

けれどエリーゼが三歳の時にこの世を去った母の故郷——テュルキス王国は、人口の三割が魔法使いで、人々の髪色も様々だった。

祖父によれば、それはテュルキス王国が建国されるまでに、様々な人種が入り混じった歴史があるからなのだとか。

この国には、白い髪のエリーゼを見て珍しそうに振り返る人はおらず、また魔力があるからと排斥する人もいない。

エリーゼがこの楽園のような国の存在を知ったのは、五歳の頃だ。

母が亡くなった半年後、父は後妻を迎え入れ、ほどなく子に恵まれた。その翌年から、エリーゼは春から秋までの間、テュルキス王国の祖父のもとに預けられるようになったのだ。

　エリーゼには実母譲りの魔力があり、父が魔法を勉強した方がいいと勧めるので、従った。最初こそ父の傍を離れるのは寂しかったけれど、エリーゼはすぐにテュルキス王国で過ごすのが好きになった。

　毎日のようにエリーゼを『老婆のような色の髪』『邪悪な魔力』『醜い顔』と言って罵る継母がいない世界は、輝いていた。それどころか、祖父は愛情いっぱいに接してくれ、友人になったエドも親切で優しい。

　自分は醜く邪悪なのだと信じていたエリーゼは、当初、祖父やエドの態度に戸惑った。無償で注がれる愛情や優しい言葉は、いつか翻される嘘で、いずれ酷い仕打ちを受けるのだと警戒していた。だけど愛情は途絶えることなく、エリーゼは次第に彼らを信じるようになった。

　エドは自分に自信が持てないエリーゼを何度となく励まし、親身になって魔法の使い方も教えてくれた。貴族令息としてエスコートもそつなくこなし、二歳しか違わないのに振る舞いは紳士そのもの。

　エリーゼはいつしか彼に恋をし、想いを胸に秘めて共に過ごしていた。

　祖父の家に戻る道すがら、素直に称賛の言葉を贈ったエリーゼに、エドは笑う。

「そう、ありがとう。俺も、君のその雪みたいな髪が好きだよ。光が射すと、雪原みたいにキラキラして、とても綺麗だ」

　隣に座り直しながらさらっと褒められ、エリーゼは視線を落とした。彼に出会ってから五年、これは毎度のように聞かされている言葉だった。けれど自分への賛辞は、やっぱり何度聞こうと慣れない。

「あ、ありがとう……」

「髪だけじゃなくて、その青い目も、嬉しい時の笑顔も、魔法を一生懸命勉強してるところも、君は全部可愛いよ」

恥ずかしさを堪えてやっとのことで返事をしたエリーゼは、更にかぶせて褒められ、返答に窮した。

にこっと笑って顔を覗き込まれ、耳まで赤くしながら眉を吊り上げる。

「か、揶揄ってるの？　意地悪しないで。褒められ慣れていないのって言ったでしょ……っ」

褒められると、どういう反応をしたらいいのかわからなくなる。幼い頃から継母に罵られて育ったエリーゼを知るエドは、ははっと笑い、手を伸ばした。

「揶揄ったわけじゃないよ。本心を言っただけ」

親指の腹で赤くなった頬を撫でられ、エリーゼはますます頬を染める。彼はそんなエリーゼを気にせず、顔を寄せてコツンと額を重ねた。

「……エリー。君は可愛いし、美しい子だよ。どうぞ忘れないで」

甘い言葉と一緒に左手を重ねられ、エリーゼはつい、そちらに視線を向ける。

エリーゼの左手薬指には、数か月前にエドから贈られた手作りの指輪がはめられていた。ラピスラズリとトルマリンを使った、身の安全と健康を保つ魔法がかけられた指輪だ。花を模したデザインが可愛くて、とても気に入っている。

お返しにエリーゼも身を守る魔法をかけた指輪を作って贈るも、彼が作ったような繊細な細工はできなかった。でもエドは喜んで受け取ってくれ、彼も左手薬指につけてくれている。

そんな指輪が重なる様を見ていた時、ふっと窓から射していた太陽の光が遮られた。雲が隠したにしては異様に暗く、エリーゼは振り返る。同時に窓を見やったエドが、突然、力強くエリーゼの手を引いた。

「――伏せろ、エリー！」

エドはエリーゼが事態を理解するのを待たず、その頭を抱え込んで座面に伏せた。直後、ガラスが壊れるような大きな音が響き渡り、馬の嘶きや御者と護衛の怒声が上がった。

「何者だ！　これがデューリンガー侯爵家所縁の馬車と知っての狼藉か……！」

テュルキス王国で、デューリンガー侯爵家を知らぬ者はいなかった。デューリンガー侯爵家は王の覚えめでたい歴史ある名家であり、その当主は強力な魔力を有することで知られている。その彼を敵に回すような愚かな真似をするのかと問われるも、襲撃者たちは何も答えなかった。

馬車の周囲には何頭もの馬が並走する足音が轟き、呪文を唱える声があちこちから聞こえる。

頭を押さえるエドの腕の力が緩み、顔を上げたエリーゼは、周囲を見渡した。窓が割れたのかと思ったが、まだガラスは無傷だった。だが窓の外には稲光が走り続けており、何者かの攻撃を受けているのだとわかる。

エリーゼが乗っている馬車には、不審者が近づかないよう、デューリンガー侯爵が結界を張っていた。それが攻撃魔法に反応し、音や光を放っているのだ。

そして目を凝らして窓の外を見たエリーゼは、青ざめる。

「エド……変な人たちが、たくさん周りにいる……！」

馬車の外を、真っ黒に塗り潰した不気味な面を被った者たちが取り囲んでいた。その数、十騎あまり。太陽が地平線に沈み、薄暗くなった世界で闇色の面を被る彼らは、まるで顔のない人間のようだった。

襲撃者たちが唱える呪文が鮮明に聞こえ、エドもまた青ざめる。

「……ダメだ。結界が、壊される」

どういうこと。デューリンガー侯爵は並大抵の魔法使いでは太刀打ちできない、尋常でない魔力を持つ魔法使いだ。その彼が張った結界が壊れるはずない。

——と、エリーゼがエドに言おうとした刹那、馬車の全方位から魔法が放たれた。

紫の稲光が馬車全体を覆い、エドがエリーゼを抱え込む。鼓膜が破けてしまうのではないかと思うほどの大きな爆発音が上がり、何かが割れる音と共に馬車は撥ね、転がった。

いくらデューリンガー侯爵がかけた結界でも、一度に複数の魔法使いから攻撃されたら破られる。エリーゼはこの時、馬車の中でエドと一緒に転げ、天地がどちらかもわからない状態になりながら、魔法の摂理を知った。

「きゃああ！」

「エリー！」

衝撃でエドの手が離れ、エリーゼは正面にあった座面に腹を打ちつけ、その反動で仰向けに転倒する。痛みに顔を歪めると同時に視界が暗くなり、はっと目を向けると、上にあった扉がガチャッと開かれた。何者かが横倒しになった馬車の上に立ち、ドアを開けたのだ。

漆黒の面を被った男は、エドの手前にいたエリーゼを見下ろし、無造作に手にしていた剣を突き出す。その剣は、エリーゼの首を狙っていた。

避ける余裕も与えない素早さに、エリーゼは身動き一つできず、あっけなく命を奪われかけた。だが剣が首を切り裂く寸前、後ろにいたエドが呪文を唱え、男に杖を突きつける。閃光が走り、男は電流を受けて硬直した。その隙にエドはエリーゼを自らの方へ引き寄せ、背に隠す。

「後ろにいて。絶対に前に出ないで」

エリーゼは、自分を守るために、エドがあえて前に出たのだとすぐ理解した。

「エド……！」

危ない。どうか敵に近づかないで。そう思って手を伸ばすも、エドはエリーゼを奥へと押しやる。

「下がって、エリー！」

再び動き出した敵に向かって彼は呪文を唱え、魔法を放つ。魔法は難なく剣で弾かれたが、横合いから護衛が剣で男に斬りかかり、敵の意識がそちらへ向いた。

「痴れ者が！　呪いをかけた剣で子供を手にかけよと命じられ、従ったか！」

まがまがしい青い光に包まれた敵の剣は、呪いがかけられているようだった。怒声を上げる護衛に怯むことなく男は剣を振るうが、押されて後退していく。エリーゼがほっとしたその瞬間、別の襲撃者がぬっと馬車の中を覗き込んだ。エドがぎくっと肩を揺らしたと思った刹那、青い光に包まれた長剣が突き立てられた。シュッと空気を切る音がして、エリーゼは目を見開く。長く鋭い刃は、薄い少年の体をやすやすと突き抜けた。エドの薬指につけていた指輪がパン！　と音を立てて砕け散り、エリーゼは呼吸も忘れた状態で、やけに冷静に頭の中で思う。

――身を守る魔法が、砕かれた。

エリーゼの拙い魔法は、大人の呪いを前にあっけなく霧散した。エドの胸を刺した剣は、その背後にいたエリーゼの胸まで届き、心臓を突く。

「か……っ」

エドの口から、変な声が漏れた。剣がズッと引き抜かれ、エドの体がエリーゼの上に伸しかかる。呪いが胸の傷から全身に流れ、激痛に襲われた。エリーゼはあまりの痛みに涙を浮かべ、薄れる意識の中、エドの体を抱き締める。

「エ……ド……」

――エド。死んじゃ嫌。私まだ……貴方（あなた）に好きって告白もしていない……。

抱き竦（すく）めた彼の体は、まだ温かかった。

襲撃は、名家で知られたデューリンガー侯爵家の馬車を狙った金銭目的の盗賊によるものだった。だが護衛に阻まれ、盗賊は何も盗めず逃走したという。

剣で胸を刺された一週間後、目を覚ましたエリーゼは、現実を受けとめ切れないままそんな事件のあらましを聞かされた。

幸いにも襲撃は治癒魔法の名手であった祖父の家の近くで起こり、エリーゼは一命をとりとめた。しかしエドは、助からなかった。傷が深すぎて、治癒し切れなかったのだ。

祖父にそう教えられても、エリーゼは信じられず、数日後に執り行われた葬儀でやっと現実なのだと理解した。

柩（ひつぎ）の中に横たわっていたエドは、ピクリともしなかった。

顔は青白く、瞼は開かず、唇にも、手にも、どこにも体温はない。
その瞳にエリーゼが再び映されることはなく、握り返してくれない彼の手を握りながら、エリーゼは滂沱の涙を零した。

脳裏には、自分を守ろうと目の前に立ち塞がった彼の後ろ姿が生々しく蘇っていた。
あの日、祖父の家まで送ってもらわなければ、エドはまだ生きていたかもしれない。
考えても意味のない可能性を想像しては、エリーゼは絶望感に襲われた。
もうあの優しい少年の笑顔は見られない。額を重ねて勇気づけてくれたあの声も、抱き寄せてくれた体温も、この世にはない。

　母を失った時、幼すぎたエリーゼは悲しさを知らなかった。だけど十歳になった今、愛する者を失う痛みは心を苛み、全身が震えて、エリーゼは息もままならないほどの悲しみに包まれた。

――エド。貴方がいない世界は、寂しくてたまらない。

　エリーゼはこの世の終わりのように泣き続け、その夜、もう二度と大切な人を失いたくないと強く願いながら、眠りに落ちた。

一章

一

日中は温かな光が降り注ぎ、庭園で穏やかに過ごせるようになった春の初め――マルモア王国では珍しい純白の髪をきりりと結い上げ、小綺麗な小花模様のドレスを纏ったエリーゼは、淑やかな足取りで自宅の廊下を歩いていた。

時刻は昼の十二時。今日は十一時に婚約者のヨハン・エックハルトが訪れる予定だったが、一向に現れないので、妹の顔でも見ようと自室を出たのだ。

最低限の使用人しかいないエリーゼの生家、ミュラー侯爵家の廊下は静まり返り、人がいる気配はない。

ふと、あちこちに人がいた幼い頃が懐かしく感じられ、エリーゼは足をとめ、小さなため息を吐いた。何気なく開け放たれた廊下の窓から階下を見下ろし、あら、と目を瞬かせる。

純粋で無邪気な内面がそのまま現れた、天使のように可愛らしい容貌の妹――アンネが、庭園に置かれた円卓の席に座っていた。

目映く光を弾くハニーブロンドの髪に薄青の瞳を持つ彼女の隣の席には、金糸の刺繡が入った孔雀色の上下に身を包んだ青年がいる。

エリーゼに背を向ける位置に座る青年の顔は見えない。だが頬杖をついたその袖口にはエメラルドのカフスが覗き、いかにも裕福そうだった。

――今日、アンネに来客の予定はなかったはずだけど――とエリーゼは小首を傾げ、程なく、それが誰か悟った。妹に話しかける青年の横顔が見えたのだ。

柔らかそうな栗色の髪に、どこか色香が漂う少し垂れた榛色の瞳。鼻筋はすっと通り、真顔でいれば凛々しいけれど、微笑むと妙に庇護欲を煽る幼い顔つきになる男の人。

アンネと楽しげに談笑していたのは、今日エリーゼと会う約束をし、一時間も待ちぼうけさせた婚約者――エックハルト男爵家の嫡男、ヨハンであった。

エリーゼは眉尻を下げ、口を歪める。

「いつの間にいらっしゃっていたのかしら。おいでになっていたなら、先に私にお報せくださってもよかったのに」

婚約してから二年――今年二十歳になったエリーゼは、当初から妹とも仲良くしてくれる彼の気さくさには感謝していた。

アンネは赤子の頃から体が弱く、病気がちで、部屋で過ごすことが多かった。話し相手といえば、幼馴染みのアルミンという少年かエリーゼくらいのもの。

毎日刺激のない部屋で過ごす彼女は、よく外界の話や面白いものが見たいとねだり、アルミンは草花や木の実を手に訪れ、楽しませようと努めていた。エリーゼも実母から受け継いだささやかな魔力で魔法を披露し、アンネを慰めた。

だがヨハンとの会話はアンネにとって格別らしく、会うたび明るく笑っていた。

なにせヨハンは、成人した貴族令息。女性は十六歳、男性は十八歳で成人するマルモア王国では未成年のアルミンや、経済的事情で社交界に出られないエリーゼとは経験の数が違う。

恋のお話から社交界での噂話（うわさばなし）、流行のお店の情報や高価なお菓子の手土産まで、彼のもたらす全てがアンネにとって刺激的だった。

熱を出しては涙を零し、健康なエリーゼを羨んで時に恨み言を聞かせる妹を笑顔にしてくれる彼は、大変ありがたい存在なのである。

しかしヨハンには、周囲への配慮もなく自身の望むままに行動する一面があり、そこには時折困惑させられた。

今回も事前に到着を知らせなかった気ままな態度に思わず文句が漏れたエリーゼは、いけない、と口を閉じる。

――私のような娘を妻にしてもいいとおっしゃってくださったのだもの。感謝こそすれ、文句なんて言っちゃいけないわ。来訪された彼に誰も気づかなくて、人を探して庭に顔を出されただけかもしれないし。

今のミュラー侯爵家には門前に常駐で人を置く余裕はなく、来訪者は玄関先でドアベルを鳴らし、使用人が顔を出すのを待たねばならなかった。

そのドアベルが近頃、鳴らない時があるのだ。誰も顔を出さず、仕方なく庭に回ってみたら妹がいて、話し込んでしまったのだろう。エリーゼはそんな風にヨハンの動向を想像し、再び庭園に目を向けた。そして困り顔になる。

「アンネったら……」

温かな陽光に油断したのか、妹は部屋着のシュミーズドレス姿でヨハンと会話していた。

日射しは温かくとも、風はまだ冷たい。エリーゼはショールを持ってくるため、足早に妹の部屋に向かった。

今年十六歳になった妹は、まだ社交界デビューはできていない。けれど医者には、調子はよくなりつつあるので日光浴や運動を積極的に取り入れ、もう少し体力がつけば社交の場にも出られると言われている。

姉の目から見ても、アンネは近頃血色がよく、以前と比べものにならないくらいに美しく成長していた。社交界に出れば多くの令息が彼女に興味を持つのは想像に難くなく、エリーゼも姉としてその日が来るのが楽しみだった。

――アンネが社交界デビューをする日は、どんなドレスになるのかしら。あの人ならきっと、誰よりも目立つよう新調するわよね。

母屋の二階にある妹の部屋からショールを持ち出し、一階に素早く移動して庭園に出たエリーゼは、微かに顔を曇らせる。あの人こと継母のバルバラが妹に贈った絹のショールを見下ろし、苦々しい気分になった。

――あの人、エックハルト男爵家のおかげで借金はなくなったといっても、我が家の経済状況が好転しているわけじゃないと理解されているのかしら……。

今年二十歳になった男爵家の嫡男であるヨハンは、エリーゼと婚約する条件として、莫大なミュラー侯爵家の借金を肩代わりした。彼は、文字通り没落寸前だったミュラー侯爵家を救った、救世主なのだ。

十七年前――エリーゼとアンネの父であるミュラー侯爵は、流行病で最初の妻イルメラを亡くした。エリーゼが三歳の頃だ。

イルメラを深く愛していた彼は、彼女と同じ髪色のエリーゼが目の前に立つだけで涙を零すほど失意に満ち、沈んだ。その悲しみは深く、いつしか妻を思い出すのも辛いとエリーゼを見るのを避け、部屋に籠もるようになった。

そんな弱り切った父の心を癒やしたのは、当時二十三歳だったシュレーカー伯爵家の次女、バルバラだ。彼女はイルメラの侍女だった。

幼かったエリーゼには何がどうなってそういう結果になったのかわからなかったものの、母が亡くなった半年後、父はバルバラと再婚していた。

『これからよろしくね、エリーゼ。私を本当のお母様と思ってくれていいのよ』

新しい母上だよと父から紹介された彼女は、エリーゼのために膝を折って視線を合わせ、にこりと微笑んだ。

ハニーブロンドの髪に翡翠色の瞳を持つ、美しい女性。それは、いつも母の少し後ろに控え、エリーゼを『エリーゼお嬢様』と呼んでいた人だった。

その彼女に急に『母と思え』と言われ、エリーゼは首を傾げる。

――私の〝お母様〟は、お母様だけだけれど――。

実母の姿を脳裏に描き、エリーゼは心の中で訝しく思い呟くも、なんとなく頷いた。本能的に、思った言葉を口にすれば、父やバルバラの笑顔が曇ると感じたからだ。

父は反発しなかったエリーゼに安堵し、以降、娘の世話を後妻に任せた。だがバルバラは徐々にエリーゼを混乱させていった。

彼女は父がいなくなると人が変わったように怒りっぽくなり、すぐ手を出した。それどころか蔑みの目でエリーゼを見下ろし、罵るのだ。

『まあ！　〝お母様〟なんて呼ばないでちょうだい！　私はお前の母親ではないわよ、図々しい』

『なんて気味の悪い髪色なのかしら。白髪なんて、まるで死ぬ直前の老人のよう。お前もすぐに実母のように死んでしまうのでしょうね』

『何を泣いているの！　その鬱陶しい顔を私に見せないで！　お下がり！』

バルバラは父の前では『お母様と呼んでちょうだい』と言うのに、二人きりになればやめろと怒る。母や父に褒めそやされた外見を貶されたあげく、すぐ死ぬのだと言われて恐ろしくなって泣けば、容赦なく頬を打たれた。

そして父が赤く腫れた頬に気づいて理由を聞くと、彼女はエリーゼが悪さをしたのだと罪をねつ造した。

エリーゼは最初こそ『悪さなんてしてない』と父に訴えたが、それも次第に諦め、反論しなくなっていった。

いくら言っても継母は上手く父を丸め込むし、あとになって一層激しくエリーゼの頬を打つからだ。

なぜ事実を口にしただけなのに怒られるのか、エリーゼには理解できなかった。ただ継母の勘気に触れるのは恐ろしく、心は次第に萎縮し、怒られないようビクビクと過ごす日々になった。

父と再婚して一年後、バルバラはアンネを授かり、エリーゼへの手厳しさをエスカレートさせる。

腹違いの妹、アンネは生まれた頃から病弱で、医者には十歳まで生きられるかどうか——と言われていた。バルバラは神経過敏になっており、エリーゼがアンネに近づくだけで怒り狂い『私の可愛い天使に触らないで！』と叫んだ。

それを目の当たりにした父は諫めたが、バルバラは涙を零し、いかに自分がナーバスになっているのか話して許された。

そうこうする間に、エリーゼは母から受け継いだ魔法が使えるようになる。最初に成功させたのは、枯れた花を蘇らせる簡単な魔法だ。父はエリーゼが魔法を使えるとわかると『私の可愛い魔法使いさん』と呼んで、嬉しそうにしてくれた。だがそれを見たバルバラは、ますます攻撃的な態度になっていった。

『お前は悪魔の血を宿しているから、魔法を使えるのよ。その証拠に、お前の髪も顔も、私のアンネとは比べものにならないほどとても醜いもの』

『この家で魔法なんて絶対使わないでちょうだいね。私の可愛いアンネが穢れてしまうわ』

『またアンネが熱を出したわ……!! お前がアンネを呪っているんでしょう……！』

自分がいかに醜く邪悪か聞かされ続け、精神的に追い詰められたエリーゼは、寝込んでしまう日もあった。

マルモア王国は魔法使いが全く生まれず、稀に他国出身の魔法使いが立ち寄る程度の国だ。中には身近でない魔法を得体の知れないものと考える者もいる。

だけどバルバラは、母に仕えていた。侍女になったのは母がマルモア王国に移住したあととはいえ、魔法使いだったことは承知していた。

それがどうして、これほどまでに魔力を嫌悪するのか。

幼かったエリーゼは理解できず、実は魔法は邪悪なものであり自分は醜いのだと思い込んだ。

醜悪な自分を見られるのを恐れ、人目を避けて部屋に閉じこもり、日に日に塞ぎ込んでいった。

そんな娘を見かねてか、母がこの世を去って以来、あまり話しかけてくれなくなった父が、時折様子を見に来てくれるようになった。

バルバラは父の前では非道な一面をほとんど見せなかったので、エリーゼが落ち込んでいる本当の理由を彼は知らなかった。バルバラに抱かれる妹の姿を見て、エリーゼは実母が恋しくなったのだと見当をつけたらしい。部屋を尋ねて来た父は、エリーゼを膝に乗せて穏やかに前妻と魔法について話してくれた。

この世界にはとても数少ないけれど、魔法使いが生まれる国がいくつかあること。

エリーゼの母はその内の一つである東方の国——テュルキス王国の出身で、魔法使いだったこと。

マルモア王国では見られない白い髪も、テュルキス王国では珍しくないこと。

母は魔法仕掛けのカラクリを作るのが得意で、それらは見た目も精密で、まるで生きているようだったらしい。

ゼンマイを巻けばふわっと空中に羽ばたいて音楽を奏でる竜のオルゴールや、謳う妖精の人形。魔法で生みだされたキノコを育てる小人族や勝手に曲を奏でるハープ。

この世で魔力を持つのは人間だけだ。妖精やドラゴン、小人といった生物は夢物語の中の生き物とされている。母はそういう空想の生物の人形などを好んで作っていたそうだ。

記憶もおぼろな母の話は興味深く、エリーゼは父と二人きりで話をする時間が大好きになった。

母が亡くなって以来、まともに視線も合わせてくれなくなっていた父が自分を膝の上に抱き、優しい声で話してくれるのである。バルバラに痛めつけられて萎縮した心も、父と話をする間だけはふわっと柔らかくなり、血が通った。

だけど母の話をする時、父の青い瞳はいつも微かに涙ぐみ、愛情と悲しみに満ちた気配が漂った。

懐かしくて愛しくて仕方ない。けれど彼女はもういない――。

そんな気持ちが、声や表情に表れていた。

だからエリーゼは、自ら進んで話を聞かせてとはねだらなかった。

不安定な父を見るのは幼心にも申し訳なく、また母の話を聞いたあとのバルバラの機嫌の悪さは比類なかったため、望む気も失せたのだ。

母の話をする際、父は必ずバルバラのいない時を選んでいた。それなのに、なぜか彼女は知っていて、父がいない場所でエリーゼを強烈に罵った。

そんなある日、父が『テュルキス王国のお祖父さんのところに行って、しばらく魔法を勉強してきたらどうだい』と提案した。

エリーゼは、とうとう家を追い出されるのだと思い、暗澹とした気分になった。

唯一自分に優しくしてくれていた父から離れるのは、身を削られるように心細かった。だけど我が儘を言えば、バルバラがどこからか聞きつけ、またあとで折檻されるかもしれない。

エリーゼは必死に涙を堪え、声もなく頷いて父の提案を呑んだ。

そうして妹が生まれた翌年――五歳の頃から、エリーゼはテュルキス王国に住まう祖父のもとへ預けられた。

ただし、期間は毎年春から秋。てっきりずっと祖父の家で過ごすのだと思っていたけれど、エリーゼは社交シーズンの間だけ祖父に預けられた。

祖父の家での生活は、意外にもエリーゼにとって素晴らしい心の救済の日々になった。

祖父は愛情深く、年の近い魔法使いの友人もできた。エリーゼは呪縛が解かれたように無邪気に笑って過ごし、そして秋になって家に戻れば、暗い気分に戻った。

意地悪な継母がいるせいだけではない。エリーゼが家を空けて戻るたびに、優しい父の様子が変わっていったのだ。

父は、年を追う毎に酒量を増やした。日中も酩酊した状態で過ごす日が増え、庭園や図書室、サロンなどで寝入っている姿をよく見るようになった。

バルバラはそんな父を窘めもせず、更に酒を勧めた。

エリーゼは継母の態度が理解できず、訝しんだ。

幼い頃はわからずとも、成長すればバルバラが自分に辛く当たる理由にも見当がつくようになる。

エリーゼは前妻の子だ。父が以前愛していた女性の面影があるエリーゼが目の前にいると、バルバラは嫉妬心が込み上げるのだろう。

エリーゼはそう想像していたのだが、愛しているはずの父の身体を気遣わない彼女の振る舞いは、意味がわからなかった。

毒となる量の酒を勧める理由は何なのか。疑念を抱いてしばらく、バルバラを観察していたエリーゼは理由を悟った。

酒を飲んだ父は、ねだればなんでも買っていいと言うのだ。だから彼女は父に酒を勧め、ドレスに靴に宝石にと自分が欲しいものを浴びるほどに買っていた。

父は几帳面な性格で、領地運用は堅実。過ぎた贅沢をする人ではなかった。バルバラには侯爵夫人として見劣りしないだけのドレスや宝飾品を贈っていたが、彼女は満足していなかったのである。

その散財で二人はたびたび口論になった。しかしバルバラが『貴方がよいとおっしゃったのよ』と反論すると、父は強く言えないようだった。

実際、父が許可したのだけれど、ならば酔っている時におねだりしてはダメだと言えばいいだけの話だ。だけど父には、バルバラにそう強く命じられない理由があるようだった。

以降も酒量は減らず、エリーゼが十五歳になった折、父は床に臥した。

領地管理をする者がいなくなり、事態に気づいたバルバラは、全てを執事に投げた。

『旦那様の手伝いをしていたのだから、お前一人でもできるでしょう？　今まで良くしてもらっていたのだから、恩返しをなさい』

そう命じられた執事は、滅多に表情を変えない顔を僅かに曇らせた。

バルバラの言う通り、帳簿つけなどの補助作業は執事が担っていた。だがその頃ミュラー侯爵家の経済状況は彼女の散財により非常に逼迫し、使用人はごく限られた数しかいなかった。不足している人員分の仕事は執事が担っており、どう考えても彼への負担は大きかったのだ。さりとて父の兄弟姉妹はなく、彼の両親も既に他界している。他に領地管理を任せられる身内のない差し迫った状況をエリーゼは理解し、必死に学んだ。そして十六歳の頃から執事と共に領地運用を担うようになっていた。

　その間もバルバラは欲しいものを後先考えず買い漁り、家には請求書が届き続けた。どんなにやめてくれと乞うても、彼女が聞く気配はない。

　父はといえばもはや家にも領地にも興味はなく、人目を忍んで酒を飲んでは寝込む日々を繰り返していた。医者の助言も聞かず飲み続け、時に血を吐き、エリーゼは父を失う恐怖に何度も震えながら、彼を諫め続けた。

　エリーゼが十八歳になった頃には、山のような請求書に応えられるだけの貯蓄はなく、家の存続そのものが難しくなっていた。

　もう家を売り払って借金を返済し、残った僅かなお金で田舎に引っ越し、つましく生きるしかない。エリーゼが諦めの境地でそう提案すると、継母は驚くでもなく平然と返した。

『あら、そう。それじゃあお前が良家に嫁いで、借金を肩代わりしてもらいなさい。長女なのだから、お家を守るのもお前の役目でしょう』

　そんな都合のいい嫁ぎ先はないとエリーゼは呆れるも、彼女はふんと笑い、縁談は用意しているわと一枚の手紙を見せた。

　それはバルバラとある貴族家が何度かやり取りしたあとの返信で、文末にエリーゼとの婚約を承諾すると明記されていた。

　その奇特な貴族家が、エックハルト男爵家である。

　エックハルト男爵家は、元々は貿易を生業とした一般階級の一族だった。それが事業に成功し、その時の当主が海辺にあったクナイペ州の領有権と爵位を買い取り、男爵家となったのだ。

つまり、成り上がりの新興貴族である。

生粋の侯爵令嬢であるエリーゼが嫁ぐには、到底有り得ない相手だった。

しかもバルバラは入り婿ではなく、こちらから嫁げという。

エックハルト男爵家はそれでいいのかと確認するも、先方は織り込み済みとのこと。社交界はいまだ成り上がりの貴族に冷たく、貴族の血が一滴も流れていない彼らは、同じ貴族として認められ難(にく)い。歴史ある侯爵家と縁を結べるだけで上々と考えたらしかった。

バルバラからすれば、忌まわしい前妻の子を追い出せた上、借金もなくなり、これ以上ないほどにうまい話だ。

侯爵家を守るために学び、領地運用まで自ら担ってきたエリーゼは、縁談を聞いた時こそ悔しかった。かつて恐れた通り、やはり自分は家を追い出されるのだと。

しかし縁談を拒んでミュラー侯爵家がお取り潰しになれば、その後バルバラが父を医者に診(み)せ、面倒を見てくれるかどうかも怪しい。

その頃にはもう、床に臥した父をバルバラが愛しているのかも不明だった。彼女は自分が美しく着飾り、人々に注目されることばかり追及している様子だった。

エリーゼは、父のためにも自分が嫁ぐ必要があると理解し、縁談を承諾した。

縁談相手のヨハンは、意外にも気のいい話し上手な人物で、振る舞いにも粗野な面は見当たらなかった。爵位を得る前から彼の家には行儀作法の講師が呼ばれ、幼い頃から上流階級とも渡り合える作法を身につけさせられていたのだとか。

エックハルト男爵家は貴族家と多く取引しているため、客に合わせた教養を与えられたらしい。出自こそ一般階級で軽んじられがちだが、彼の端整な容貌と話術に魅せられ、社交界での女性人気もかなりあるそうだ。

ドレスを買う贅沢を控えているエリーゼは、宴などに参加しておらず、実際にはその様子を見ていない。けれど継母が無理に家で開いた茶会で、貴婦人らからそういった情報を聞かされた。

婚約してからはたびたび親密な触れ合いをしようとされ、エリーゼは噂は事実なのだと実感している。随分と色事に手慣れた風情の彼をいなすのは、非常に難儀だった。

女性は貞淑を求められる貴族社会といえど、相手が婚約者ならばキスくらいは許される。

しかし恋愛経験がないエリーゼとしては、そういう触れ合いですら結婚後にしてほしくて、四苦八苦しつつ毎度拒んでいた。

それどころか、領地運用を引き継ぐ者がいないことを理由に、結婚も先延ばしにしている。

妹が健康体になり、社交界デビューをしていずこかの貴族令息と恋に落ち、結婚するまであとどれほどの時間があるだろうか。

妹の結婚相手が決まれば、あとはその人に領地運用を任せればいいので、エリーゼはお役御免となる。

——あと二年くらいはあるかしら……。

無意識に自身の結婚までの猶予がより長くなればいいと考えていたエリーゼは、朗らかな妹の笑い声が聞こえたところで、はたと顔を上げた。

明るい光が降り注ぐ庭園の一角で、アンネがヨハンと笑い合っている。遠目にその光景を見て、エリーゼは口元に弧を描いた。

継母のバルバラはいまだにエリーゼに手厳しいが、彼女はその姿をアンネにも見せぬよう努めている。おかげでアンネは無垢（むく）で素直な少女に育ち、エリーゼを姉として慕っていた。

エリーゼはといえば、幼い頃こそ誰にも愛される妹を妬ましく感じる日もあった。けれど屈託なく懐いてきて、病の際には自分に縋（すが）ってぽろぽろと涙を零す彼女に冷たくもできず、いつの間にか愛するようになっていた。

彼女が熱を出した際は、バルバラの目を盗んで祖父から教わった初級の治癒魔法を施しもした。以来、妹はエリーゼの魔法を気に入り、こっそり見せてほしいとよくねだる。バルバラは魔法だけはアンネの前でも使うなと厳しく言うので、おおっぴらに見せられないのはわかっている様子だ。それでも見たがり、根負けしてこっそり披露すると、彼女は毎度『すごい、すごいお姉様！　あーあ、私も魔法が使えたらなあ』と悔しがった。

――魔法なんて使えなくたって、貴女（あなた）は十二分に魅力的よ。

継母に似て美しく成長しつつある妹に目を細め、エリーゼは庭園の二人に声をかけようとした。だが口を開く寸前、ぎくりと足をとめた。

エリーゼに背を向けて座っていたヨハンが手を伸ばし、アンネの頬を指の背で撫でたのだ。

その仕草を、エリーゼは頻繁に見ていた。一緒に過ごしている最中にエリーゼが気を抜くと、彼は必ずああして頬を撫でる。そして人差し指で顎先を捕え、エリーゼを振り仰がせた。

エリーゼはいつも、その至極自然な仕草に反応が遅れ、きょとんと彼を見返した。そうしてヨハンの顔が間近に迫ってやっと目的を悟り、両手で彼の口を押さえてキスを拒む。

だけど今日、彼がその仕草を見せた相手はエリーゼではなかった。彼の目の前にいるのは、社交界にも出ておらず、恋愛経験も皆無のアンネだ。

エリーゼは焦燥感と共に妹に視線を向け、ざわっと悪寒を覚える。

アンネは、今まで姉には一度も見せたことのない、潤んだ瞳でヨハンを見つめていた。頬は紅潮し、魅入られたように彼しか瞳に映していない。

ヨハンは指先をアンネの顎先にかけ、そして躊躇いもなく顔を寄せた。アンネはうっとりと目を閉じ、二人の唇はすぐに重なった。

「――」

エリーゼは立ち尽くす。頭の中は真っ白で、唇を重ね合う二人を数秒、呆然と見つめた。

ヨハンはちゅっと音を立てて妹の唇を吸い、熟れた様子で顔を離す。微かに緊張感を漂わせる妹を見下ろし、くすっと笑う彼の声を聞いた瞬間、エリーゼの頭の中で何かの糸がバチリと弾けた。

エリーゼは猛然と二人に近づき、足音に気づいたアンネがこちらを見て、ひゅっと息を呑んだ。

「お、お姉様……っ」

ヨハンもさっと振り返り、エリーゼを認めるや頰を強張らせる。

アンネは見る間に青ざめるも、エリーゼが見ているのは妹ではなかった。海を彷彿とさせるエリーゼの青い瞳が見据えるのは、不実な真似をした婚約者――ヨハンただ一人だ。

継母に虐げられ続けたエリーゼは、他人との諍いを厭い、微笑み以外の表情を滅多に見せない。しかしこの瞬間だけは、エリーゼの顔は怒りに染まっていた。青い瞳は憤りを露わにし、灼熱の炎で真っ赤に染まったかのように熱く燃え滾っていた。

ヨハンが立ち上がり、何か言おうと口を開きかけるも、エリーゼは彼の言葉を待たなかった。彼の目の前に立つや、エリーゼは大きく手を振り上げ、怒鳴った。

「――私の妹に、何をなさるの!!」

バチンといかにも痛そうな音が庭園に響き渡り、アンネが身を竦(すく)める。ヨハンは打たれた方向に顔を背け、そのまま動かなくなった。

エリーゼは怒りにまかせ、声を荒らげる。

「どういうおつもりですか……!!　アンネは社交界デビューも済ませていない子ですよ……っ。何も知らないこの子を誑(たぶら)かすなんて、よくもそんな非道な真似ができますね……っ。この子はこれから多くの人と出会い、素敵な恋をするはずなのに……！」

――アンネは、人目を忍んで姉の婚約者とキスをするような、不道徳な真似をする子ではないのに……!!

思うように外を遊び回れなかった妹は、幼馴染みや姉の土産話を楽しむ一方で、物語の中の恋に強い憧れを抱いていた。

それがようやく叶(かな)う目処(めど)が立ち、エリーゼも自らのことのように喜びを感じていたのだ。あと少し体力をつければ、外を歩き回ることができる。社交の場に出て、素敵な出会いにも恵まれる――。

妹の幸福な未来を願っていたエリーゼの目には、うっすらと涙が滲(にじ)んだ。愛情いっぱいに慈しみ、もうすぐ咲こうとしていた美しい花を、無残にも蕾(つぼみ)の状態で自らの婚約者に手折られた心地だった。

――美しくなってきた途端、アンネに手を出されるなんて。社交界で十分に多くの花を楽しんでいらっしゃるくせに……っ。

エリーゼは言葉にはせず、心の中でヨハンを詰る。

ずっと気づかぬふりをしてきたが、彼はエリーゼと婚約して以降も、社交界で浮名を流していた。エリーゼが社交の場に出ないのをいいことに、あちこちで遊び呆けている。どこからともなく、そんな噂が聞こえてくるのだ。

エリーゼはそれを、あえて深く探ろうとはしなかった。彼には、生家の借金を肩代わりしてもらった恩義がある。それに結婚を先延ばしにしているという引け目もあった。

だけどその遊びの相手が妹ならば、話は別だ。

──アンネは浮気相手として遊ばれていい子じゃない。将来結婚を前提とした真面目な方と、清らかで素敵な恋をするべきなのよ……！

怒り心頭で睨みつけると、ヨハンは赤く染まった頬を押さえ、ゆっくりとこちらを見返した。榛色の瞳を細め、苦笑いを浮かべる。

「キスの一つもさせてくれなかった、君が悪いんじゃないかな」

「……な……」

謝罪の一つもあると考えていたエリーゼは、自らが責められ、驚きに目を瞠った。

一瞬、自分が悪かったのだろうかと思ってしまい、戸惑い交じりに聞き返す。

「……何を、おっしゃっているのです……。私にできなかったから、アンネにしたとでも言うのですか？」

その確認の言葉を吐く毎に、気勢を削がれかけたエリーゼの心は再び怒りに燃え、まなじりを吊り上げる。

婚約者にキスさせてもらえなかったから、その妹に手を出していいなどという道理はない。

「私と触れ合えないから妹にだなんて、そんな不誠実極まりない振る舞い……っ」

——やはり貴方は妹に相応しくない！

ヨハンを責めようとしたその時、両手で口を押さえ硬直していた妹が叫んだ。

「違うの……っ。ヨハン様は悪くないの、お姉様……！　私が……私が、お願いしたの……！」

エリーゼは、全身からすうっと血の気が引いていくのを感じた。

——〝私が、お願いしたの〟——？

たった今耳が拾った妹のセリフは、にわかには信じ難かった。エリーゼは愕然とアンネを見返し、首を傾げる。

「……アンネ……。貴女、自分が何を言ったかわかってる……？」

女性には貞節が求められているこの世界で、自ら男性にキスをねだる淑女など有り得なかった。それも相手は姉の婚約者。

天使のように愛らしい妹からは想像もできないふしだらな願いを持ったと聞かされ、エリーゼは現実を受け入れ切れなかった。ヨハンに確認の視線を向けると、彼は眉尻を下げ、視線を逸らす。

否定の言葉が返ってこず、エリーゼは凍りついた。

その場はしんと静まり返り、次にどんな行動を取るべきか、エリーゼは迷う。その時、アンネが薄青色の瞳からぽろりと涙を零し、揺れる声で訴えた。

「私、ずっとお姉様が羨ましかった……っ。私がお部屋で寝ている間、お姉様は自由に外で遊べて、春から秋には一人でテュルキス王国にお出かけもできる。私にはない魔力だって持っていて、素敵な婚約者までいるのよ……っ。お姉様は、私がしたくてもできないことを全部なさっている。私が欲しいものを、いっぱいお持ちなのよ……！」

エリーゼは、言葉に詰まる。ミュラー侯爵家での生活は、妹が思うほどエリーゼにとっては幸福ではなかった。

テュルキス王国に出かけていたのは、偏にエリーゼを家から追いやりたいバルバラの望みだ。いつだったか忘れたが、常のように父と妹のいない場所でエリーゼを罵っている最中、彼女が言った。

『本当はテュルキス王国から戻らなくてもいいのよ。私はお前のような他人のいない家で過ごしたいのだから。せっかく魔法の勉強を理由にお前を追い出せるかと思ったのに、お前のお父様は必ず戻せとおっしゃるの。だから仕方なく社交シーズンが終わったら呼び戻してあげているだけよ』

そのテュルキス王国行きも、十五歳の時に祖父が亡くなって以来、途絶えてしまっている。

いつまでもエリーゼを快く思わず、隙を見つけては詰ってくる継母は散財をやめず、エリーゼは領地運用と資金繰りに苦しめられ続けてもいる。

だけど生家の借金のことも、継母の裏の顔も知らぬアンネからすれば、姉の人生は順風満帆に見えるのだろう。

精神的負担をかけたくなくて、エリーゼはこの家の実情を妹に話していなかった。健康体になり、夫となる人を見つけたあとで知っても遅くないと考えていたからだ。

それにバルバラの一面については、一生知らなくていいと思っている。

自身の母が姉をいじめていたなどと知れば、きっとアンネは傷つく。

妹の幸福だけを願うエリーゼは、生涯を通して彼女の心を守るつもりだった。そしてその妹に自由に動き回れる健康な体を持っている幸運を詰られると、言い返す気になれず、弱り切る。

いつものように黙り込んでしまった姉の反応を見て、アンネは続ける。

「お姉様は恵まれているのだから、一つくらい、私にくださってもいいじゃない……！　私、ヨハン様が好きなの……っ。お願い。私にヨハン様を譲って、お姉様……！」

ほろほろと涙を流して発せられた言葉に、エリーゼは微かに眉を顰めた。

――私にヨハン様を譲って。

それはまるで、姉の気に入りのおもちゃを欲しがる幼子のような言い方だった。

心からヨハンに恋をし、彼と結ばれたいと願っているにしては、論旨も随分と子供じみている。

彼女は〝お姉様はたくさん素敵な物を持っている。だからその中の一つくらいちょうだい〟と言っているのだ。

「……アンネ」

――貴女本当に、ヨハン様に恋をしているのよね？

エリーゼがはっきりと尋ねようとした時、ヨハンが胸元からハンカチを取り出し、アンネの涙をそっと拭いた。

「僕のせいで君に涙を零させてしまってごめんよ……アンネ嬢」

「ありがとう……ヨハン様」

妹は彼のそつのない仕草にぽっと頬を染め、涙を拭ったハンカチを受け取る。ヨハンは甘い笑顔で首を振ると、エリーゼに向き直った。

「……そういうわけだから、僕はアンネ嬢と結婚するべきかと思うのだけど、どうかな？」

僅かばかり申し訳なさそうな顔をしつつも、あっさり姉から妹に乗り換えると言い出され、エリーゼは眉を上げた。

そういうわけとは、どういうわけだ。妹がヨハンに恋をしたから、婚約者を替えるべきだと言いたいのか。

これまで婚約していたエリーゼへの気遣いなど欠片もない態度に、呆気に取られた。

「まあ……今日まで私にご興味を持っていらっしゃるようだったのに、こんなにも簡単に妹に乗り換えるとおっしゃるのですか？」

エリーゼは虚を衝かれながらも、わざと悲しげな表情を作って聞き返す。

アンネとエリーゼ。比べるまでもなく、多くの異性が美しいと感じるのは妹の方だった。エリーゼの白い髪はマルモア王国ではあまりにも異質であり、老婆のように感じる者もいる。

ヨハンとしても明確に美しい娘の方がいいと考えるのは当然だ。

けれどエリーゼは彼に妹を譲る気にはなれなかった。妹と結婚すると言った彼の表情の中に、計算高い下心を垣間見た気がしたのである。

アンネがヨハンと結婚するとなれば、十中八九、バルバラの方針は変わる。

マルモア王国では、爵位は男性しか継げないため、アンネにもエリーゼにも継承権はない。だが、その夫が入り婿となれば、お家は存続できる。

バルバラは元よりエリーゼを他家に嫁がせて追い出し、残したアンネに婿を取らせてミュラー家を継がせるつもりだったのだ。もしもヨハンがアンネの夫になるなら、当然入り婿として迎えるだろう。

エックハルト男爵家には長男のヨハンの他にあと二人男児がいるので、先方の後継者問題も浮上しない。

それどころか、ヨハンがミュラー侯爵家に入れば、いずれ彼が当主となるのである。侯爵家の借金を肩代わりしてその娘を貰うより、格段に良い縁談になった。

——もしかして、ヨハン様はずっとこうなるチャンスを狙っていたの……？

エリーゼと婚約した当初からアンネとも仲良くしていたのは、入り婿となる機会を探っていたからか。

エリーゼは、ヨハンが心から妹を愛しているのかどうか疑わしくなり、思案する。

客商売という家業のおかげか、彼は話し上手であり、また聞き上手だった。多少時間を費やせば、バルバラがエリーゼを良く思っていないことも、アンネを溺愛していることも容易に悟れただろう。まして、経験豊富な彼にとって無垢な妹を手中に収めるのは、赤子の手を捻(ひね)るより容易(たやす)いと思われる。

ヨハンは困った表情で笑い、小首を傾げた。

「あれ、てっきり君には誰か他に好きな人がいて、仕方なく僕と結婚するのかと思ってたけど……もしかして、僕は焦らされてただけなのかな？　挙式時期の話になるといつもはぐらかしてたから、実は破談にしたいのかと意気消沈していたんだけど」

もったいぶっていたつもりはなかったエリーゼは、うっすら頬を染めてたじろいだ。

「結婚時期を決められないのは、領地運用をする者が私以外にいないからだと申し上げていたでしょう……っ」

ヨハンは栗色の髪を掻き上げ、目を眇める。

「へえ？　それじゃあ君は、僕と結婚したいんだ？」

「……っ」

エリーゼはどういう返事をするのが正解か判断をつけかね、言葉に詰まった。そこに、妹がガタンと大きな音を立てて椅子から立ち上がり、悲痛な声を上げた。

「嫌よ……！　ヨハン様と結婚するのは私じゃないと嫌……っ。私、お姉様よりずっとヨハン様をお慕いしているわ！　お姉様は今だって、エドを忘れられないでいるくせに……！　いつも左手につけている指輪は、彼からの贈り物でしょう⁉」

「――」

エドの名にエリーゼは目を見開き、浮気をしたわけでもないのに、ヨハンの視線を避けて左手の小指につけていた指輪をもう一方の手で隠した。

ヨハンがにこっと笑う。

「ああ、そうなんだ？　恋人がいるのに、僕と婚約したの？」

――なんだ。君も僕と同類で、浮気者なんじゃないか――とでも言いたげな顔で問われ、エリーゼは顔をしかめた。

「違います。エドはただの幼馴染みで、恋仲なんかじゃありませんでした。それに彼はもう亡くなっているから、浮気も何も……」

弁解をする声は、エドの死を口にすると同時に力を失い、途切れた。それ以上彼について語る気力を失い、エリーゼは視線を落とす。

――エド。

エド・デューリンガー。テュルキス王国で出会った、優しくも頼もしい友人の名は、いつまでも忘れられなかった。そして彼が僅か十二歳でこの世を去った瞬間も、いまだ記憶に鮮明だ。刃で胸を貫かれ、彼は目の前で絶命した。あの時、エリーゼは十歳だった。

エリーゼが結婚を先延ばしにしていたのは、領地運用だけが理由ではない。

アンネの言う通り、エドを忘れられないからだ。

初恋の人を目の前で亡くした心の傷はいつまでも塞がらず、彼を想ったままの状態で、次へと踏み出す気にはなれなかった。

過去の記憶が蘇り、胸に痛みが走る。そんな姉の変化に気づかぬまま、アンネは歩み寄り、弱々しく胸を叩いた。

「お姉様はずるいわ……っ。自分は素敵な恋をした経験がおありなのに、私の恋は応援してくれないの……？　同じ侯爵家の娘なのだから、私がエックハルト男爵家に嫁いだって問題ないでしょう……！」

「アンネ……」

エックハルト家にとっては、それがアンネであろうとエリーゼであろうと、侯爵令嬢を娶るという事実には変わりない。だから自分がヨハンの妻になってもいいはずだ。

ミュラー侯爵家の裏側を知らぬ妹の主張は的を射ているようでいて、その実てんで外れていた。

駄々を捏ねる妹に弱り、エリーゼはひとまず手にしていたショールを彼女の肩に回しかける。そのまま抱き寄せると、妹は大人しくエリーゼの胸に額を押しつけ、しくしくと泣いて乞うた。

「お願い……。お願いよ、お姉様……。ヨハン様を私にちょうだい……」

『お願い。お願いよ、お姉様。このお人形を私にちょうだい』

幼い頃、エリーゼが持っていた魔法仕掛けの人形を欲しがった時と全く同じセリフに、悩ましいため息が零れる。

――アンネ……。貴女は、本当にヨハン様に恋をしているの……？

外出もままならず、作り物の恋物語に胸を躍らせていたアンネ。そんな彼女の目の前に、姉の婚約者が現れる。ちょっと色っぽい雰囲気で、所作は整い、彼女の知らない世界の話を披露してくれる――刺激的な青年。

異性といえば、同い年の幼馴染みしか知らないアンネの胸は俄然(がぜん)ときめいただろう。そしてそれを恋だと信じるのは必然。

だけどアンネは、あっさり姉から妹に乗り換えようとしているヨハンの軽薄さには気づいていない。

これまで読んできた物語の影響で、永遠の愛を夢見ている妹が、婚約者がいても浮名を流し続ける遊び人と幸せになれるのか――。

恐らくそうするよう仕向けられたのだろうけれど、妹から彼を誘い、ふしだらな真似をしたのは忸怩(じくじ)たる思いだ。しかし長年病に犯され苦しんできた妹を知るエリーゼは、なお、彼女の幸福を願う。

――もしもヨハン様が本当にアンネを想っていて、この子だけを永遠に愛してくれるなら……。

それなら、二人の結婚を祝福する。

けれどただ爵位を得るためだけに妹を誑かしているなら――。

すぐには二人の想いの深さが量れず、エリーゼは眉間に皺(しわ)を刻んだ。

家のために婚約したエリーゼには、ヨハンに対して特別な感情はなかった。妹の恋心を汲(く)んで、承諾してしまいたい気持ちは多分にある。だけど、不幸な結婚はさせたくなく――エリーゼは深く息を吸い、心を鬼にして答えた。

「――ダメよ。貴女にヨハン様は譲らない。貴女は貴女で、健康的な身体を手にして、社交界で素敵な男性を見つけなさい」

エリーゼの厳しい返答を聞いたアンネは、顔を上げ、驚きに目を丸くした。なんだかんだで、許されると思っていたに違いない。それだけ、エリーゼはこれまでアンネに甘かった。

だが今日ばかりは妹の人生がかかっている。エリーゼがあえて厳しい視線を向けると、アンネはじわりとまた瞳に涙を滲ませた。悔しそうに顔を歪め、大きく手を振り上げる。

「何よ、お姉様の意地悪……！　お姉様なんて、大っ嫌い……!!」

ぱちんと思い切り姉の頬を打ち、アンネは庭園を駆けて行った。初めて妹に打たれた頬を押さえ、エリーゼは少し涙ぐむ。痛かったからではない。大事な妹に嫌われたのが、悲しかったのだ。

妹を見送るエリーゼの傍らで、ヨハンは大仰にため息を吐いた。

「……どうして破談にしてくれないんだい、エリーゼ嬢。君は美しくて外見は結構好みだけど、金勘定に煩(うるさ)くて可愛げがない。正直、僕はふわふわして少しおバカなアンネ嬢の方が好みなんだけど」

――少しおバカなアンネですって……？

想っているはずの妹を蔑む言葉を聞いて、エリーゼは驚きと腹立たしさを覚えた。

アンネは幼い頃から頻繁に寝込み、勉学に時間を割けなかったのは事実だ。夢見がちなところもある。だけど愛している相手を見下す発言をするなんて、信じられなかった。

おまけに〝金勘定に煩い〟と自身を誹られるのも、納得がいかない。

領地運用を手がけているから、彼との会話の合間に領地に関して話す機会は何度かあった。それが煩わしかったならすまなく思うが、エリーゼだって好んで家庭の経済事情を憂えているわけではない。そうせざるを得ないから、しているだけだ。

必要に駆られて成していることを、悪し様に言われるのは不本意だった。

不快感と共に振り仰ぐと、彼は腰に手を置いてエリーゼを見下ろし、苦笑する。

「ああ、だけど——実は妹に譲りたくないほど、僕に惚れ込んでいたのかな？　だとしたら、期待に添えそうになくて、ごめんよ」

自分を娶る代わりにミュラー侯爵家の借金を返済してくれたいい人だとは思っていたが、惚れてまではいなかったエリーゼは、半眼になる。告白もしていないのに振られたような状況に、苛立ちを覚えた。しかし本音は呑み込み、いつもの微笑みを浮かべた。

「……そうですか。こちらこそ、貴方のご期待に添えず申し訳ありませんが……私も今のところ、妹に貴方を譲る気はありません」

立場としては、侯爵令嬢であるエリーゼの方が上だ。現状、アンネの我が儘が通るかどうかは不透明であり、ヨハンには今回の婚約を破談にし、妹と婚約し直す力などない。

冷えた視線を注ぐと、彼はちらっと事態に気づいた顔になった。だがすぐに余裕に満ちた表情に戻る。エリーゼはその反応を訝しく感じつつ、静かに背を向けた。

自らも母屋に戻りながら、これから成すべき行動について思考を巡らせる。

重要なのは、彼と妹の想いを見極めることだ。

ヨハンは散々エリーゼにキスをする機会を狙ってきたくせに、アンネとの浮気を図った途端、堂々と妹の方が好みだとのたまう男だ。彼が妹を心から愛しているかどうかは怪しい。

それに、アンネも本気で彼に恋しているのかどうか、言動がどうにもおぼつかない。

二人の想いが本物なら、これ以降ヨハンの浮名はぱたりととまり、せっせと妹のもとへ通うようになるだろう。許しを乞うため、両親への顔合わせも願うはず。

そうなれば安心だけれど、変わらず浮気三昧なら、妹にその現実を見せ、彼は理想の相手ではないと理解してもらう必要がある。そして叶うなら、健康体で社交界デビューをし、誰よりも素敵な男の人と出会ってほしい。

エリーゼは深く息を吸い、疲労の滲むため息を吐く。

「……頭の痛い事柄が増えたわ……」

継母のやまぬ散財に領地運用、なけなしの資金でミュラー侯爵家を維持するだけでも四苦八苦していたのに、そこに妹の恋路問題まで追加されてしまった。

エリーゼはほとほと疲れ果てた心地ながら、もう一度息を吸い、きりりと眉を吊り上げた。

大切な妹のためなら、彼女に嫌われる痛みに耐えてでも真実を掴まねばならない。

エリーゼは固い決意を抱き、瞳に闘志を灯（とも）した。

二

エリーゼがミュラー侯爵邸の一階、東側の庭に面した図書室に呼び出されたのは、ヨハンとアンネの浮気を見た翌日だった。

恐らく、アンネが泣きついたのだろう。

図書室の一角、窓辺に置かれた一人掛けの椅子に腰を下ろしたバルバラの前に立ったエリーゼは、内心げんなりとした気分で微笑んだ。

「私をお呼びだと伺って、参りました。本日は、どのようなご用件でしょうか」

胸に届くハニーブロンドの髪を大きなアメジストを使った髪飾りでまとめ、大輪の薔薇(ばら)が刺繍された派手な紫のドレスを着た継母は、目を眇めた。

「まあ、私に呼び出された理由もわからないほど、お前は頭が悪いの。二十歳にもなってそんなに察しが悪いなんて、可哀想(かわいそう)なことね。お前の実母の知性も知れるというものだわ」

口を開くや刃のような言葉が飛んで来るも、エリーゼは慣れたものだった。バルバラはいつだって、エリーゼとその実母を罵るチャンスを狙っている。

エリーゼは笑みを崩さず向かいの席に腰を下ろし、重ねて尋ねた。

「……申し訳ございません。どのようなお話か、お伺いしてもよろしいでしょうか」

ちっともこたえていない義理の娘の態度に顔をしかめ、バルバラは苛立たしげに応じた。

「私が顔を見るのも嫌なお前を呼んだ理由なんて、一つしかないわ。アンネから聞いたわよ。お前、アンネがヨハンと恋に落ちたのに、婚約を解消しないと言ったそうじゃない。どういうつもりなの、厚かましい」

刺々(とげとげ)しく問われたエリーゼは、笑顔で黙り込む。

やはり、婚約に関する話だった。しかし己の将来に関わる大事な話なのに、アンネ本人はいない。

――これは、恋路を邪魔する姉の顔なんて見たくもない……という意味かしら。

エリーゼは、病弱なアンネが少しでも笑って過ごせるよう、可能な限り願いを叶えてきた。かなり甘い姉だった自覚がある。

お願いすれば大概のことが望み通りになったアンネにとって、今回の出来事は晴天の霹靂(へきれき)だろう。エリーゼに婚約は破棄しないと答えられ、昨日の彼女はとても驚いていた。『お姉様なんて、大っ嫌い』とも叫び、頰を打ってきた。多分、彼女は今――とても怒っている。

着々と妹に嫌われていっている己に空(むな)しさを感じるも、エリーゼは意識を継母へと戻し、小首を傾げた。

「……バルバラ様は、アンネではなく私がエックハルト男爵家に嫁ぐことを望んでいらっしゃったと思っておりましたが、違ったのでしょうか」

バルバラは父の前以外でエリーゼに〝お母様〟と呼ばれるのを嫌う。どう呼べば納得するのか試行錯誤し、エリーゼは現在、彼女を〝バルバラ様〟と呼んでいた。

返答を避けて逆に質問を返すと、バルバラは鼻を鳴らす。

「ええそうですよ。それなのに、お前はヨハンを繋ぎとめられなかった。本当に役立たずな子だこと。――もっとも、アンネはお前とは比べものにならぬ美しい子です。目移りしてしまった彼の気持ちも、わかりますけれどね」

随分な言われようだが、エリーゼは己に対する彼女の評価を否定する気はなかった。

口ぶりから察するに、継母はアンネとヨハンの結婚を反対していないようだ。

エリーゼと違って社交の場に頻繁に顔を出しているバルバラは、当然ヨハンの浮名も知っているはず。今回ばかりは反対する可能性があると思っていたが――当ては外れたらしい。

アンネを溺愛しているバルバラは、その望みを叶える方に舵(かじ)を切った。

エリーゼは続く彼女の言葉に耳を傾ける。

「男爵家の令息など、私のアンネの夫としては格下すぎます。私としては、もう少し高位の家柄の令息と結婚してもらいたかったのだけれど……あの子がヨハン以外は嫌だと言うのだから、仕方ないわ。昨日の内に確認したら、ヨハンもアンネの心優しさに惹(ひ)かれ、永遠に添い遂げたいと考えていると言っていました。二人は両想いなのだから、お前はさっさと破談に応じなさい」

手にしていた羽根つきの扇子を広げて口もとを隠し、バルバラは冷然と婚約解消を命じた。

――本当にこの人は、物事を深く考えない……。

エリーゼは、ちりっと苛立ちを感じる。バルバラは、浮名の激しいヨハンだとしても、アンネと結婚すれば一途になるとでも考えているのだろう。

エリーゼも、彼がアンネだけを愛してくれるなら強く反対はしない。けれど一方で、アンネの気持ちも疑わしいのだ。

エリーゼのように端(はな)から家のための結婚だと割り切っているならまだしも、あの子はヨハンと恋愛結婚をしようとしている。万が一にも結婚してから恋に恋していただけだったと気づいたら、元も子もないではないか。その上、ヨハンが変わらず浮気性のままだったら、一途な愛を夢見ているアンネにとって、結婚生活は地獄と化す。

二人の気持ちを確かめるためにも、現状、即決は避けるべきだった。

上手い返答の仕方を探して口を閉ざすエリーゼが不快だったのか、バルバラは眉を吊り上げる。

「そうそう。お前は察しが悪くてまだわかっていないでしょうから言っておくけれど、アンネが結婚する時は、婿養子にしますからね。ミュラー侯爵家の未来の当主は、アンネの夫であるヨハンが継ぐの。――そうだわ。来週王宮で開かれる三季の宴に、ヨハンのエスコートでアンネを出席させましょう。いいお披露目になるじゃない」

良い案を思いついたと言いたげにするバルバラに、エリーゼはぎょっとする。

「アンネを宴に出席させるおつもりですか？　医者はまだ万全の状態ではないと……っ」

前回訪問した医者は、体調は良好なので、これから少しずつ体力をつけていきましょうと話していたのだ。すぐに社交の場に出られるとは聞いていない。

否定的な反応を見せると、バルバラは煩わしそうに眉根を寄せた。

「あの子はもうすっかり元気だと言っています。いつまでも家に引きこもらせて、あの美貌をお披露目しないのはもったいないでしょう。ドレスも用意しているから、お前は何も気にしないでいいわ。妹に婚約者を奪われて恥ずかしいなら、お前は一人家に引きこもっていても良くてよ」

マルモア王国には、三季の宴という、王家が春夏秋の季節毎に諸侯貴族と成人したその家族を王宮に招くという恒例行事がある。季節の訪れを祝う名目のそれは、各地を治める貴族たちを労うために開かれた。欠席は王家の厚意を無下にすると同義であり、貴族家はよほどの理由がない限り、必ず出席する。

社交の場に顔を出さないエリーゼもその例に漏れず、欠席などできないと知るバルバラは、ホホホと声高く笑った。

「いいえ、恥を忍んで出席した方が良いわね。お前は他でいい人を探さねばならないのだもの。さっさとお相手を見繕って、この家から出て行ってちょうだいね。といっても、お前のような傷物の娘を娶ろうなんて人、ヨハン以外にいるかどうか怪しいけれど」

もうすっかり癒えている胸の傷が、ずきりと痛んだ錯覚に襲われ、エリーゼはぎゅっと膝の上で拳を握った。彼女の言う通り、ヨハンのような家の事情でもない限り、エリーゼを娶ろうと考える貴族令息はいないだろう。

エリーゼは一見何の問題もない娘だが、その胸には決して消えぬ傷跡があり、貴族社会では傷物扱いされていた。

十歳の時、幼馴染みの家で遊んだ帰り道に盗賊に襲われ、剣で胸を突かれたその痕だ。

祖父の治癒魔法のおかげで一命はとりとめるも、刃にかけられた呪い魔法によって皮膚は爛(ただ)れ、再生し切れなかったのである。

エリーゼの胸にはくっきりと刃の痕が残り、それを知ったバルバラは、ことのほか喜んだ。

『まだ十歳なのに、お前はもう傷物になったのねえ。そんな醜い傷跡があるのでは、誰もお前を娶ろうとはしないわよ、哀れな子』と嘲笑(あざわら)っては、貶(おとし)めるのを楽しんだ。

だけどエリーゼにとってこの傷は、忌むべきものではない。

あの日、エドは必死にエリーゼを守ろうと動いた。盗賊の刃がエリーゼを襲おうとした瞬間、彼は魔法を放ち、その背に庇(かば)ってくれた。けれど敵の数が多すぎて、無情にもエリーゼ諸共胸を刺され、エドはこの世を去ったのだ。

胸の傷跡は、自分を生かそうとしたエドの強い思いを感じる、大切な思い出の一つだった。

だからこれを笑われると、エドの思いを踏みにじられた気分になり、毎度怒りを覚える。

何を言おうと反発しないエリーゼが唯一苛立ちを隠し切れない話題を出したバルバラは、今日も青い瞳の中に怒りを見つけ、にやっと笑った。

「あら、なあにその目。怒っているの？　だけど事実でしょう。可哀想なお前のために、また私が嫁ぎ先を見つけてきてあげましょうか？　お前みたいな傷物、妻に先立たれた老いた貴族くらいしか娶ってくれないでしょうけれど。ヨハンのような好物件は、もうないのよ。みすみす逃して、本当にバカな子！」

愉快そうな笑い声が図書室に響き渡り、エリーゼはすうっと息を吸う。エドが関わると平静でいられない自分を心の中で窘め、いつもの落ち着き払った表情を取り戻した。

「……私については、お気遣い無用です。話を戻しますが、私とヨハン様の縁談を破棄するにも、お父様のお許しが必要です。お父様はどのようにおっしゃっているのですか？」

父の存在を口にすると、バルバラは笑みを消す。面倒臭そうに口元を歪め、顔を背けた。

「お前はそんなこと気にしなくていいのよ。私が全てつつがなく進めます」

バルバラは、体調を崩してやつれた父を見るのが好きではなかった。彼が床に臥して以来、世話はエリーゼと執事に任せ、自分は買い物三昧。父の寝室にはいっかな近づこうとせず、往診に来る医者に容態を確認しようともしなかった。

今回、バルバラは父を介さず独断で話を進めるつもりだったのだろう。自らに任せろと言う彼女に、エリーゼはきっぱりと首を振った。

「いいえ、婚約は家同士の契約です。破談にするには当人のサインだけでなく、当主のサインも必要となりますから、必ず事情を説明せねばなりません。まだお話しされていないのであれば、私からお伝え致しましょう。〝ヨハン様は私と婚約中にアンネに懸想し、不誠実にも破談を申し出る前にあの子と口づけを交わし、穢した。けれど私はまだ、彼との婚約を破棄したくはない〟――と」

そう言って席を立とうとすると、バルバラは目を見開き、バチンと扇子を閉じた。

「――お待ちなさい！　なんて言い方をするの……っ。そんな伝え方をしたら、ヨハンの印象が悪くなるでしょう！　それになんです。お前、ヨハンを諦めていないの⁉」

エリーゼは頬に垂れたおくれ毛を耳にかけ、にこっと笑う。

「ええ、そうなのです。実は私、ヨハン様をずっとお慕いしていたものですから、お父様にはアンネの望みを叶えないようお願いするつもりです」

アンネに手を出した時点で、エリーゼのヨハンに対する印象は地に落ちていた。今や好意の欠片も抱いていないが、嘘も方便だ。二人の想いを確かめる時間を稼ぐため、エリーゼは適当な理由をつけ、婚約破棄を先送りにする腹積もりだった。

いつも従順に頷くだけだったエリーゼの反抗的な返答に、バルバラは驚き、一瞬言葉を失う。だがすぐに顔を真っ赤に染め、声を荒らげた。

「何を言っているの！　ヨハンはお前ではなく、アンネがいいと言っているのよ！　アンネの恋路を邪魔しようというの⁉　なんて図々しい……！」

口汚く罵ってから、彼女はふと何かに気づき、動揺していた瞳を意地悪げに細めた。鼻を高く上げ、口元に笑みを浮かべる。

「……いいわ。それじゃあ、お前は好きにしなさい。私は私で、アンネの恋が実るよう動きます。

お前はさもお父様がお前の味方をするだろうというような顔をしているけれど、私、知っているのよ。……あの人はもう、お前が誰かもわからないそうじゃない」

エリーゼの胸に、再び痛みが走った。

バルバラは閉じた扇子で唇を押さえ、おかしそうにクスクスと笑う。

「そもそも、あの人の同意など得られやしないのよ。お前とヨハンの婚約を認めた時が、彼がまともに意識を保っていた最後かしら。酒に溺れ、周りにいる者が誰かもわからなくなった者なんて、もはや当主じゃないわ」

――お父様がそんな状態になった原因は、貴女にもあるのよ。

医者は酒をやめろと言っていたのに、彼女は父の望むまま酒を贈り続けた。

父の現状を憂うエリーゼとは裏腹に、バルバラは晴れやかな表情で言い放つ。

「お前は無様にお父様に縋っていればいいわ。私は教会に我が家の事情を相談して、代理人を立てるお話を進められるよう采配します」

マルモア王国では、当主が高齢化、あるいは病気や怪我で判断能力を失ったと認められた場合、家族の申し出により代理人のサインで書類手続きができる法があった。バルバラは父の状態を小耳に挟み、対処法を探って、教会で行われるその〝代理執行権認可手続き〟を知ったのだろう。

勝ち誇った顔をする彼女に、エリーゼは穏やかに頷いた。

「承知しました。ではおっしゃる通り、お父様に今回の事態をお伝えしておきます」

「勝手におし」

最後まで引かなかったエリーゼを気に食わなそうに睨み、バルバラはまたそっぽを向いた。

継母に萎縮していたエリーゼは、祖父のもとへ通うようになって、少しずつ変わっていった。祖父や新しく友人になったエドが、彼女の言葉を信じる必要はないと教えてくれたからだ。

おかげでエリーゼは、自分の魔力や外見は普通なのだと自信を持ち、殊更にバルバラに怯えなくなった。ただ争いを避けるために、反抗しないようにしているだけだ。

バルバラはアンネの愛する母親である。姉と母親がいがみ合う様を見て、妹の心を病ませてもいけない。そう思って、エリーゼはバルバラの言動を誰にも告げず、甘受していた。

だが唯一、散財だけは見逃せず、たびたび父に報告していた。

バルバラに丸め込まれていた父も、エリーゼが成長する毎に話を聞いてくれるようになり、彼女を咎めてくれていた。だからこそ先程、バルバラはそんな言い方をされては困ると焦ったのだ。

――だけどもう、お父様は誰の言葉も耳に入れようとなさらない……。

エリーゼは席を立って図書室を出て行く直前、ふと室内を見渡す。

壁面に沿って書架が置かれ、それぞれの手前には本が読めるよう、机と椅子がいくつか置かれている図書室。日中は明るい光が降り注ぎ、夜は暖炉に火を灯して温かく過ごせるここは、父がよく使っていた。

もう記憶も曖昧になりつつあるが、母――イルメラが存命だった頃は、父と母、そしてエリーゼの三人で過ごしていた場所でもある。

バルバラを後妻に迎えたあとも、父はここにいる日が多かったが、いつの間にか通わなくなっていた。そして見る間に酒に溺れ、周囲に誰がいるのかもわからぬ状態にまでなった。

日がな一日ベッドの上でぼんやり過ごし、食事もさして摂らず、髪や髭は伸びっぱなし。執事が身だしなみを整えようとすると、彼は頑なに拒んだ。

『もう、いいんだ。放っておいてくれ』

このセリフを父から何度聞いたか――もう覚えてもいない。

――何がいいの……？　どうしてお父様は、お酒に溺れてしまったの？　何から逃れようとなさっていたの？　お父様は、この家をどうなさりたい？　私がしていることに、意味はある――？

必死に家を支えてきたエリーゼは、時折父にそんな言葉を投げかけたくなった。あまりに辛くて、何もかも投げだしたくなる時だってあった。

だけど膝の上に抱き上げ、母との思い出話をしてくれた父の温かな表情や、魔法が上達するたび褒めてくれた愛情深い態度は忘れようがなかった。

エリーゼは視線を前方へ戻し、静かに図書室をあとにする。

――ねえ、お父様。お母様やお祖父様、そしてエドのように……私をおいて、先に天国になんて行かないで。

エリーゼは父までも失いたくない一心で、今も懸命に家を切り盛りしていた。

三

図書室を出たその足で隣接する父の部屋に向かったエリーゼは、ノックする直前にドアが開いたのに気づき、視線を上げた。

共にこの家を守ってくれている執事――ラルフが、部屋から出てくるところだった。

くすんだ黄金の髪にアーモンド色の瞳を持つ彼は、エリーゼの姿に目を細める。

「失礼を致しました、エリーゼお嬢様。旦那様は先程お薬を取られ、お休みになったところでございます」

「……そう。それじゃあ、またあとで訪ねましょう」

父が服用している薬には眠くなる副作用があり、飲んで三十分もすると眠ってしまう。

エリーゼはラルフのために廊下に下がり、部屋から出てきた彼の手元を見た。水が入ったグラスと薬包、小さな菓子がいくつか載った盆を持っている。

「これからアンネの部屋にも薬を持っていくところ？」

グラスの数やお菓子から、父の分だけではないと思って聞くと、ラルフは頷いた。

「はい、今からお持ち致します」

「そう。……じゃあ、私も一緒に行こうかしら」

——……私に顔を見せてくれるかどうか、わからないけれど。

内心不安な気持ちで呟き、エリーゼは平気な顔を取り繕ってラルフと一緒に廊下を歩き出した。

蝶(ちょう)よ花よと可愛がられて育ったアンネは、やや癇癪(かんしゃく)持ちだ。気に入らないことが起こると、物を投げて怒りを表し、使用人や家族を部屋から追い出してしまう。

ヨハンとの恋路を邪魔されて怒っているなら、エリーゼが妹の部屋に入れる可能性はほぼなかった。

小さくため息を吐くエリーゼの横顔をさりげなく観察し、ラルフは首を傾げる。

「何か、問題でもございましたか？」

エリーゼが生まれた時からこの家に仕えている、今年三十八歳になった執事は、主人やその家族の変化を見逃さなかった。目敏く何かあったと察するも、エリーゼは首を振る。

「いいえ、なんでもないの。といっても、貴方はもう知っているでしょうけれど」

彼はこの家の数少ない使用人を取りまとめている、執事だ。バルバラの侍女あたりから昨日の出来事は既に聞き及んでいるだろう。

ラルフはしばし黙り込み、控えめに言った。

「……よろしいのではないでしょうか。成り行きはともあれ、ヨハン様は貿易商のご子息です。当主となられても、領地を運用する能力はおありでしょう。それにアンネ様があの方と結ばれれば、エリーゼお嬢様はこの家に留まれます。……好奇の目に晒され、お辛くなるかもしれませんが……社交界へ出て、良い方と出会う機会も得られるのでは……」

彼はエリーゼがヨハンに対して特別な想いを持っておらず、家のために嫁ぐのだと承知していた。そして家計を気にして社交の場に出ない姿勢を、不憫に感じている。

少しでもエリーゼが良い人生を送れるようにと考えて進言する彼の気持ちはありがたく、エリーゼはふふっと笑う。

「そうね。彼の能力だけを考えれば、悪い話ではないわ。だけど、アンネがちゃんと幸福になれないのは、嫌なの」

「〝ちゃんと幸福に〟とは……？」

二人は屋敷の中央にある大階段を上り、二手に分かれた階段を右手に進んだ。廊下の先に、アンネの部屋がある。

ラルフに答えるため、エリーゼが口を開こうとした時――バン！　と乱暴にドアが開かれる音が廊下に響いた。

エリーゼとラルフは何事だとそちらに目を向け、アンネの部屋から何者かがまろび出て廊下に転ぶ様を目の当たりにする。直後、アンネの金切り声が鼓膜をつんざいた。

「もう私のお見舞いになんて来なくていいわ！　アルミンのバカ！　大っ嫌い……!!」

続けてアンネがいつも一緒に寝ているぬいぐるみにクッション、櫛（くし）や本が転んだ少年めがけて飛んでいく。

あんまりな光景に、エリーゼは呆然とした。

アンネに部屋から追い出されたらしき少年を、エリーゼはよく知っている。

金色の髪に人が好（よ）さそうな琥珀色（こはくいろ）の瞳を持った彼は、ベッカー侯爵家の次男――アルミンだ。

ベッカー侯爵とエリーゼの父はかねてより友人関係にあり、その子供たちも幼馴染みの関係にあった。

アンネと同じく今年十六歳になった彼は、侯爵家の次男として誰が見ても恥じない、上等な朱色のジャケットに腰から足先まで黒い縦線が走る流行柄のスラックスをはいている。行き交う人の中にいれば、多くの目を引く立派な出で立（いた）ちだった。しかし良家の子息らしい恰好（かっこう）をした彼は現在、廊下に情けなく転んだまま、飛んでくる物体の攻撃を受け続けている。

「ごめん。ごめんよ、アン……っ。だけど僕、ヨハン様だけはやめた方がいいと思うんだ……！　君は知らないだろうけど、あの人、お姉さんと婚約している最中にも、何人も他の女の人と遊んでるって噂が立ってたんだよ。君とだって、結局は浮気だろ……!?」

「浮気なんかじゃないわ！　私とヨハン様は、出会うのが遅すぎただけなの……っ。これは運命なのよ……！」

　まさに恋に恋する乙女そのものといったセリフを聞いて、エリーゼは我に返った。慌ててアルミンに駆け寄り、上半身を抱き起こす。

「アルミン……っ、大丈夫？」

　アルミンは、助け起こしたエリーゼではなく、その背後を見て青ざめた。

「そ……それはやめた方がいいと思うんだ、アン……」

　エリーゼは妹を振り返り、目を見開いた。怒りに頬を染めたアンネが、バルバラから贈られた、あらゆる化粧品が詰まった一抱えもある化粧箱を頭上に持ち上げていた。

「――やめなさい、アンネ！　そんな物がぶつかったら、怪我をするでしょう！」

　滅多に怒らないエリーゼが大きな声で叱りつけると、アンネはびくっと肩を揺らす。目を瞬かせ、何が起こったのかと戸惑うように間を置いたあと、おずおずと化粧箱を床に置いた。

　エリーゼとアルミンがほっと安堵の息を吐き、アンネは瞳にじわじわと涙を滲ませる。

「だって……アルミンが酷いのだもの……っ。そんなにお怒りになることないじゃない。お姉様、昨日からちっとも私にお優しくないわ。ヨハン様を奪ったから、私のことがお嫌いになったの？」

　緩くウェーブしたハニーブロンドヘアに薄青の瞳を持つアンネの泣きべそ顔は、庇護欲を十二分に煽った。おまけに今日もシュミーズドレス姿で、薄布越しに華奢な体つきが目につく。

　いかにもか弱い存在のアンネを、エリーゼはいつもならすぐに抱き締め、宥めていた。

　だが今日は、それをしなかった。

——今まで、甘やかしすぎたのだ。

アンネは悪意さえなければ、何をしても許されると思っている節がある。今回の件だって、彼女は恋に落ちてしまったのだから仕方がないと考えているのだろう。だからこうして堂々と、エリーゼが優しくしてくれないと詰る。

普通なら、姉の婚約者を奪えば険悪な関係になると容易に想像できようものだ。でもアンネは、過去にエリーゼからエドの話を聞いていた。恋する気持ちも、指輪の思い出も。

そしてエリーゼがヨハンと婚約した時、彼女は尋ねた。

『ねえ、お姉様。お姉様はヨハン様と恋をして、婚約されたの？』

まだ妹にミュラー侯爵家の経済事情を話すつもりのなかったエリーゼは、曖昧に笑って答えた。

『いいえ。私ももう十八歳でしょう？　私の将来を考えたお母様が、ご親切でご紹介くださったのよ。恋をしているわけではないけれど、良い方だと思っているわ』

アンネは、エリーゼとヨハンが恋仲ではないと知っていた。だから自分の想いは悪ではないと判断し、堂々と甘えてくる。

姉が普段通りに抱き締めてくれないのを訝しみ、アンネは不安そうに眉尻を下げた。

「……お姉様……？」

エリーゼはアルミンと一緒に立ち上がり、眉を顰める。

「アンネ。昨日の貴女の振る舞いは、ちっとも正しくなかった。それはわかってる？」

「え……？」

驚いたその表情が、エリーゼの見立ては正しいと物語っていた。

悪いのは、彼女を甘やかしてきたエリーゼだ。だからこそ同じ過ちを犯さぬよう、エリーゼが正さねばならない。

アンネにすまなく感じつつ、厳しい表情で諭した。

「貴女はヨハン様にあんなお願いをする前に、まず私に相談するべきだった。私に言い難かったなら、お母様でも良かったわ。彼を想っているのだと」

説教されるのだと察したアンネは、見る間に青ざめていく。しゅんと項垂れる彼女の姿に、エリーゼは思わず言葉を呑み込んでしまいそうになるも、なんとか平静を装って語りかけた。

「ヨハン様と婚約していたのは私だから、貴女は想いを打ち明けたら怒られると思ったのかもしれない。そういう気持ちもわかるのよ。……だけど姉の婚約者と人目を盗んで逢瀬を交わすなんて、淑女としてとてもふしだらな振る舞いだわ。二度としてはいけない」

はっきりと清らかではないと断じられ、アンネは微かに震えだす。程なくぽとりと床に涙の滴が落ち、エリーゼは苦々しい気分になった。

本音は、妹よりもよほどヨハンを問い質したかった。

アンネにキスを望まれたからといって、なぜあの場で応えたのか。

彼はアンネより四つも年上の、成人男性だ。年端もいかぬ子供でもあるまいし、あの場でのキスは断るくらいの大人の余裕を持っていてほしかった。

アンネには待つよう伝え、エリーゼに気持ちを話して破談にしてから触れ合う。それが大人の男性としての振る舞いだ。

おまけに先程のアルミンとアンネの会話を聞くに、やはりヨハンの浮気は華々しかった様子。

——本当に……知れば知るほど、あの人とアンネの恋は応援できなくなる。

アンネも今でこそヨハンに懸想しているが、社交界に出たあとも同じ気持ちでいられるかは不明だ。もっといい人がいたと、のちのちになって気づく可能性は高い。

エリーゼは妹の涙で濡(ぬ)れた床を見ながら嘆息し、ぴしゃりと言った。

「貴女はヨハン様と結ばれたいようだけれど、お姉様は応援できない。貴女はまず健康な体になって、社交界に出席するべきよ。そして色々な人と出会ったあとでも、結婚相手を決めるのは遅くはないと……」

「私とヨハン様は、恋仲なの……！」

突然アンネが大きな声を上げ、エリーゼは視線を上げる。アンネは眉を吊り上げ、涙に濡れた瞳でエリーゼを睨んでいた。

「私とヨハン様は、愛し合っているのよ……っ。どうしてお姉様は、そんな意地悪をおっしゃるの？ 私が幸せになるのが、お嫌なの……!?」

「違うわ。お姉様は、貴女の幸せを何より願って……」

勘違いをするなと抱き締めようとするも、アンネはエリーゼの胸を突き飛ばし、部屋の中へ駆け戻る。

「お姉様もアルミンと同じね！ 二人とも、どこかへ行って！ もう私の部屋にはおいでにならないで！ 二度とお顔を見たくないわっ。大っ嫌い……！」

言い捨てるや否や、またバン！ と大きな音を立ててドアが閉められ、エリーゼは立ち尽くした。

しばらく無言で佇(たたず)み、気配を消して成り行きを見守っていた執事を振り返る。

「……ごめんなさい、ラルフ。お薬は、もう少しあとの方がいいみたい……」

ラルフは動揺一つ見せず、穏やかに微笑んだ。

「さようでございますね。せっかくですから、アルミン様とお茶でもなさいますか？　このお時間ですと、サロンにはどなたもいらっしゃらないと思います」

彼の言葉に、エリーゼはぴんとくるものがあった。

アンネとアルミンは、気の置けない間柄だ。アンネも定期的に顔を見に来てくれる幼馴染みならわかってくれるだろうと踏んで、ヨハンとの恋について告白したに違いない。だが予想に反し、アルミンにまで反対されてしまい、癇癪を起こしたのだ。

つまりアルミンは、エリーゼと同じ考え。

エリーゼはアンネに嫌われてしょぼくれているアルミンを振り返り、その手を引いた。

「そうよ、アルミン。私と一緒にお茶をしましょう。とっても大事なお話をしたいの」

「……大事なお話、ですか？」

まだエリーゼと大差ない身長のアルミンは、幼さの残る人畜無害そうな顔をきょとんとさせる。

エリーゼは瞳を輝かせ、頷いた。

「ええ。貴方に手伝ってもらいたいことがあるのよ」

妹はまだヨハンの実態を知らず、恋に胸を躍らせているばかりだ。彼女にはまず真実を知ってもらう必要がある。

こうしている間にも、ヨハンと妹の婚約を結ぶため、バルバラが教会に渡りをつけるかもしれない。当主に判断能力がないとして特例の手続きを踏むには、教会側の使者が直接本人と面会して確認を取るなど、煩雑な手続きが必要だ。すぐにはまとまらないとはいえ、悠長にもしていられない。協力者は、一人でも多い方が良い。

「アンネの幸福のために、共に戦いましょう、アルミン……っ」

力強く訴えかけると、アンネの幸福と聞いたアルミンは、はっとした。内容も聞いていないのに背筋を伸ばし、高らかに答える。

「承知しました！」

――まずは、ヨハン様の浮気について実態調査よ……！

協力的そうな少年を仲間にしたエリーゼは、俄然やる気を漲らせた。

四

太陽が沈み、空が紫から濃紺色に変わろうとする頃――マルモア王国の王都ローザの北にある王宮の門が開いた。煌煌と光を放つ外灯に照らされ、傷一つない黒塗りの馬車がいくつも敷地内に呑み込まれていく。

馬車が一様に向かう先は、王宮の東――収容人数六百を誇る迎賓館である。

列を成す馬車の一つに乗っていたエリーゼは、向かいに座る継母をさりげなく確認し、心の中で疲弊し切ったため息を吐いた。

エリーゼとバルバラが向かっているのは、本日夕刻六時から迎賓館で開かれる、王家主催の三季の宴だ。

アンネとヨハンの逢瀬を見てから、一週間が経過していた。

諸侯貴族が必ず参加するこの三季の宴は、参加者の誰もが衣装に力を入れる。バルバラもまた、その例に漏れなかった。

青い染料で染められた光沢あるその生地は、絹ではないだろうか。胸元や袖口は緻密な文様が入ったレースで彩られ、あちこちに桃色の薔薇が刺繍されている。肩口や襟足付近には宝石までついていた。

ミュラー侯爵家には、そんな豪奢なドレスを買う余裕はないが、またどこかの衣装屋から請求書が届くのだろうか。想像するだけで、エリーゼの胃は既に痛くなっていた。

だがミュラー侯爵家の窮状は知れ渡っており、衣装屋が見るからに高級なこのドレスをツケで作ってくれるとも思えない。

——もしかしたら、また謎の出資者に支払いを任せたのかしら。

エリーゼがヨハンと婚約して以来、バルバラはどうやって購入したのかわからない品を手にするようになっていた。

新しいドレスに帽子、指輪に香水。明らかに新たに購入した品々が彼女の手元にあるのに、ミュラー侯爵家には請求書が届かない。

——どうせエックハルト男爵家に融通してもらっているのでしょうけれど……。

社交界に認知されたいというエックハルト男爵家の野心につけ込んで、娘との婚約を餌におねだりでもしているのだろう。エックハルト男爵家も、懐が深い。

エリーゼが呆れた気分で視線を床に落とすと、窓の外を見ていたバルバラがあら、と言った。

「見なさいよ。あの馬車が掲げている紋章、隣国王家のものじゃない？」

「え？」

視線で示された方向を見たエリーゼは、物珍しい気分になる。明らかに他よりもサイズが大きい一台の馬車が、ちょうど真横を通り抜けるところだった。立派な護衛騎士が五騎ずつ前後を守るそれは、中に二名ほど人が乗っている。バルバラの言う通り、馬車の上部には鋭い牙を剝いた虎が王冠の足元で躍る、隣国ブロンセ王国の紋章が掲げられていた。

見るからに王族を乗せた馬車は、他家の御者らに先を譲られ、あっという間に離れて行く。

ブロンセ王国は、マルモア王国よりも一回り大きな国だった。人口の一割が魔法使いだと言われており、王家は魔法を国家運用に必要な力の一つと定め、軍部の中にも魔法使いだけで構成された少数精鋭の魔法軍を置いているとか。

更に国王の右腕として働く魔法使いもおり、彼らは王宮魔法使いと呼ばれている。

「三季の宴はマルモア王国の諸侯貴族とその家族だけを呼ぶ習わしなのに、隣国王家のどなたが招かれているのかしら」

バルバラはさして興味もなさそうに呟き、ふっと笑ってこちらを振り返る。

「お前、お近づきになれるよう話しかけてみればいいわ。せっかく婚約できたヨハンに振られて、哀れな独り身に戻ったのだから。上手く隣国王家の方に気に入られたら、底辺貴族くらいご紹介いただけるかもしれなくてよ？」

小馬鹿にした笑みと共に突飛な提案をされ、エリーゼは曖昧に微笑んだ。

「……そんな大それた真似はできません。それに私はまだヨハン様の婚約者ですから、彼以外の男性をご紹介いただく必要もないです」

きっちりヨハンとはまだ婚約継続中だと主張すると、バルバラは眉を上げ、ふんと鼻を鳴らした。

「婚約者だなんて、よく言えたものね。エスコートも拒まれたくせに」

エリーゼは涼しい笑みで首を振る。

「いいえ、彼は体調不良で今夜の宴をやむなく欠席なさるだけです。拒まれてはおりません」

伴侶や婚約者がいる者は、宴にはパートナーを同伴するのが一般的だった。ヨハンは婚約してからエリーゼが参加する数少ない宴では必ずエスコート役をしていたが、今夜は直前になって欠席の連絡が来た。体調が悪いらしい。どうせ体のいい断り文句だとはエリーゼもわかっているが、今回の振る舞いに気を悪くしてはいなかった。

アンネと恋仲だから、エリーゼとは宴に参加できない。それは一途な男の振る舞いといえる。

——この調子で彼が確かにアンネ一人だけを愛していると思える行動を続けてくれたら、安心して二人の結婚を祝福できるのだけど。

妹の幸福を願うが故にヨハンとすぐに婚約破棄していないだけのエリーゼは、希望が見えた気がして、ほっと視線を落とした。膝の上で行儀良く重ねたエリーゼの左手小指には、今夜も華奢な指輪がつけられている。

ラピスラズリとトルマリンを使った、ほんの少しいびつな小花の指輪だ。この二つの宝石には貰った当時魔法がかけられていて、こういう石を一般的に魔法石と呼んだ。

持つ者に魔法で加護を与えたり、逆に呪いをかける力を与えたりする宝石の総称である。

——きっともう、エドの魔法は解けてしまっているのでしょうけれど。

自分ではエドが力を込めてくれた加護が今も効いているのかわからず、エリーゼはほんのり寂しく眉尻を下げる。

魔力が強い魔法使いは、自分以外の魔法使いが人や物などにかけた魔力が見え、どんな効力の魔法がかかっているかも判別できるという。しかし魔力の弱いエリーゼは、自分でかけた魔法が見えるだけで、他人がかけた魔法など見えた試しもなかった。

エドから贈られたこの指輪も、実際にどういう魔法がかけられているのかは不明であり、魔法が残っているかさえわからない。

だけど指輪を見るだけでエドとの懐かしく温かな日々が思い出され、エリーゼの胸は和んだ。

この指輪のお返しに、祖父に助言を貰いながら悪戦苦闘して指輪を作ったのも、いい思い出だ。

エリーゼが作った指輪は彼のそれとは比べ物にならないくらいシンプルな、中心にアメジストをおいただけの金の指輪になった。そんな拙い指輪を彼は嬉しそうに受け取り、ずっとつけてくれていた。

──あの指輪は、盗賊に襲われた際に砕け散ってしまったけれど……。

彼を失った日を思い出しかけて、エリーゼは意識して別の記憶を呼び起こす。初恋であり、大切な友人でもあったエドの幼い声が、耳に木霊(こだま)した。

『ふうん。妹はいい子なんだね。じゃあ早く元気になって、本当に恋した人と結婚できるといいね。結婚って、好きな人とするのが一番なんだって。デューリンガー侯爵がよく言ってる。打算は遠からず上手くいかなくなるって』

彼は自らの父を〝お父さん〟ではなく家名で呼ぶ、少し背伸びした物言いの子だった。

幼かったエリーゼは、エドが言う〝打算〟が何を意味するのかわからず、ただ妹の健康と幸せを願ってくれる言葉が嬉しくて、笑顔で頷いた記憶がある。

今思えば、エドはバルバラがミュラー侯爵家の財産を目当てに結婚したと言っていたのかもしれない。

――ねえ、エド。アンネは幸せになれるかしら。

心の中で、もうこの世にいない友人に話しかけた時、バルバラが気に入らなそうな声音で吐き捨てた。

「ヨハンの本心もわからないだなんて、本当に察しの悪い娘だこと。宴の最中は、私の近くに来ないでちょうだいね。義理とはいえ、そんな安っぽい恰好をした子が身内だなんて、恥ずかしくて顔を上げていられなくなるもの」

視線を上げると、バルバラは忌々(いまいま)しそうにエリーゼのドレスを睨(ね)めつけている。

今夜エリーゼが着ているのは、二年前に教会でヨハンと婚約を結ぶ際、なけなしの資金で購入したドレスだった。

ピンクゴールドカラーの布地を選んだのは、黄ばんでも使えるようにと考えたからだ。少し贅沢をして、絹糸で刺繍を入れたので、明るい場所では光沢を放つ。胸元にはポイントとなるリボンがつけられており、鈴の形になった袖は、シンプルな模様ながらレースを使っていた。

一見小綺麗に見えるも、貴族社会では経済力を示すため、ドレスは宴毎に新調するのが暗黙の了解だ。使い回しはいかにも貧しく見られ、見栄っ張りのバルバラは相当気に入らないらしかった。

だがエリーゼは、借金してまでドレスを作る気になれない。最低限王家の人々に非礼とならぬよう、自分が持つ中で最も良い品を着るので精いっぱいだった。エリーゼには侍女もいないので、髪も自分で結った簡素なハーフアップだ。実母から譲り受けた真珠の髪飾りをつけて、なんとかそれなりの仕上がりに見えるようにしていた。

「そうですね。バルバラ様に恥を掻かせぬよう、大人しく過ごすつもりです」

アンネとヨハンの恋路の話となれば真正面から反抗するが、エリーゼは基本、バルバラに逆らわない娘だった。ようやくいつも通りの従順な返答が聞けたバルバラは、満足そうに頷く。

「そうなさい。だけど、アンネも参加できれば素晴らしい宴になったでしょうに。残念だわ……」

アンネの体調は良くなったと言い張って宴に出席させようとしていたバルバラだが、その願いは叶わなかった。

普段よりも気を高ぶらせる場面が多かったせいか、アンネはあれから高熱を出し、父と同じく床に臥していた。

迎賓館に到着すると、バルバラは自分が会場に入って姿が見えなくなってから来いと命じ、先に馬車を降りた。徹底してエリーゼとは他人の振りを貫く構えである。

言われた通りバルバラが見えなくなってから会場へ向かったエリーゼは、入り口付近で振る舞い酒を受け取り、そこで違和感を覚えた。

会場内が、普段よりもざわついている気がしたのだ。どこか浮かれた雰囲気で、会場前方に視線を向けている者が多い。

皆の視線を追って前方にできた人垣を目の当たりにしたエリーゼは、なるほどと思った。

会場の前方に、マルモア王国の王太子であるクリスティアンと、派手な外見の青年が二人立っていた。

先程王宮の敷地内で見かけた、ブロンセ王家の紋章がついた馬車に乗っていた人たちだろう。彼らの周りには、ブロンセ王国の制服を着た護衛騎士が数名つけられていた。

クリスティアンと話す一人は、周辺国に姿絵が出回っており、エリーゼも顔だけは知っている。赤銅色の短髪に翡翠の瞳を持つ、ブロンセ王国王太子——ブルクハルトだ。

確か今年二十三歳になる彼は、国王軍の統括指揮を務め、かなりの剣の腕前だと知られている。青の差し色が入る漆黒の軍服を纏う彼は、布越しでも鍛え上げた身体を持っているのが見て取れた。だが彼の隣に立つ青年は、見覚えがなかった。漆黒の髪に美しい紫色の瞳を持つ、不思議と目を引く青年だ。

ブルクハルトが纏うそれと似た軍服を纏っているが、襟首や胸元のデザインがやや異なり、所属が違うのだろうと想像された。胸元にはいくつかの徽章が付いており、それなりの地位の人物だと見受けられる。

——まだ二十二、三歳くらいにしか見えないのに、王太子殿下の側近か何かかしら……。

若い王太子には、相応に経験のある年上の臣下がつけられるものだ。だがブルクハルトと彼は、ほぼ同年代に見えた。

普通は身分の高い王太子たちに目が行くだろうに、エリーゼはなぜか、漆黒の髪の青年ばかり気になった。その横顔が、いくら見ていても飽きないくらいに整っているからだろうか。

高い鼻に、きりりとした眉。切れ長の目は理知的で、軍服を着た身体はすらりとしている。

——王太子の側近か何かであの見た目なら、ご令嬢たちが放っておかないわね。

笑顔がどこか艶っぽい彼を鑑賞物のようにひとしきり眺め、エリーゼは自分には関係ない世界だと切り上げて背を向けた。

当初の予定通り、壁の花になるべく会場の隅に移動する。その途中で、エリーゼは再び異変を感じた。

空気のように存在感のない自分に、視線が注がれている気がしたのだ。

三季の宴にしか参加しないエリーゼは、昨年ヨハンに紹介されたエックハルト男爵家の取引先くらいしか知り合いらしい知り合いはいない。白い髪は目立てど、生家の経済事情は知れ渡っており、異性から興味を持たれることもない。

それなのに、チラチラと視線が注がれ、こちらを見ながら小声で話す者が複数いた。

異様な雰囲気に居心地の悪さを感じながら歩いていると、横を通り過ぎた令嬢たちの話し声が耳に届く。

『ご覧になって、あの白い髪。あれがエリーゼ嬢じゃない……?』

『まあ、あれが……？　病でいつまで生きられるかもわからない妹の恋を邪魔しているなんて、酷い人もあったものよね……』

エリーゼはパチッと目を瞬かせる。

——どういうこと？

決して好意的でない噂話をしていた令嬢たちを振り返ると、彼女らはそそくさと離れていった。

エリーゼの耳は、また別の方向から聞こえた声を拾う。

『なんでもミュラー侯爵家の次女は、いつこの世を去るとも知れぬ命ながら、絶世の美少女なのだそうだ。自分とは似ても似つかぬ妹を妬んで、姉が嫌がらせをしているらしい』

『嫉妬に狂った女ほど、手に負えぬものはない。ヨハン殿も不憫だな』

——なんですって……!?

エリーゼは驚き、周囲を見渡す。あちこちから〝儚い命の美しい妹を虐げる悪い姉〟と噂する声が聞こえ、愕然とした。

——なんて噂が広まっているの……っ。アンネは余命幾ばくもない子じゃないわ！　これから健康になって、社交界デビューを果たす予定なのに……！

妹大事のエリーゼは、自身が悪女として誹られていることよりも、アンネが今にも命を失うかのような言い回しに憤りを覚えていた。

——それにアンネとヨハン様の恋は、身内しか知らないはずよ。誰が広めたの……！

エリーゼは真っ先にバルバラの仕業かと疑った。だが彼女が噂を広めたなら、馬車の中でもっと意地悪そうに笑っていたはずだ。彼女ではない。それならば誰だ——。

考えだしたエリーゼは、すぐに当たりをつけ、目を眇めた。

通常なら噂好きの使用人が犯人候補に挙がるが、少なくともミュラー侯爵家に仕えている者たちは違う。彼らは元気だった頃の父を慕い、善意で薄給の仕事を続けてくれているのだ。ミュラー侯爵家の名を落とすような振る舞いはしない。

ミュラー侯爵家の不祥事を知っており、エリーゼを貶める噂を広めて実利を得る人物は、唯一人。

——ヨハン様ね……。

馬車の中では彼が純粋にアンネに恋をしているかもしれないと思ったが、この事態では怪しく感じた。

婚約破棄を受け入れないとはいえ、愛した女性の姉を悪人だと触れて回り、周囲の圧力を使って結婚までこぎ着けようとは――随分と強引だ。

エリーゼとアンネは、何をしたって一生姉と妹である。姉の方に悪い噂がつけば、結局愛した人にも悪女の妹というレッテルがつく。

本当に愛し幸福にしようと考えているなら、できるだけ事態を穏便に進めようとするはずだ。この展開では、ヨハンはどんな手を使ってもアンネと結婚し、ミュラー侯爵の地位を得ることを熱望していると受け取れた。

エリーゼは入り口で渡された酒に軽く口をつけ、ため息を吐く。

――もう……嫌になるわ。あの子には今までの病など嘘のような状態で、晴れやかな社交界デビューを迎えさせてあげたかったのに……。

おかげでアンネには、嫉妬深い性悪な姉がいるという、いらぬ前情報がついてしまった。

エリーゼは好奇心旺盛な人々の視線を避け、テラスへと移動先を変更した。

五

迎賓館の西に位置するテラスには、誰もいなかった。宴は始まったばかりで、これから華やかなダンスの時間が始まるところだ。休憩が必要な頃合いではなく、この時間帯にテラスへ来るのは、エリーゼのように人目を避けたい者くらいだろう。

テラスの端に立ったエリーゼは、沈んだ表情で庭園を見渡した。

王宮の庭園は、ミュラー侯爵家とは雲泥の差で手入れが行き届き、大変美しかった。芝は整然と刈られ、桃色や白の小花があちこちで咲き乱れている。

きっと何の問題もない状態ならば、この庭も楽しめただろう。しかし自分のせいで妹に変な印象がついてしまったことが発覚した今、エリーゼは景色を楽しむ気分ではなかった。

アンネと婚約すると言い出したヨハンは、とてもではないが妹を大切にするとは思えない人物だ。彼女にはお勧めできない。だが当の妹には『お姉様なんて、大っ嫌い』と叫ばれるくらいには迷惑がられており、世間もまた、余計な真似をする姉だと言わんばかりの陰口を叩き始めている。

ならばいっそ、二人の恋を認めるべきかとも思うが――いかんせんエリーゼは、いっかな考えを改められなかった。

――だって浮気性のヨハン様と、一途な恋に憧れているアンネよ……。

到底上手くいくとは思えず、エリーゼは泡が弾ける振る舞い酒を見下ろし、ぼそっと呟いた。

「……噂話って、どうすれば消せるのかしら……」

噂がすぐにも立ち消えてしまえば、アンネが社交界デビューする頃には皆忘れているだろう。

エリーゼは現実逃避気味に、思考を明後日（あさって）へと向けた。

「私の魔力がもっと強かったら、記憶操作もできそうなのに」

五歳から十五歳までの間、エリーゼは祖父のもとで魔法の勉強をしていた。だが片親が只人（ただびと）であるエリーゼの魔力は、一般的な魔法使いよりも弱く、大した魔法は使えなかった。エリーゼが使える魔法の中で一番役に立つのは、治癒魔法くらいである。それも祖父のように命に関わる刀傷などは癒やせず、咳をとめたり、熱を少し下げたりできる程度だった。

　今夜宴に参加できなかったアンネに対しては継母の目を盗んで治癒魔法をかけたが、熱は完全に下げ切れてはいない。酒で身体を壊した父に対しても同様で、日頃から力の及ばぬ自分を歯がゆく感じているエリーゼは、短く諦めのため息を吐いた。

「記憶操作なんて、どうせ私の魔力じゃできないわよね……。あるのかどうかも知らないけれど」

　投げやりに呟いた時、突然背後から応答があった。

「あるよ。だけど禁忌魔法だから、使うなら君は遠からずラーヴァの牢獄に収容されるだろうけど」

　誰もいないと思って独り言を呟いていたエリーゼは、びくっと肩を揺らし、振り返る。いつの間に近づいていたのか、真後ろに青年が立っていた。

　間近に人がいるだけでも驚いたのに、エリーゼはその青年の顔を見て、目を瞠る。

　漆黒の髪に、美しい紫の瞳。胸に徽章が輝く、青を差し色にした漆黒の軍服。

　間近で見ると、首元には銀の鎖がかけられていて、小洒落た印象だった。鎖の先は衣服の下に隠され、どんなチャームがついているのかはわからない。

　それは、会場内をざわつかせていたブロンセ王国王太子の、横に立っていた人物だった。

　遠目から見ても整って見えた造作は、間近で見るともはや彫刻じみており、エリーゼはなぜか目のやり場に困る。

　眉は凛々しく、面白そうに自分を見下ろす瞳は視線が合えば逸らせそうにもないほどに綺麗な色だった。高い鼻に、薄い唇。顎はシャープで形良く、ヨハンよりも背が高い。そのせいか、向かい合っているだけで圧迫感を覚えた。

――圧迫感……？

普段と異なる自身の感覚に内心首を傾げ、改めて彼を見たエリーゼは、原因は背の高さではないと察した。

――この方、ちょっと距離が近いのだわ……。

青年は、その気になれば軽く腕を伸ばす動作だけでエリーゼを懐に抱き寄せてしまえそうな距離に立っていたのだ。

テラスの端にいたエリーゼはそれ以上後ろに下がれず、そのまま自分の迂闊な発言を訂正する。

「も、申し訳ありません。今のは、本気ではないのです……」

記憶操作魔法が、禁忌魔法に分類されているとは知らなかった。

エリーゼは自身の魔力で使える範囲の魔法だけしか祖父から教わっておらず、そのため知らない魔法がたくさんあった。

エリーゼが知る禁忌魔法といえば、他者を殺害する魔法、時間を遡る魔法、使者を蘇らせる魔法くらいのものである。

隣国王太子の側近のような立ち位置にいた青年に危うい発言を聞かれ、エリーゼは冷や汗をかかずにはおれなかった。これ以上悪評が広められ、妹や家族に迷惑をかけたくはない。

身を縮こめ、視線を落として相手の反応を窺っていると、青年がふっと笑う気配がした。

「そう、良かった。ラーヴァの牢獄は投獄されたら数十年は出られないし、運が悪いと魔力を全て奪われるから、変な気は起こさない方がいいよ」

彼はエリーゼの顔を覗き込み、にこっと笑う。笑顔になると、作り物のように整いすぎた容貌に

血が通い、とても優しげな雰囲気になった。

端から住む世界の違う人だと一線を引いていたエリーゼは、自分の先入観が薄れるのを感じる。と同時に疑問が湧き、首を傾げた。

「……ラーヴァの牢獄って、本当に存在するの……？　――あっ、いいえ。本当にあるのですか？」

彼に応じた直後、エリーゼは敬語を忘れた己の失態に気づき、すぐに言い直した。家でだって敬語を使う相手とそうでない相手を完璧に使い分けられているのに、こんな事態は初めてだった。

恐らく懐かしい単語を聞いて、祖父の家で過ごしていた感覚が蘇ってしまったのだ。

ラーヴァの牢獄という名称は、祖父のもとで過ごしていた頃に読んだ童話の中でよく見かけた。物語の中で最も凶悪とされる魔法犯罪者たちが収容される場所である。

言い間違えて焦るエリーゼとは裏腹に、青年は何も気にしていない様子ではは っと爽やかに笑った。

「冗談だよ。ラーヴァの牢獄は、ベールマーの童話に出てくる想像の産物だ。君はテュルキス王国出身かな？　珍しくマルモア王国で雪のような髪の女性がいたから、知っているかと思って話題にしてみたんだ。ベールマーはテュルキス王国で人気の作家だった」

そうだ。あの童話の作者は、ベールマーといった。

エリーゼは彼の笑い方に既視感を覚えながら、過去を懐かしく思い出す。

エリーゼが幼い頃、祖父はよく童話を読み聞かせてくれた。温室や庭園で、エドがいる日は二人一緒に、祖父のゆったりした語り口調の物語に聞き入った。

二歳年上のエドはエリーゼが驚くほど物知りだったけれど、童話などは読んだ経験がなく、その時だけは同い年の子のように一緒に楽しんだ。

物語にのめり込み、夢中になって話を聞いたエド。少し大人びたエドの笑い方と青年のそれは、どこか似通っていた。

――だけど、外見はちっとも似ていない。

エドは頭から毛先にかけて黒、藍、紫、黄、オレンジと夕陽を写し取ったような特徴的な髪色をしていた。瞳の色は翡翠で、出会った時、なんて美しい子だろうと驚いた。

もうこの世にはいないとわかっているのに、いつもどこかにエドを探しているエリーゼは、物寂しい気持ちで青年を見上げる。彼は瞳にかかる黒髪をさらりと掻き上げ、一歩下がった。流れるように胸に手を置き、優美に腰を折る。

「挨拶が遅れ、失礼しました。私はブロンセ王国で王宮魔法使いとして務めております、ブランシュ公爵家嫡男、アルフォンスと申します。現在はレーヴェン伯爵を名乗っております。以後、お見知りおきを」

複数領地を持つ家では、往々にして正式に子が家を継ぐまでの間領地の一つを受け継がせ、その地にちなんだ爵位を名乗らせた。

彼もそうして生家とは違う爵位を名乗っているのだろうが、唐突に挨拶をされたエリーゼは、しばしぽかんとした。それから我に返り、自らも膝を折る。

「あ……っ、こちらこそ、ご挨拶が遅れて申し訳ございません。私はエリーゼ・ミュラーと申します。ミュラー侯爵家の長女です」

淑女の礼を執りながらも、エリーゼの心は警戒心でいっぱいになった。エドと似た雰囲気に気が緩みかけたが、彼はヨハンと同じ人種だ。

躊躇いもなく背を向けた女性に声をかけ、外見から出身地を想定してその地に馴染みのある話題を出し、距離を縮める。いかにも女性の扱いに慣れた男性の振る舞いだ。しかも公爵令息であり、かつ王宮魔法使い。

ブロンセ王国王家の右腕として傍近くに置かれる王宮魔法使いは、総じて魔力が強く、高い知性を兼ね備えた人物しか採用されないと知れ渡っていた。

彼は間違いなく隣国内で十二分に女性人気があり、色事に手慣れた男性だ。

——……待って。ということは、私が火遊びのお相手に選ばれることもないわ。

家計の問題が社交界に広まっているエリーゼは、基本社交の場で男性に興味を持たれなかった。それにバルバラのセリフではないが、マルモア王国で白い髪は異質。これを美しいと考え、更に家計の問題を無視してまでエリーゼに近づこうとする者など、これまでヨハンくらいしかいなかった。自分が男性に好まれる外見をしているとは考えていなかったエリーゼは、一瞬警戒した自分を内心笑って、アルフォンスに問いかけた。

気まぐれの会話くらいなら、楽しもうと思ったのだ。

「今夜の宴は、ブルクハルト王太子殿下の護衛でご参加なさったのですか？　三季の宴に他国の方がいらっしゃるのは珍しいので、皆注目していました」

エリーゼの微笑みを見た彼は、嬉しそうな顔をして頷く。

「そんなところです。といっても、我々は今夜の宴に招かれたわけではなく、参加させてほしいと頼み込んで参ったのですか」

「……まあ、そうなのですか。どなたかお会いしたい方がいらっしゃったのですか？」

自ら参加したいと頼むなんて、面識はないが近づきたい人物がいる場合くらいだろう。

何気なく尋ねたエリーゼは、はっと口を押さえる。

「あ、申し訳ございません。出過ぎた質問を致しました」

彼の雰囲気が柔和だから、つい深く考えず言葉を発してしまった。王太子ならば、普通は公的機関を通して連絡を取れば事足りる。それをせず、宴をきっかけに誰かに会おうとしているのだ。なんらかの事情があるのは想像に容易く、関係者でもないエリーゼが尋ねるべきではないと気づいた。

恐縮すると、アルフォンスは肩を竦める。

「いや、大丈夫だよ。話題を出したのは俺だから。会いたい人がいるというか、少し調査したいことがあって訪れた感じなんだけど……堅苦しい仕事の話より、君のことが知りたいな。恋人はいるの？」

「え」

なんの躊躇いもなく恋人の有無を確認され、エリーゼは面食らった。

彼は実母の形見である真珠の髪飾りをつけたエリーゼの髪に手を伸ばし、さらりと指で梳く。

「君くらい美しい人なら、恋人の一人や二人いるかな。……もしも今恋人がいないなら、立候補してもいい？」

出会って間もないのにあっという間に口説かれ始め、エリーゼは目をまん丸にする。驚きのあまり口をパクパクさせてしまうが、その様子を彼が愛しい者でも見るように見つめてくるので、かあっと頬が赤く染まった。

――勘違いしてはダメよ……っ。これはきっと、彼にとっては社交辞令の一つなのよ。

社交界では、女性を喜ばせるのは紳士の務めとされている。女性人気のある男性なら、自分が口説く振りをすれば女性は喜ぶと知っているから、挨拶代わりに甘いセリフを垂れ流しているのだ。

エリーゼは決して自分に興味を持たれたわけではないと言い聞かせ、ぎこちなく首を振った。

「わ……私には、婚約者がおりますので」

――もうすぐ破談になるかもしれないけれど……。

エリーゼはなんとしてもヨハンの浮気の実態を調べ、アンネに現実を理解させるつもりである。それでアンネがヨハンを嫌ったら、バルバラはごり押しでまた彼にエリーゼを押しつけるだろう。しかし先方がそれを受け入れるかどうかは定かではない。

一度はアンネに慕われ、未来の侯爵の座を手に入れかけたのだ。先方にも矜持はあり、エックハルト家とミュラー家の縁談そのものが白紙に戻る場合だってあり得た。

破談となる可能性が高い微妙な立ち位置のエリーゼは、しかしまだ婚約しているのだからと、きっちり筋を通した返答をした。

エリーゼの答えに、アルフォンスは目を瞬かせ、口角をつり上げる。

「……そう。君の婚約者は妹に現を抜かしてるのに、譲る気はないんだ？」

彼の美しい瞳がやや意地悪そうな光を宿し、エリーゼの胸がドキッと跳ねた。やはり先程の言葉は、社交辞令だったらしい。彼はエリーゼに婚約者がいると知っており、その上妹に乗り換えられかけている状況まで把握して声をかけたようだった。

――隣国の方にまで知られているなんて……。

あまりに広範囲にミュラー家の恥が広まっていると知り、エリーゼの体の芯が冷える。これではアンネの社交界デビューが、ますます辛いものになる。

旗色を悪くするエリーゼに、彼は眉尻を下げた。

「……不躾を言ってすまない。先程会場を通り抜けてきた際に、方々で噂されている内容が耳に入ってね。……君は妹の恋路を妨害する、ミュラー侯爵家の悪女だと」

エリーゼは幾分ほっとする。彼が情報を手に入れたのは、今し方だった。噂が他国にまで広まっているわけではない。

——だけど、それならそれで、どうしてわざわざ私に話しかけてきたのかしら。私が悪女だと思って、お叱りにでも来たの……？

無駄に正義感が強い者なら有り得なくもないが——と不思議な気分で黙っていると、彼は短く息を吐いた。

「余計な世話だとは思うが……君か妹、どちらが嫁ごうと、君の家は既に救済されているのだろう？　妹と婚約者が惹かれ合っているなら、好きにさせてやればいいじゃないか。むしろその方が、婚約者の生家は乗り気でより援助してくるだろう。悪い話ではないように思う。……まあ、君は婚約者に惚れているからこそ、妹との恋路を認められないのだろうが」

最後にぼそっと呟かれたセリフに、エリーゼはかっと頭に血が上るのを感じた。

——信じられない。ミュラー侯爵家がエックハルト男爵家に既に援助されている情報まで、会場内で話されているの⁉　それに〝婚約者に惚れているからこそ〟だなんて……！

「——私は、ヨハン様に惚れてなんていないわ……！」

妹の唇を奪ったシーンを見た時点で、エリーゼは心底ヨハンを軽蔑しており、その一点だけは訂正せずにはおれなかった。

——社交界デビューもしていない無垢な子に手を出すなんて、あんな軽薄な男、本当なら結婚したくもないわよ……っ。

心の中でヨハンを罵ったエリーゼは、その後くっと喉で変な音を立て、視線を逸らす。

——私ったら、何を言っているの……。惚れていないなら、さっさと妹に譲れと世間にますます非難されてしまうじゃない。

「い、いいえ……違うのです。えっと、今のはただの強がりで……本当はお慕いしていて……」

ぼそぼそと連ねるエリーゼの言い訳を聞いているのかいないのか、アルフォンスは腹の前で腕を組み、思案顔になった。

「そうなんだ？　惚れてないなら、どうして婚約破棄しないんだ？　まさか本当に妹に意地悪をしたくて、そんな馬鹿な真似をしているのか？」

訂正は、全く聞いてもらえなかったらしい。

真正面から馬鹿呼ばわりされ、エリーゼは眉を顰める。やむにやまれずとはいえ、一般の貴族令嬢が担わずとも良い領地経営までしているのだ。それなりの知性を備えている自負はあり、エリーゼは気づけばまた言い返していた。

「妹を大切にしているからこそ、反対しているのです。ヨハン様の女癖の悪さは、調べずとも耳に入るくらい酷いのですよ。恋で盲目状態になっている妹には、現実を知ってから本当に彼で良いのか判断してほしくて……っ」

領地経営の傍ら、アンネに嫌われてしまったアルミンと一緒にヨハンの浮気調査を始めていたエリーゼは「今はなんとか時間を稼ぐために婚約破棄を引き延ばし、調査をしているところだ」と続けかけて、やめた。

今日会ったばかりの人物に、秘密裏に動いている事実を話してどうする。万が一彼にヨハンと親交があれば、動きを気取られてしまう。

エリーゼは深く息を吸い、首を振った。

――どうしたのかしら、私……。

いつもならもっと冷静に振る舞えるのに、対面した直後から敬語を忘れたり、感情的になったり、どうにも彼とは相性が悪い。

「失礼しました。今のは、全て忘れてくださ……」

「なるほど。では今は、妹に事実を告げるため、婚約者の動向を調査している期間というわけか」

あっさり現状を見抜かれてしまい、エリーゼは渋面になる。

王宮魔法使いに任じられているくらいだ。エリーゼなど遠く及ばぬほど優れた知性を備えているのは、言わずもがな。こちらの状況を想定するなど、お手のものだろう。

内心が顔に滲んだエリーゼを見て、彼は面白そうに笑った。睫の長さまでわかる距離に顔を近づけ、びくっと肩を揺らしたエリーゼの耳元で、密やかに囁く。

「それじゃあ、協力してあげようか。これから別件の調査のために、一か月ほど滞在する予定だ。浮気調査程度なら、仕事の合間にできるよ。立場だけはあるから、調査に使える人員はごまんといるしね」

距離が近すぎて思わず身を竦めたエリーゼは、ぱっと彼の目を見返す。吐息も触れそうな距離に顔を寄せたアルフォンスが、美しい紫の目を細めてふっと笑った。

「もちろん、費用は請求しない。……いい話じゃないかな?」

「……どうして、そんなご提案を……」

彼とエリーゼは、今日会ったばかりだ。そんな相手に、部下まで使って調査に協力すると言い出すのは不自然すぎる。

親切すぎて逆に怪しく、不審に感じて尋ね返すと、彼は笑みを深めた。

「さあ、なぜだろう。どう見ても美しい君が、妹に比べるとまるで醜いかのように噂されているのが、気に入らないからかな」

エリーゼは眉根を寄せる。

「それは……事実ですから……」

アンネに比べれば、エリーゼは全く魅力的ではない。そう自分でもわかっている。

怪訝な気持ちで答えると、彼は眉を上げ、身を離した。額を押さえ、わかってないなと言いたげにため息を吐く。

「君ってやっぱり馬鹿なのかな。自分の美しさはよく理解した方が、絶対に得するよ。妹を大切にするのはいいけど、それ以上に自分を大事にしないと……」

「な……」

またも馬鹿呼ばわりされ、エリーゼはむっとする。

アルフォンスは不機嫌になったエリーゼの反応は気にもとめず、さっと手を取り、甘い笑みを浮かべた。

「雪のような髪も、海を思い出させる優しげな深い青の瞳も、染み一つないその肌も……君は全て魅力的だ。——エリーゼ嬢、君は美しいよ」

「——」

エリーゼは、言葉を失った。大人になってからこんなにキザに褒められた経験は、今までなかった。血が逆流し、ぶわわっと首元から耳まで真っ赤になったのがわかる。

同時に込み上げるものがあり、エリーゼは感情の揺らぎを悟られぬよう、奥歯を嚙み締めた。

『エリー、君は美しいよ』

アルフォンスのセリフは、奇しくもこの世にはもういない友人を再び思い起こさせた。

エリーゼに初めて〝エリー〟の愛称をくれたエド。彼は自分を醜いと信じていたエリーゼに、初めて称賛の言葉を贈ってくれた。

懐かしくて、泣きたい気持ちになるが、エリーゼは理性を奮い立たせて我慢する。その代わりに、頰を染めたままにこっと笑った。

多々無礼な発言はあったが、彼が自分を褒めてくれたことに違いはない。

「……ありがとうございます、アルフォンス様。自分に自信を持つことを、うっかり忘れていたみたいです」

エドと死別してもう十年だ。アンネこそ最上に美しく、エリーゼは醜いと言い続けるバルバラと毎日接する内に、いつの間にか、エドに教わった自分を大切にする気持ちが薄れてしまっていた。

アルフォンスはエリーゼの笑顔にほっとして頷き、ふと視線を落とす。先程取り上げたエリーゼの左手を見やり、小指の指輪を親指で撫でた。

「……随分、古い指輪だね。作りもイマイチだし、新しい指輪をつけた方がいいんじゃないかな？　これは子供がつける指輪だ」

初恋の人からの贈り物を、アルフォンスはすぐにも外すべきだとでも言いたげな雰囲気で摘み、引き抜こうとする。エリーゼはぎょっとして、すぐに手を引いた。

——いい人かと思ったけど、やっぱり嫌な人だわ……っ。

他人の物を自己判断でどうこう言うのは、ナンセンスだ。エリーゼはもう一方の手で指輪を隠し、アルフォンスを睨む。

「これは、大切な思い出が詰まった品なのです。なんでも新しかったり、高価だったりすればいいわけではありません」

裕福な公爵令息にとっては粗悪品に見えたとしても、これはエドから贈られた指輪だ。彼の思い出と共に、一生捨てる気はない。

エリーゼはアルフォンスのデリカシーのなさに、浮気調査など協力してもらったらどこかでぽろっと暴露されそうだと不安を覚えた。

王宮魔法使いとその部下の協力があれば、調査は確実に容易く進む。だが出会ったばかりの人間にここまで親切にするのは、やはり不自然だ。

別件で調査があるらしいから、その関係もあるのかと思うが、エリーゼは念には念を入れ断りを入れようと思い直した。

「アルフォンス様。せっかくですけれど、やっぱり先程の調査協力の話は……」

なかったことに――と言う前に、彼は機嫌の良い笑顔で応じた。

「ああ、そうだね。調査は明日から開始しよう。また内々にご連絡するよ。ここで出会えた記念に、ホールでダンスでもしない？」

息を吐くようにダンスに誘われ、エリーゼは目を据わらせる。

――やっぱり……すごく女性の扱いに慣れてる。

アルフォンスを遊び人認定し、首を振った。

「……今夜はいつもよりも注目されていますから、ご遠慮致します」

妹の恋路を邪魔する悪女が出会ったばかりの隣国公爵令息とダンスに興じていたら、またあらぬ噂が広がりそうだ。

「そう？　それじゃあまたいつか君がその気になったら、お相手願おうかな。せっかくだから、俺の国の話でもしようか。この国よりずっとたくさん、魔法を使った道具が出回っているんだよ」

意外にもアルフォンスはあっさり身を引き、雑談を始める。

エリーゼは語られだしたブロンセ王国の話に興味を引かれつつも、肩透かしを食らった気分だった。ほんの少し気恥ずかしく、淡く頬が染まる。

――もしかして、今のも社交辞令の一環だったのかしら……。

世慣れていないエリーゼは、アルフォンスがただお世辞を言っているだけなのかどうか、全く見分けがつけられなかった。自意識過剰な態度を取ってしまったなら、申し訳なかったなと思う。

彼は機嫌良く魔道具に溢（あふ）れた日常の話を披露し、エリーゼはそれから宴が終わる頃合いまで、時の経過も感じず彼の話に聞き入った。

二章

一

月は中天を過ぎ、迎賓館で開かれた賑(にぎ)やかな宴も終わりを迎えた深夜――アルフォンスは王宮の西に設けられた賓客の宿泊施設、グラナート館に移動していた。

賓客が連れてきた護衛もまとめて宿泊できるようにいくつもの部屋があるその館は、上階へ行くほど一室の面積が広くなる。

その最上階の部屋を案内されたのは、当然ながらアルフォンスが仕えているブロンセ王国の王太子――ブルクハルトだった。

広大な室内には大きな暖炉が一つあり、壁面には絵画や見事な意匠を凝らした鏡などが飾られている。庭園に面した窓は贅沢にも天井から床までガラスが入っており、扉でもあるそこからバルコニーへ出れば、灯火で照らされた庭園が見渡せた。

朝晩はまだ肌寒さが残る季節ながら今夜の空気は暖かく、ブルクハルトはバルコニーで寝る前の酒を楽しむ。

その向かいに腰掛けるアルフォンスは、簡素なシャツに上着を羽織っただけのブルクハルトとは対照的に、軍服姿のままだった。

「……面倒な手続きを踏んで、今夜の宴に参加したというのに……」

アルフォンスは手元の書類を見下ろし、渋い顔で呟く。

ブロンセ王国で王宮魔法使いとして務めるアルフォンスは、今回、もう一つの職務の責任者として王太子に同行していた。王室が独自に開設している、特殊捜査班の長だ。

マルモア王国と違い、魔法使いの人口が一割を占めるブロンセ王国では、魔法がかけられた道具や玩具（おもちゃ）、薬など多くの商品が売買されている。その中で近頃、あらゆる病に効くという謳い文句の薬が瞬く間に広まり、多くの健康被害を生んでいた。

それは身体に取り込めばどんな痛みも消え、人々は病などなかったかのように動き回れる特効薬だ。しかし薬を取らなければ以前以上に身体が弱るため、一度口にしたら延々飲み続けなければいけない、危険な側面のある劇薬だった。

値段も最初こそお試し価格として安価で売られるが、二度目以降は正規の高額価格が適用される。このため薬が買えず倒れる者が急増し、中には薬を扱う店に盗みに入る者も出始めた。そこで政府が動き、調査に入ったのだ。結果――その薬は今後一切の使用を禁じられた。

上手く薬品に偽装して売買されていたものの、それは中毒性の強い違法魔薬だったのである。

一見病が治ったかのように見える効能も、実際はまやかしだ。痛みを取り除いて気分を高揚させるだけの効果しかなく、身体は癒やされるどころか痛めつけられる。継続して摂取すれば徐々に内臓は機能しなくなり、まともに食も摂れなくなる毒である。それでも摂取を続ければ、身体は痩せ細って動けぬ状態なのに、当人は自覚なく歩き回る、不死者もどきが作り出された。

またこの魔薬には不可思議な副産物があり、飲んだ者の身体には、ほんの僅かに魔力が宿った。

服用者の魔力を持つ持たないに関係なく、何者かの魔力の欠片が与えられるのだ。

王宮魔法使いであるアルフォンスは、魔力を与える目的は何か、解析を試みた。だがあまりにも脆弱すぎて、判別はできなかった。それは与える意味もないほど、僅かな量の魔力なのである。

その力で薬を飲んだ者の痛みを消しているのかとも考えたが、身体に作用しているのは、魔薬にかけられた別の魔法だ。身体に取り込まれた何者かの魔力のおかげで魔法が使えるようになるわけでもなく、術者の目的はわからずじまいだった。

粗悪な魔薬なので、間違えて製造者の魔力が注がれているだけなのかもしれない。

アルフォンスはひとまずそう結論づけ、ブルクハルトと共に王命を受け、特殊捜査班として薬の製造元を探り始めた。

ところが薬の売買経路を辿ると、それはブロンセ王国内に留まらず隣国へと繋がった。

あの魔薬は、場所がどこであろうと全ての者に悪影響を及ぼす。必ず製造元を突き止めねばならないとブロンセ王国国王も強く調査の継続を命じ、今回のマルモア王国訪問と相成ったのだ。

マルモア王国側には事前に調査協力を願い、許可を得ていた。調査期間も報せており、つつがなく全て進行するはずだったが、いざ到着してみれば、マルモア王国側は宴の最中の調査を禁じた。

先方は、高位の貴族が集う場でみだりに騒ぎを起こされたくないと主張したのである。

こちらとて宴で一騒動起こす気はない。ただ調査対象に近づくなり動向を観察するなりして、追跡調査をしたいだけだ。そう説明しても対応に来た外務省次官はダメの一点張りで、アルフォンスは諦めざるをえなかった。

——これだから、魔法に理解のない国は……。

アルフォンスは苦々しく腹の内でぼやく。

この世界では、魔法使いが生まれる国の方が少なかった。故に国によって魔法に対する姿勢が異なる。

魔法を有用な力と考え、積極的に取り入れる国もあれば、必要ないとする国もある。この内、マルモア王国は後者だった。

かねてより魔法じかけの道具を国内で広めることすら積極的でなく、衣食住全方面の事業を自国内でのみ完結するシステムを構築。魔法薬にも頼っていないため、ブロンセ王国側から危険な薬が流通していると警告を入れても、自国内ではそんな報告はないと突っぱねた。

マルモア王国が自国内を調査する気配を見せなかったため、仕方なくブロンセ王国が多岐にわたる書類手続きを踏んで、調査官を入国させたのだ。

それが調査初日に出鼻をくじかれ、アルフォンスは憤懣やるかたなかった。

しかめっ面の部下に、ブルクハルトは朗らかに笑う。

「まあ、こういう日もあるだろう。調査期間は十分にある。焦らずともいい」

ブルクハルトは、二十二歳になったアルフォンスの一歳年上だ。たったそれだけしか変わらないのに、十歳ほど目上なのではと疑いたくなるほどには、常に落ち着いている。

――生まれながらの王太子として生きていれば、これくらい器が大きくなるのだろうか。

アルフォンスは彼の人生を他人事として考えながら、肩を落として頷いた。

「そうだな」

目の前に置かれた酒のつまみを口に入れると、ブルクハルトが足を組み、頬杖をついてニヤニヤと笑いかける。

「それよりも、宴で再会したのだろう？　どうだった、お前の『陽炎の君』は」

揶揄い交じりに問われ、アルフォンスは視線を上げる。先程までの上官の顔は鳴りを潜め、ブルクハルトは同年代の青年の表情になっていた。

アルフォンスとブルクハルトは上官と部下の関係ながら、友人でもある。報告をしろと呼ばれたので軍服で訪れたが、彼の態度から考えるに、友人として雑談がしたかったに違いない。

興味本位の視線が居心地悪く、アルフォンスは眉間に皺を刻む。

「……その『陽炎の君』はやめろ。俺は彼女をそんな風に呼んでいない」

「彼女の名前を出せば誰かに気取られるやもしれないからと『髪色がとても美しい昔の知り合い』だの『笑顔が非常に印象的な云々』とまどろっこしく呼んでいたお前のために一つの名を提案しているんじゃないか。ぴったりだろう？　そこにいるのは見えているのに、決して触れられない想い人。まさに逃げ水——陽炎だ」

ブロンセ王国に住まうようになって以来、世話になりっぱなしの友人を無下にもできず、アルフォンスは渋々答えた。

「……綺麗になっていたよ。誰がどう見ても、彼女は美しい人だった。……それなのに全然自覚がなくて、彼女をそんな風にした周囲に腹が立った」

後半の声は憤りを孕み、アルフォンスは深々とため息を吐く。

「全く、この国はどうなっているんだ？　あんなに美しい女性を、まるで醜いかのように噂するなんて……どいつもこいつも性根が腐っているとしか思えん」

腰に届く髪は白雪を彷彿とさせる純白で、光が射すとキラリと煌めく。肌は白く、肢体は華奢。海のように深い青の瞳には優しい性格が滲み出ていて、形良い唇が弧を描いて笑うと、神に感謝をしたいくらい喜びが胸を満たした。

——エリー。君が今も生きていてくれて、俺は何よりも嬉しい。

宴で声をかけた彼女が笑みを浮かべた瞬間、アルフォンスはそんな言葉で頭がいっぱいになっていた。

エリーゼ・ミュラー。

アルフォンスが一生忘れられそうにない、心から愛している女性だ。同時に決して触れてはいけない、遠い世界の住人。

現在、ブランシュ公爵家の嫡男として生きるアルフォンスは、かつての名をエド・デューリンガーといった。

エドはテュルキス王国でデューリンガー侯爵令息として生き、そして十二歳で生涯を終えた。

その自分が二十二歳になるまで生き延びられたのは、偏に生かそうと努めてくれた周囲のおかげだ。周りの助けがなければ、成人するまでに命を奪われていただろう。

エドは、人口の三割が魔法使いであるテュルキス王国の国王——ゴットハルトの愛妾エルマが生んだ子供だった。テュルキス王国内の魔法使いはそのほとんどを貴族が占め、国王もその例に漏れない。代々王家は強い魔力を保持するため、王妃もまた魔力を有する女性が選ばれるという伝統があった。

そんなテュルキス王国では一夫一妻制が敷かれ、国王とて愛妾を持つのは不道徳とされている。

しかしゴットハルトは正妻の他に想いを寄せる女性を持った。メイドとして王宮に仕えていた、下級貴族の娘、エルマだ。

エルマの生家であるデニス男爵家は貴族ながら誰も魔力を持たず、領地運用のみで細々と生計を立てていた。三女のエルマは生家の家計を助けるため、王宮に上がって働いていたのだ。そこでゴットハルトの目にとまり、未婚のまま腹に子を宿す。それが、エドだった。

正妻カテリーナは同年に男児を懐妊していたが、王が自分以外の女性を妊娠させたことに怒り狂い、エルマの殺害を企てる。

事前にカテリーナの動きを察知した王は、すぐにエルマを地方へ隠した。だがカテリーナは怒りを収めず、執念深くエルマを探した。そしてエドがこの世に生を受けた半年後、エルマは原因不明の死を迎える。

ある日、彼女は身を潜めていた邸宅の庭園で、どんな外傷もなく事切れていたのだ。

人々は命を奪う禁忌魔法が使われたのだと噂するも、結局犯人は見つからぬまま。エルマは国王の采配により丁重に埋葬された。

エドはというと、何かを察していたのか、エルマが死の直前に他家に預けていて難を逃れた。

王はエドまで失うまいと内々に信頼の置ける部下に秘密裏に息子を託し、健やかな成長を願った。

それがデューリンガー侯爵家だった。

デューリンガー侯爵家はテュルキス王国でも伝統ある高位貴族。魔力も他家の追随を許さぬほど強い一家で、生半可な魔法使いでは到底太刀打ちできない名家だった。

その上エドは養子ではなく、正式にデューリンガー侯爵夫妻のもとに生まれた次男とされ、カテリーナもおいそれと手出しできぬ状況に置かれた。

しかしやはり愛妾の息子が生きていることが気に食わなかったのだろう。カテリーナは虎視眈々と機会を探り、再び刺客を放った。

それが、エドが十二歳だった折に襲撃された実態である。

エリーゼと共に馬車に乗っていたエドは急襲を受け、胸に呪いがかかった刃を突き立てられた。

即死も免れぬ深い傷だったが、運良く馬車はエリーゼの祖父――ベルツ伯爵の邸宅近くまで来ており、エドは一命を取り留める。

ベルツ伯爵は、治癒魔法の名手だった。

けれどこれ以上同じ場所にいては再び命を狙われるだけだと、デューリンガー侯爵は自身の伝手を頼って、エドをブロンセ王国へ移住させた。

カテリーナにエドは死んだと信じさせるため、亡骸を偽装して大々的な葬儀も執り行った。

葬儀の間、エドはデューリンガー侯爵が作った仮死状態になる魔法の薬で、鼓動がとまったように見える状態にされていた。

身体はぴくりとも動かなかったが、意識はあった。

棺に横たわる自分を見て、エリーゼが泣いていた。

本当は生きているのに、伝えられないもどかしさは耐え難く、エドは彼女を両腕で抱き締めたくてたまらなかった。まして彼女は自分を庇ってエドが死んだのだと信じ、苦しんでいた。

死んでなんかない。泣く必要はないんだと声をかけたかった。

けれど自分と関われば、また彼女の命を危険に晒してしまうかもしれない。

エドは身を切る思いでこれを今生の別れにするべきなのだと己に言い聞かせ、初恋の少女への想いを胸に押し込んだ。

ブロンセ王国へ移住したエドは魔法で姿を変え『探知魔法』をすり抜ける『目くらましの魔法』も自身にかけた。万が一にもカテリーナが自分の生存を疑い、探しだそうとした際に見つからないようにしたのである。

名を変えてブランシュ公爵家の養子となったあとも、アルフォンスは生存を悟られぬよう息を潜めて過ごした。子に恵まれなかったブランシュ公爵夫妻が彼を嫡子として迎え入れたと公にしたのは、エドが亡くなって実に五年後だった。

ブロンセ王国内ではアルフォンスは養護施設出身とされており、方々から公爵令息の立場を手に入れた幸運を祝われた。

自分でもここまで生きられたのは奇跡だと思う。だがそれは運ではなく、周囲の大人が手を尽くして生かそうとしてくれたおかげだ。

ただ生き延びられただけでも感謝しているのに、デューリンガー侯爵と友人関係にあったブロンセ王国国王はアルフォンスに目をかけ、破格にもたびたび王宮に招いた。そこでブルクハルトと出会い、友人になったのだ。

こうして二十二歳になったアルフォンスは、今もエリーゼを想っている。だが恋仲になりたいとは考えていなかった。

自分と関わったせいで彼女の命が危うくなるのは、二度とごめんなのだ。

ただエリーゼが幸せにしているか気になり、時折使い魔を放って様子を報告させていた。

彼女が十五歳になるとベルツ伯爵は亡くなり、エリーゼはミュラー侯爵家で一年を過ごすようになった。その内彼女の父は酒で身体を壊し、継母は箍が外れたように散財に明け暮れ始める。病気がちなアンネや父を気遣って生きるエリーゼの苦労は絶え間なく、アルフォンスはよほど手を差し伸べたかった。

しかしテュルキス王国で己の葬儀を執り行った時、アルフォンスは彼女の命を守るため、決別を誓った。

傍観に徹するのは苛立たしく苦しかったものの、エリーゼは困難の中でも領地経営の術を学び、家を支えようと逞しく奮闘していた。

その姿は力強く、これで良い夫が現れればミュラー家は改善するだろうと思われた。

そして二年前、彼女は成り上がりの男爵家長男と婚約し、ミュラー家の経済事情は救済された。大変喜ばしい事態ではあったが、とうとうエリーゼが他の男のものになるのだと思うと、アルフォンスの気分は沈んだ。

しかも調べてみれば、ヨハン・エックハルトは全く好ましい人物ではなかった。婚約期間中、エリーゼだけでなく、多数の女性に手を出す好色男だったのである。エリーゼはそれに気づいているのかいないのか、彼を咎めもせず、大人しく婚約者として過ごすだけ。

そして現在、好色男はその触手を妹のアンネに伸ばし、社交界にはエリーゼを悪女とする噂が広まっていた。

ちょこまかとエリーゼの周囲を調べていたアルフォンスは、エリーゼの悪評はヨハンによって広められたものと承知している。

――ことごとく屑な男だ……。

テラスでブルクハルトと向かい合っていたアルフォンスは、心の中でヨハンを罵り、酒を呷った。

その様子に、ブルクハルトは苦笑する。

「……マルモア王国は魔法使いがほとんど生まれない国だからな。あの髪色も俺たちには美しく見えるが、見慣れぬ者からすれば異質に映るのだろう」

ごもっともな指摘だが、アルフォンスは納得がいかず目を眇めた。

「……そうだろうか。少なくともあのヨハンとかいう男は、たびたび彼女に手を出そうとしていたぞ」

社交の場で、エリーゼは外見は美しいがガードが堅すぎるとヨハンがぼやいていたのを、アルフォンスは知っていた。

反論すると、ブルクハルトは呆れた表情になる。

「……お前、どこまで彼女のことを調べていたんだ？　まさか婚約者との逢瀬まで事細かに調べて報告させていたわけではないだろうな」

「いや、そういう関係ではないようだったから、逢瀬の様子は報告させていない」

アルフォンスにとってありがたいことに、エリーゼは本当にガードの堅い令嬢だった。婚約すれば普通は口づけの一つもするものだが、彼女はそういう肌の触れ合いの一切を拒んでいたのだ。

真顔で答えると、ブルクハルトは目を瞬かせ、頬を引き攣らせる。

「……それは、運が良かったな……。もしも『陽炎の君』が婚約者と良い関係だったら、お前は今頃立ち直れない状態だったと思うぞ」

──確かに。

アルフォンスが調査に使っているのは、使い魔の烏だ。人を使うとどこかから情報が漏れる可能性があるが、使い魔とは決して他者に口を割らない契約が結べるので、最も安全に調査できた。

だが烏は動物なので、相手を気遣い婉曲に伝えるという話術は持たない。全て見たままを報告する。

もしもエリーゼがヨハンとあれこれしていたら、それらも詳細に報告されていただろう。

想像するだけでも絶望的な気分になっていると、友人は気遣わしげな微笑みを浮かべて続けた。

「それに、プライバシーの問題もあるからな。ある程度配慮して行動した方がいい」

──他人の逢瀬を覗き見るものではない。

遠回しに注意する友人の心の声が聞こえ、アルフォンスは使い魔の言葉を脳裏で反芻させた。

そこそこ知性がある烏は、何も言わずただ従うわけではない。しっかり自我があり、エリーゼの様子を報告するたびに、いらぬ一言をつけ足した。

『なあ、アルフォンス。命令だから従ってるけど、お前がしてるのってただの覗きだぞ』

『好きなメスなら口説けばいいじゃないか。見てるだけで満足してるなんて、お前って変態なの？』

『「社交界一口説かれてみたい男」が、実は女の子の生活を覗き見て一喜一憂してるって知ったら、皆幻滅するだろうな』──等など。

バラエティに富んだ揶揄をこの十年聞き続け、アルフォンスも自分がいかに趣味の悪い真似をしているかは重々承知していた。

しかし、本当なら妻にしたい女性を、口説きもせずただ見守るに徹しているのだ。

──幸せにしているかどうかくらい、確認してもいいじゃないか。

今なお冷めやらぬ恋情を胸に秘めているアルフォンスは、ブロンセ王国内でそれなりの女性人気を得ていたが、誰とも交際する気にならず、独り身を貫いていた。興味があるのはエリーゼだけであり、唯一愛する女性に関われる覗きについてだけは誰の意見も聞く気はなかった。

「まあ、彼女が結婚したらやめるよ。……いや、どうかな……」

常識的に考えて、彼女の結婚のタイミングが潮時かとも考えたが、結婚生活が幸せとも限らない。

神妙な顔で思案するアルフォンスを見つめ、ブルクハルトはため息を零した。

「そんなに気になるなら、口説けばいいだろう。お前の魔力なら『東方の魔女』の目だって届かぬようにできる。お前の過去を明かさなければ『陽炎の君』もさほど危険に晒されないと思うが」

『東方の魔女』とは、ブルクハルトが命名したテュルキス王国の現王妃、カテリーナの異名である。

どこまでも執念深く追ってくるところは、まさに魔女の名を冠するに相応しい。

エドがアルフォンスになって以降、カテリーナが自分を探している気配は何度か感じられた。

あの女は実に疑い深い性格らしく、テュルキス王国で葬儀を挙げてから三年間は、何度も方々に『探知魔法』をかけてエドを探し回っていた。

そのたびに『目くらましの魔法』が反応するので、アルフォンスはあの女が自分を探しているのを都度知ることができた。

アルフォンスの魔法は見事にカテリーナの目をかいくぐり続け、四年目以降はあの女の『探知魔法』も発動されていない。

カテリーナもようやくエドがこの世にいないことを信じたのだとも思えるが、アルフォンスは友人の提案には前向きになれなかった。

エドであった過去は隠し、一貴族令息としてエリーゼを口説き落として妻にする。やろうと思えばできるが、容易くもないと思われた。

アルフォンスはバルコニーの向こうに広がる庭園の先——マルモア王国の市街に目を向け、物憂げに呟く。

「……それはできない。あの女は、今でもなぜか彼女を探している。もしかすると、まだ俺が生きていると信じ、彼女を捕まえて居場所を吐かせようとしているのかもしれない」

声はどうしても暗く沈んだ。

アルフォンスがエリーゼの日々をつぶさに調べているのは愛しているからだが、理由はそれだけではなかった。彼女の命に危険が迫っていないか、いち早く知るためでもあるのだ。

アルフォンスの返答にブルクハルトは目を瞠り、身を乗り出す。

「そんな話、初耳だぞ。なぜ俺に一言も伝えなかった。それならお前の身もいまだ危険という意味になる。知っていれば、テュルキス王国の隣国になどお前を連れてこなかった」

ブロンセ王国は、テュルキス王国からマルモア王国を挟んで西に位置する。

魔法は対象物との距離が近ければ近いほど効力が強まり、また魔力が強い者の方の魔法が勝つ仕組みだ。

だからアルフォンスの魔力がカテリーナに劣るなら、今『探知魔法』を使われると勘づかれる可能性は高かった。

お前を危険に晒す気はなかったと焦るブルクハルトに、アルフォンスは肩を竦める。

「全て確証はない。ただあの女が彼女を探しているだけだ。幸か不幸か、俺は魔力だけは人一倍強いし、魔法であの女に打ち負けることはないだろう。俺の身を心配する必要はないよ」

テュルキス王国王家は伝統的に魔力の強い者を選んで血統を結んできた歴史がある。そのおかげでアルフォンスは片親が只人だったにもかかわらず、魔力だけは他の追随を許さぬほどに強かった。あの女に気取られない自信があったからこそ、今回の任務も引き受けたのだ。

「だが問題は彼女だ。ベルツ伯爵が彼女にかけた『目くらましの魔法』が崩れかけている。魔法をかけ直さねばならない」

エドの葬儀が執り行われた直後、ベルツ伯爵はエリーゼに『目くらましの魔法』をかけた。

カテリーナはエドとエリーゼが深い友情で結ばれていたと知っていた。だからカテリーナの魔手が自身の孫に伸びるのを危惧したのだ。

しかしエリーゼは、エドは盗賊に殺されたのだと聞かされていて、カテリーナが関わっていることなど微塵（みじん）も知らない。余計な不安を煽りたくなかったのか、ベルツ伯爵はエリーゼに気づかれぬよう魔法をかけたようだった。

ベルツ伯爵の魔力はデューリンガー侯爵に劣らず強く『目くらましの魔法』は彼の死後五年、エリーゼを守り続けていた。

しかし今夜宴でエリーゼを遠目に見たアルフォンスは、魔法に綻びを見つけた。

ブルクハルトは目を細め、椅子に背を預ける。

「ああ……なるほどな。それで『陽炎の君』に近づいたのか。俺がどんなにそそのかしても頑なに会おうとしなかったくせに、宴で見かけるなりすぐ話しかけに行ったから、さすがのお前も想い人を前にしたら抑えが利かなくなったのかと思ったが……近づく必要があったんだな」

エリーゼの命を危険に晒さないと誓った気持ちは何より強く、そう容易く感情に流されはしない。アルフォンスが今夜彼女に声をかけたのは、ブルクハルトの言う通り『目くらましの魔法』をかけ直す隙を見つけるためだった。

『目くらましの魔法』は、目にかけなくてはいけない。探されている者の目をくらましても無意味ではと思われがちだが『探知魔法』は探している対象と術者の視覚が術中で重なって初めて感知される。そのため、一方の目が魔法で閉じられていたら、見つけられないのだ。

また『目くらましの魔法』にはいくつか種類があり、特定の人物の目には決して映らないようにもできた。

エリーゼにかけられているのは、カテリーナとその関係者の目には映らない特殊な『目くらましの魔法』だった。

目に魔法をかけるには、相手の正面に立つ必要がある。アルフォンスは彼女と一緒に過ごし、隙を見つけてこっそり魔法をかけるつもりで、ヨハンの浮気調査の協力を申し出たのだった。

――まあ、多少彼女と一緒に過ごす時間が欲しかった気持ちもあるけど。

アルフォンスは本音を心の中に隠し、ブルクハルトに笑いかけた。

「だからすまないのだが、こちらに滞在している間、たまに彼女と過ごす時間を設けたいんだ。許可してもらえるだろうか？」

彼女には既に調査協力を申し出ているが、仕事としてマルモア王国へ訪れた以上、上官の許可は必要だ。

ブルクハルトは頬杖をつき直し、ふっと息を吐いた。

「……好きにしろ。お前のことだ。仕事と並行させるつもりだろう?」

「まあな」

アルフォンスはやや渋い気持ちで頷き、立ち上がる。

「それじゃあ、明日から動く。お前はクリスティアン殿下との有意義な視察を頑張ってくれ」

ブロンセ王国の特殊捜査班は王家直属の部隊で、王が総責任者であり、ブルクハルトが管理官にあたる。だが王族は捜査要員に含まれず、今回の訪問で彼は現場には携わらない予定だった。

代わりに、無理を言って国内に調査官を入れてくれたマルモア王国王室へのご機嫌取りのため、視察や茶会に参加する。

友人がそういう催しに一切興味がないのを知っているアルフォンスはにやっと笑い、ブルクハルトは天を仰いだ。

「ああ、せいぜい優雅な時を過ごすよ。ゆっくり休めよ、アルフォンス」

「ありがとう。お前もな」

友人に背を向けると、アルフォンスは転移魔法の呪文を唱え、姿を消した。


一瞬で消えた部下に驚きもせず、ブルクハルトはバルコニーの外に目を向ける。

その翡翠の瞳はどこか物寂しく、憂いに沈んでいた。

「……この国へ来れば、あいつも素直になるのではと思ったが……」

——触れてはならぬ、想い人。

「……心から愛した者と結ばれるのが最も幸福になる術だと、幼い頃に教わったのではないのか、アルフォンス」

――公爵家嫡男として必ず妻を迎え入れねばならないお前は、一体誰と生涯を共にするんだ？

酒を呷ったブルクハルトの疑問に答える者は、もうそこにはいなかった。

二

三季の宴がようやく終わり、バルバラとエリーゼは家路についた。正面玄関からホールに入るなり、バルバラは出迎えた執事に扇子を放り投げて命じる。

「私の部屋にカモミールティーを持ってきてちょうだい、ラルフ。今夜は最低な宴だったわ！　私のアンネに性根の歪んだ異母姉がいると知れ渡ってしまうなんて。お前と同じ馬車に乗らねばならなかった私の恥ずかしさがわかる？」

バルバラは後方を静かに歩いていたエリーゼを振り返った。言葉とは裏腹に、その顔には楽しそうな笑みが浮かんでいる。彼女にとっては、性格の悪い姉を追い出し、アンネをミュラー侯爵家に残すいい大義名分ができたようなものだ。怒りなど抱いてもいないだろう。

エリーゼは、反抗もせず頭を下げた。

「私のせいでご不快な思いをさせてしまい、申し訳ございません、バルバラ様」

その頭の中では、〝代理執行権認可手続き〟の審査が始まるまで、あとどれほどか考える。

――一か月あるかないかかしら……。

ヨハンの浮気を調査する猶予は、さほどない。

バルバラはふん、と鼻を鳴らす。

「全くよ。お前がすぐにヨハンとの婚約を破棄すると言えばいいだけのことだったのに。これに懲りて、アンネに譲る気になった？」

エリーゼは視線を上げ、首を振った。

「いいえ。お父様のご承諾がない限り、ヨハン様との婚約破棄は、私からは致しません」

そこだけは譲ってはならない。アンネが真実を知ってもなお彼を求めるなら身を引くが、それまでは絶対に婚約者の座を明け渡さない。

強い意志を持って答えると、バルバラは眉を上げ、侮蔑の籠もる目で睨みつけた。

「この期に及んでヨハンに縋りつくなんて、お前にはプライドがないの？　全くあさましいこと。残念だろうけれど、既にヨハンとアンネの婚約が結べるよう、教会に手続きの要望を出しています。お前がヨハンの婚約者でいられるのもあと僅かよ。旦那様も、お前の醜い執着には失望しているでしょうね」

父も自分と同じ考えかのように言われ、エリーゼは僅かに反発を覚えた。

——ご様子も見に行かない貴女が、どうしてお父様のお考えまでわかるの？

心の中で言い返し、エリーゼは視線を落としたまま足をとめた。

「……それでは、私はお父様のご様子を見に参ります」

大階段へ向かっていたバルバラは顔を背け、背中越しに答えた。

「好きにおし。——おお、疲れた。ラルフ、明日の朝は湯浴みがしたいわ。用意しておいて」

「承知致しました」

「それと私の部屋に焼き菓子を持ってきてくれる？　寝る前に食べたいの。そうだ、私のアンネはもう眠っているかしら。熱はどう？　下がった？」

家の管理を丸投げしているラルフにあれこれと要望を出す彼女を見送り、エリーゼは大階段の右手にある廊下へと向かった。

父の寝室に繋がる廊下には、足元が見えるギリギリの数だけ燭台が置かれている。廊下は何者かが潜んでいても見えないほどそこかしこに深い闇が落ち、普通の少女なら怯えてしまいそうな雰囲気だった。

父の看病のために何度もこの暗い廊下を行き来しているエリーゼは、もう怖いなどと感じることもない。淡々と歩みを進め、図書室の奥にある父の寝室のドアをノックした。

「お父様、エリーゼです」

声をかけても、中から応答はない。もういつから父が返答もしなくなったのか、エリーゼは覚えていなかった。

ドアをそっと開けると、室内のベッド脇に一つだけ明かりが灯されていた。読書が好きな父の寝室には書棚がいくつも並び、ベッドの向かいの壁には折り目正しく椅子に座った現在の一家の絵が飾られていた。以前は幼いエリーゼと前妻が庭園で戯れる絵もかけられていたが、それはいつの間にか取り払われていた。

ベッドの右手には窓があり、室内には月の光が降り注いでいる。

父が横たわっているはずのベッドに視線を向け、エリーゼは首を傾げた。父は上半身を起こし、ベッドヘッドに背を預けていた。

「起きていらっしゃったの、お父様？」

近づきながら声をかけるが、やはり父の反応はない。

シルバーブロンドの髪は背に届くほど伸び、髭だけはラルフによって剃られた彼の青い瞳は、焦点も合わずに正面に据えられていた。

ベッド脇には看病のために置かれた椅子があり、エリーゼは痩せ衰えた父の傍らに腰を下ろす。

自分を見ようともしない父の横顔を切なく見つめ、エリーゼは静かに声をかけた。

「お身体の具合はどう？　お食事は取られた？　……今夜は三季の宴で、バルバラ様と一緒に参加していたのよ」

反応もないのに、エリーゼはゆっくりと今日の出来事を話して聞かせた。

華やかな宴の様子に、今夜着たドレス。髪につけた母の髪飾りの思い出や、アンネのこと。

「アンネはね、宴には出られなかったの。……私の魔法がもっと上手だったら、完全に熱も下げられたのだけど、可哀想にまだ熱があるのよ。バルバラ様がね、アンネの社交界デビュー用のドレスはもうできているとおっしゃっていたわ。今夜着るはずだったあの子のドレスは、どんなデザインかしら。あの子に似合うよう、可愛らしく作ってくださっていたらいいけれど」

バルバラは艶めかしいデザインのドレスを好むので、少し心配だ。社交界デビューをする令嬢が着るドレスは、どれも布地は白と決まっている。無垢の象徴となる白のドレスで、肌を露出しすぎるのだけはやめてほしい。

「あんまり肌を出して、あの子が風邪を引いてもいけないし……」

エリーゼは気がかりなことを全部父に話す。アンネがヨハンを慕い、エリーゼに婚約破棄を望んでいる話も、数日前に伝えていた。

話している間、父はぼんやりと正面を眺めている。

「あと……今夜の宴でね、私のことが噂になってしまっていたの」

ぽつりと呟いたエリーゼは、それ以上言葉にはできなかった。病に犯された父に、ミュラー侯爵家の恥が広められてしまったと話すのは酷に思われた。

宴が終わるまで、エリーゼは会場に戻らず、テラスで過ごした。だけど退屈していたわけではない。

宴の様子を思い出し、エリーゼはほんの少し頬を緩めて父に笑いかけた。

「そうだ。宴で隣国の王宮魔法使い様にお会いしたのよ。とっても世慣れた感じの方で、初対面の私に全然躊躇いなく話しかけて、ダンスに誘われたの。……お断りしたけど」

ブロンセ王国の王宮魔法使い、アルフォンス。彼はヨハンの浮気調査の協力を願い出たあと、エリーゼと何をするでもなくテラスで共に過ごしてくれた。

エリーゼが会場に戻れないことを悟り、気遣ってくれたのかもしれない。時折傍を離れ、酒や軽食を持ってきて、隣国の話を聞かせてくれた。

隣国はマルモア王国と全く違って、魔法に纏わる道具や薬が街中にあるそうだ。テュルキス王国と似た様子に、エリーゼは懐かしさを覚え、言葉にはしなかったが行ってみたいなと思った。

「アルフォンス様とお話をしていたらね、テュルキス王国が懐かしくなったわ。お祖父様はもういないけれど、デューリンガー侯爵はいらっしゃるから、いつかご挨拶にお伺いしようかしら」

エドの父、デューリンガー侯爵は、息子同様エリーゼに良くしてくれた。時折魔法も見せてくれ、エドはいかに彼が偉大な魔法使いか自慢げに話していたのをよく覚えている。

自然とエドにもらった小指の指輪を見下ろしたエリーゼは、はっと緩んだ頬を引き締めた。

「あ。だけどね、アルフォンス様は別に、とっても良い人というわけでもないのよ。私の指輪を見て、取り上げようとなさったの」

他人の所持品を勝手に処分しようとするなんて、随分傲慢だ。

エリーゼが眉をつり上げると、父が身じろいだ。エリーゼは父の意識が戻ったのかと期待して、目を向ける。だが父はエリーゼではなく、窓の向こうを見ていた。

彼がなんらかの意識を持って動くのは良いことだ。自分を視界に入れてくれない父に物寂しくなりながらも、エリーゼは視線を追って、夜空を見上げた。

「お外が気になるの？　今夜はよく晴れているわね。お月様がとても綺麗……」

「……て……だ、エリー……」

エリーゼの声以外聞こえない、静まり返った寝室に、喉の奥で痰が絡んだような掠れ声が響いた。

エリーゼは父に視線を戻す。

「……お父様？　今何かおっしゃった？」

この一年、父の意識は混濁し、声も聞いていなかった。だが今の声は父のそれに似ていた。

意識が戻ったのかと気分が高揚するも、父は外に目を向けたまま微動だにしない。エリーゼの存在にも気づいていないような横顔に、聞き間違いだったかと落胆しかけた時、父の口が動いた。

「……手紙だ、エリーゼ」

エリーゼは今度こそ聞き間違いではないと確信し、腰を浮かせる。

「お父様、意識がお戻りになったの？　ご気分はいかが？　手紙って、どういう……」

矢継ぎ早に尋ねる途中で、父はのろのろと右手を持ち上げた。エリーゼは彼が指さす先を目で追い、そして窓にコツリ、コツリとぶつかる浮遊物に気づく。それは掌に載りそうなサイズの、小箱だった。

――箱が浮いてる……。

エリーゼは初めて見た奇妙な現象に目を瞬かせ、恐る恐る窓辺に近づく。

「……何、これ」

窓の前に立ったエリーゼは、訝しそうに浮遊物を見つめた。その小箱は、やはり浮いていた。キラキラと光る金色の包装紙と赤色のリボンでラッピングされた、可愛らしい箱だ。

あまりに怪しくて、窓を開けていいのかどうか迷っていると、背後で父が促す。

「窓を開けてあげなさい。勝手に家に入り込もうとしない、礼儀正しい人だ」

先程よりはっきりした物言いに、エリーゼは驚いて振り返った。父はエリーゼをしっかりと見ていた。青い目には生気が宿り、エリーゼは喜びのあまり、頬を紅潮させる。

「お父様……っ、目が覚めたのね？」

すぐにも駆け寄ろうとすると、父は痩けた頬を微かに緩め、やんわりと言った。

「魔法の手紙だよ、エリーゼ。今君が話していた、青年からじゃないかな。受け取ってあげるといい」

「あ、は、はい……っ」

エリーゼは頷き、窓を開けた。小箱はふわっとエリーゼの掌の上に載り、勝手にリボンがほどけた。本当に魔法じかけの小箱だと思って見入っていると、中から桃色の花がいくつも溢れ出て、エリーゼは慌てる。

「きゃ……っ、わ、わ……っ」

小さな小箱に収まっていたとは思えない数の花が甘い香りを放って床に落ち、エリーゼの手の中には一枚の紙片が残った。

紙の上には、流麗な文字が躍る。

『こんばんは、エリーゼ嬢。今夜はありがとう。貴女と共に過ごせて大変楽しかった。件の調査についてだが、明日の昼前に貴女の家に迎えに上がる。二人で外出するのが気になるのなら、同行者を増やしてもいいよ。この手紙に向けて同行させたい者の名を言えば、お誘いの手紙をこちらからお送りしよう。それでは、また明日。――アルフォンス・レーヴェン』

一通り手紙を読んだエリーゼは、彼の言葉は本当だったのだと驚き、当惑した。

――一国の王宮魔法使いがお手伝いしてくれるなんて、本当にどうしてかしら……。

口先の約束で終わらせても良いものを、彼は本気で調査に協力してくれるらしい。

指輪を奪われかけたのは記憶に新しいが、申し出は大変ありがたかった。やはり彼は、悪い人物ではないのかもしれない。

エリーゼはアルフォンスの親切心に感謝し、同行者の名を口にした。

「アルミン・ベッカー」

――やっぱり形ばかりだとしても、私はヨハン様と婚約しているのだもの。他の男性と二人きりで出かけるのは外聞が悪いわ。

共に浮気調査をしている少年の名を呟くと、紙はぽわっと光を放ち、再び箱の形に戻った。だがそれは当初とは違い、青い包装紙に銀色のリボンが巻かれた小箱に姿を変えている。エリーゼが感動していると、間もなく小箱は夜空へと飛び去っていった。

残ったのは、足元にこんもりと小さな山をつくる、桃色の花。

「……これは、本物のお花みたい」

床に落ちた花を拾い上げ、エリーゼは花瓶に挿そうかしらと考えつつ父を振り返る。

「そうだ。どうしてお父様はお手紙だとわかったの？」

テュルキス王国に住んでいた時、魔法の手紙はいくつか見た。だけどそのどれも封書の形をしていた。いつの間にか届いていて、気づくと机の上に載っているのだ。

あんな風に窓をノックして、開けてもらうのを待つ手紙は初めてだった。

父に尋ねたエリーゼは、あ、と失望に笑みを消す。

たった今、意識が戻っていたはずの彼の目は、再び焦点を失っていた。父はエリーゼを通り越し、窓の向こうを眺めている。

エリーゼは眉尻を下げ、寂しさを抱えて父のもとへ歩み寄った。

「……お父様？　もう、お話はお終いなの？」

力なくブランケットの上に置かれた、筋張った父の手にそっと触れる。

「ねえ、お父様。……私ね、アンネには幸せになってもらいたいの。だからギリギリまで頑張りたいの」

今でこそエリーゼを厭うているけれど、今までアンネは屈託なく姉を慕っていた。

天使のように愛らしく笑う、可愛いエリーゼの妹。

「……アンネには恋の魔法がかかっていて、今は上手く現実が見えていないから」

真実を知ったアンネがどんな答えを出すのかは、エリーゼにもわからない。恋の魔法は解けないのかもしれない。

——エドへの想いを忘れられない、エリーゼ自身と同じように。

「……だけど私の行いは、きっと間違ってはいない」

自らに言い聞かせるように呟くと、父の手がピクリと動いた。その指先が微かに曲がり、エリーゼの手を弱々しい力で握り返してくれる。

父の目は相変わらずエリーゼを見ておらず、それはただの偶然だったようにも思う。しかしまるで頑張れと応援された気がして、エリーゼは勇気を振り絞るため、父の手をぎゅっと握り返した。

三

翌朝、エリーゼはいつもよりも早く目覚めた。いまだにアルフォンスの迎えが来るのか半信半疑ながら、外出着に着替え、屋敷の二階——東側にあるアンネの部屋に向かう。

朝方妹の顔色を見に行くのは、エリーゼの日課だった。嫌われてしまってからは、妹の意識があると入ってこないでと怒られるので、寝ている時を狙って入り、治癒魔法をかけている。

アンネが起きないよう、今朝もエリーゼはそっとドアを開け、妹の部屋を覗いた。桃色と白で統一されたその部屋は、見るたびに花畑にでも迷い込んだかのような錯覚をもたらす。

贅沢にレースを使ったカーテンに、花模様のクッションやベッドの天蓋。それらは全て、バルバラにより揃えられた。

ベッドに横たわるのは、目映いハニーブロンドヘアの美少女だ。足音を立てないよう部屋に入り、ベッド脇に近づいたエリーゼは、妹の寝顔に笑みを浮かべる。

――ヨハン様じゃなくても、この子を前にしたら誰だって恋仲になりたいと思うわよね。

昨夜の宴で、アルフォンスはエリーゼの容姿を褒めてくれた。自信を持たなくてはと思ったが、やはり妹に敵う者などいないとも感じる。エリーゼとアンネでは、美しさの種類が違うのだ。

アンネは、万人が理想とする美貌を手にしていた。

枕辺に波打つ金色の髪は艶やかで、肌は透き通るような白さ。病のためやや青白く見える肌は、唇を一層赤く見せ、身体は細く儚げ。会話をすれば無邪気な性格が表に出て、機嫌が悪い時以外は大抵にこにことしている。アンネは、誰もが愛さずにはおれない令嬢だった。

だからこそ――アンネの決断は早すぎる。

妹の恋路を邪魔しているという罪悪感はあるけれど、エリーゼは己の決意が揺らがぬよう、奥歯を噛み締めた。アンネは社交界デビューをすれば、より多くの男性と知り合う機会がある。もっと素敵な男性がいたのだとあとになって気づくのでは、果てしなく遅い。

エリーゼは、必ずヨハンがどんな男か突きとめるのだと決意を新たにし、息を吸った。身体の奥底から魔力を呼び起こし、小声で呪文を唱える。

「『春の妖精が彼女の身体に癒しを届けますように』」

それは杖も必要としない、幼い魔法使いが使う治癒魔法の呪文だった。高位の魔法使いが見たら、まだそんな魔法を使っているのかと驚くくらい、脆弱な魔法。

魔法使いは通常、杖のない状態から呪文を学び、成長して魔力の制御が必要になってくると、杖を使い始める。しかしエリーゼは、杖など必要ないくらいの魔力しかなく、これが精一杯だった。

呪文を唱え終えると、掌をアンネの額にそっと乗せる。するとどこからともなく温かな風が生まれ、アンネの身体の上を撫でていった。

まだ熱が出ていて苦しそうだった妹の呼吸が、すうっと深くなる。眉間の皺が取れ、心地よさそうな穏やかな吐息が聞こえて、エリーゼは安堵した。

――やっと熱が下がったかしら。

確かめるために頬をそっと撫でると、アンネの瞼が震え、うっすらと開いた。青い瞳は天蓋を見てから、ゆっくり傍らに立つエリーゼへと動く。

勝手に部屋に入ったと知って、立腹するだろうか。身構えていると、妹はエリーゼの衣服に視線を移していき、掠れ声で尋ねた。

「お出かけするの……お姉様？」

寝起きでまだ意識がぼんやりしているらしい。自分に立腹していないアンネは久しぶりで、エリーゼはほっとした。

「ええ、お昼前に出かけるわ。気分はどう？　食事が取れそうなら、持ってくるわ」

病気になった際のお決まりの質問を投げかけるも、アンネは聞いているのかいないのか、エリーゼの手を握って瞳を潤ませる。

「私も、お姉様と一緒にお出かけしたい。お家でばかり過ごすのは退屈なの……」

幼い頃から何度も聞かされたおねだりを繰り出され、エリーゼは眉尻を下げた。これは多分、まだ覚醒し切っていない。自分が姉を怒っていることも、ともすれば自分が何歳かも忘れて、ただ甘えている状態だ。

アンネの気分がいい時は、一緒に外出する日もあった。だがそれも、今まで実現できたのは数えるほど。バルバラなどは積極的に外出を提案するも、それはアンネの方が断っていた。

以前一緒に出かけた際、あちこち連れ回されてあっという間に熱を出し『お母様とのお出かけはもうこりごり』と言っていた。

アンネは言葉を発したあと、こほっと咳き込む。エリーゼはいつもと変わらない優しい笑みを浮かべ、妹の頭を撫でた。

「また今度、一緒にお出かけしましょうね。熱は下がったようだけれど、咳が出ているもの。今日はお部屋で過ごしてね」

お願いが聞き届けられず、アンネはむうっとする。それで意識がはっきりしたのか、アンネは我に返った顔になり、疑わしそうにエリーゼを睨んだ。

「お出かけするって、どなたと行くの？　まさか、ヨハン様と……？」

嫉妬交じりのセリフに、エリーゼは微笑みを浮かべたまま、腹の内でちりっと苛立ちを覚えた。

――あんな軽薄な男と出かけるわけがないでしょう。

ミュラー侯爵家を救ってくれた恩義はあれど、アンネに手を出した愚行は一生許せそうにない。

――アンネがヨハン様を拒んで、もしもエックハルト男爵家と我が家の縁談が真っ新に解消されたら……この家をどうするか検討しなくちゃいけないわ。

エックハルト家に立て替えてもらった借金を返済するために家を手放し、当初の予定通り辺境へ住まいを移すか、それともエリーゼがまたどこか援助してくれる家に嫁ぐか。

嫁ぐなら、バルバラの言った通り、妻に先立たれた老いた貴族くらいしか相手はないだろう。悪女の噂が流れてしまった今、そんな嫁ぎ先もあるかどうか怪しいものだが――。

些細な妹の質問から家の存続についてまで思考を飛ばしたエリーゼは、ため息交じりに首を振った。

「いいえ、ヨハン様ではないわ。アルミンと出かけるのよ」

アルフォンスの名は、あえて出さなかった。色恋の話が好きなアンネは、すぐにエリーゼに新たな出会いがあったのだと勘違いし、ヨハンとの関係が上手くいくとぬか喜びしかねない。

聞き慣れた幼馴染みの名前を聞いて、アンネはつまらなそうに身を起こし、ベッドヘッドに背を預けた。

「そう。気をつけてね」

話は終わりだと言いたげなのに、アンネはエリーゼと繋いだ手を離さない。エリーゼは妹の手を握り返し、首を傾げた。

「……どうしたの？　身体が辛い？」

穏やかな声で尋ねると、アンネは目を閉じた。

「……魔法で熱を下げてくださっていたのでしょう？　毎日ありがとう、お姉様」

姉とは、ヨハンとの交際を認めてくれるまで絶交するつもりだ。だけど熱を下げてくれたお礼は言わないといけない。心の中でそんな葛藤をしていたようだ。

目を閉じてこちらを見ずに言ったのが、せめてもの反抗だろうか。

妹の可愛らしい態度に頬が緩み、エリーゼはふふっと笑った。

「いいえ。貴女が熱を出したら、お姉様はいつだって魔法をかけに行くわ。だから身体が辛くなったら、必ず言ってね」

アンネは、とてもいい子だ。

彼女が病気になった時、バルバラは心配はしても面倒事は執事に任せる。だけど家の一切を任せられたラルフの手では全てを回し切れないので、エリーゼがアンネの世話をする。

この一週間、妹が寝ている時を見計らって汗を拭き、着替えさせ、熱を下げる魔法をかけてきたのはエリーゼだった。食事だけは起きていないとできないから、ラルフに任せた。

アンネは、それらに気づいていたのだろう。

——その気のつくところが、どうしてヨハン様に限っては全く発揮されないのか、お姉様、とっても不思議よ。

心の中でぼやいていると、アンネはぱっと手を離す。

「私だって成人して、最近は調子がいいのよ。お姉様の魔法なんてなくたって、生きていけるわ！」

ぷいっと顔を背けて言い返され、エリーゼは頷いた。

「そうね。そうなるといいわね」

——貴女が健康になることが、私の願いでもあるもの。貴女が元気になってくれるなら、これ以上の喜びはないわ。

愛情いっぱいに呟くと、なぜかアンネの背がビクッと震えた。咳でも出そうなのかと見守るも、何も起こらない。エリーゼは安心し、部屋を出て行こうと背を向けた。

「それじゃあね、アンネ。ゆっくり休むのよ」

「お姉様はやっぱり、私が疎ましかったのね……」

「——え？」

全く自分の思いとはかけ離れた言葉を耳にして、ドアの前まで進んだエリーゼは、思考が追いつかないまま振り返る。

——疎ましい？

声を震わせて呟いたアンネがこちらを見やり、瞳に涙を湛えて睨みつけた。

「毎日毎日私のお世話をさせられて、本当はうんざりなさっていたのでしょう？　それで今度は婚約者まで私が奪おうとするから、腹を立てていらっしゃるのよ……っ」

「……何を言っているの。お姉様、貴女のお世話にうんざりなんてしていないわ」

腹を立てているのは事実だけれど、それはアンネにではなく、ヨハンに対してだ。

驚いて否定するも、アンネは瞳からポロリと涙を零し、叫ぶ。

「だってさっき、私がお姉様の魔法がなくたって生きていけると言ったら、そうなるといいとおっしゃったわ……！　早く私がいなくなればいいと思っていたのでしょう⁉」

とんだ勘違いだ。エリーゼは慌ててアンネに駆け寄り、両手を伸ばす。

「何を言っているの。お姉様はちっともそんな風に考えていないわ。今のは、貴女が早く元気になるといいと思って、頷いただけよ。貴女のお世話が嫌だなんて、今まで一度も感じたことない！」

胸に抱き寄せると、アンネは抵抗もせずエリーゼに抱き竦められた。エリーゼの胸に顔を押しつけ、声を殺して泣く。

「私だって、お姉様にご迷惑をかけたくないのに……っ。どうして私だけ、こんな面倒な身体なの……！」

「……いいのよ、アンネ。この家にいる誰も、貴女を面倒だなんて思ってない。貴女は元気になることだけを考えて、過ごしてくれたらいいの」

妹の心苦しさが伝わり、エリーゼは彼女の頭に額を押しつけた。

アンネが元気になるといい。エリーゼは心から、それだけを祈って生きてきた。

想いが伝わるように、ぎゅうっと抱き締める腕に力を込める。アンネは腕の中でしゃくり上げ、しばらくして落ち着いた息を吐いた。そしてエリーゼの胸で、ぼそっと尋ねる。

「……それじゃあ、お姉様は私をお嫌いになってない……？」

「ええ、もちろんよ」

「それなら……私の恋も、応援してくださる？」

勢いで「ええ」と答えかけ、エリーゼは寸前でぐっと口を閉じた。抱き締めていた腕の力を緩め、妹を見下ろす。

アンネは涙で濡れた瞳に期待を込めて、エリーゼを見上げる。

あまりに必死な表情で頷きたくなるが、衝動には流されなかった。エリーゼは口元に弧を描き、優しく微笑んで首を振った。

「いいえ。お姉様は、貴女とヨハン様の恋だけは応援しない」

ぴしゃりと撥ねつけられ、アンネは見る間に絶望に顔を歪めた。次いで怒りが込み上げてきたのか、眉を吊り上げる。

「どうして……？　お姉様はヨハン様のこと、お好きじゃないでしょう⁉」

――好きか嫌いかでいえば、大嫌いよ。

心の声を胸に押し込み、エリーゼは首を傾げる。

「ねえ、アンネ？　そのヨハン様は、貴女が熱を出しているこの一週間――一度だってお見舞いに来てくれた？」

話をすり替えると、アンネはきょとんとした。

アンネが熱を出したのを、ヨハンは知っている。エリーゼに浮気を見られたあと、あの男はアンネをデートに誘ったが、体調を崩しているから無理だと執事が代わりに返事をした。

当時家にバルバラはおらず、執事に対応について確認されたエリーゼは、事の次第を承知していた。

妹の体調不良を知ったヨハンは、それから一度も屋敷を訪れていない。

「アルミンは貴女の具合を気にして何度も訪ねてきているけれど、ヨハン様はおいでにならないわ。冷たい態度だとは思わない？」

真実アンネを愛しているなら、体調が気になって、一度くらいは顔を見に来るものではないか。

そうでしょうと尋ねると、アンネは今気づいたという顔になり、慌てて答えた。

「それは……っ、熱を出している私に、余計な気を使わせたくないからだとお手紙でおっしゃっていたわ！」

——アンネに気を使わせたくない……ねえ？

手紙を寄こしていたのは良い姿勢だ。しかしアンネを気遣って会いに来ない選択ができるなら、そもそもエリーゼと婚約中に妹に手を出すなんて愚行はしないのではないだろうか。

エリーゼが婚約破棄に応じず、微妙な関係にあるからミュラー侯爵家を訪れにくいのだとも考えられる。だけど彼は妹との浮気を見られたあと、堂々と彼女とデートをしようとしていた。エリーゼを気にしているとも考えにくい。

到底言葉通り彼がアンネを気遣っているとは思えず、エリーゼは目を眇めた。

少なくとも自分なら、愛する者が病に臥してしまったら、心配で顔を見に行かずにはおれない。

内心不審に思いながらも、エリーゼは本音を押し隠し、頰にかかるおくれ毛を耳にかけて微笑んだ。

「そう。貴女を気遣って会いに来られないなんて、お優しいわね。ヨハン様は、貴女を想っていらっしゃるのかもしれない。……だけどお姉様、ヨハン様を諦める気はないの。お姉様とアンネは、恋敵のままよ」

エリーゼの返答に、アンネはショックを受けた顔をした。だけどこれだけは譲れない。ヨハンの動向調査が終わるまでは、婚約者の座は明け渡せないのだ。

心の痛みを感じながら、エリーゼはこれ以上の会話は平行線だと、再びアンネに背を向けた。

「それじゃあお姉様はお出かけするけれど、無理はしないでね。ゆっくり休むのよ、アンネ」

厳しい態度とは真逆の甘い言葉をかけて部屋を出ると、パタンと閉じたドアに何かが投げつけられる音がした。

「――お姉様のバカ……！　私はお姉様だって、大好きなのに……っ。ケンカなんてしたくないのに……!!」

泣き崩れる妹の声を背に、エリーゼはため息を吐いて、外出のための準備に向かった。

四

昼前、馬車が屋敷の正面につけられると、ラルフは柄にもなく足音を抑えるのを忘れてエリーゼの部屋を訪れた。

ノックに応じてドアを開けると、彼は瞬時にエリーゼの出で立ちに視線を走らせ、頬を強張らせる。躊躇いのあと、神妙な顔で申し出た。

「……エリーゼお嬢様、お客様がおいでになりました。……大変差し出がましいのですが、お召し替えをなさった方がよろしいかと存じます」

数年間使い続けているストライプ柄の質素なワンピースドレスに、つばの広いボンネットを被ったエリーゼは、首を傾げる。

「大丈夫よ。この恰好でいいの」

「……しかし」

ラルフは言い淀み、エリーゼはにこっと笑った。

「ほら、地味に見えるけれど、帽子のリボンは明るいラベンダー色だし、ピンクのお花だってついているわ。ここのリボンなんてとっても派手なローズ色よ」

と、ハイウエストになっているワンピースドレスの、胸の下に巻いたリボンを指さす。ちなみに帽子につけた花は、昨日アルフォンスから送られてきた手紙と一緒に届いた花だ。

魔法がかかっているのか、花は水につけていなくても瑞々しさを保っていた。

何も気づいていない振りをするエリーゼに、ラルフは言葉をなくす。

エリーゼも、彼が言いたいことは重々承知していた。彼は装飾ではなく、ドレスそのものを客人に合わせ、上等な品にした方がいいと言っているのだ。

だけど今日はヨハンの動向調査。こっそり動きたいのに、派手な恰好をしていては気づかれかねない。

——それに、お客様に合わせられるほど上等な外出着も持っていないし……。

夜会服はなんとかまだ美しい状態のものがあるけれど、日中に使う外出着は全て何度も洗って使い回したドレスしかなかった。

執事に気を使わせて申し訳ないと感じつつ、エリーゼはこうなった原因に心の中で文句を言う。

——それもこれも、アルフォンス様がもう少し考えてくださったら良かったのよ。どうしてよりにもよって、あんな馬車で迎えにいらっしゃるの。

ちょうど馬車が門をくぐって入ってくる時、エリーゼは二階の廊下を歩いていた。そして窓から見えた光景に、息を呑んだ。

門番もいない開けっぱなしのミュラー家の門を通り抜けてきたのは、大変美しく磨き上げられた、隣国王家の紋章つきの馬車だった。

——どういうこと!? まさか、隣国の王太子殿下もご同行なさるの……っ？ いいえ、まさかそんなはずないわよね……。だって今日は、ヨハン様の動向調査で出かけるのだもの。

脳内で自問自答を繰り返し、エリーゼは一貴族令息の浮気調査に隣国王太子が付き合うはずはないと結論づけた。アルフォンスはきっと、王家の馬車を借りているだけだ。

——動向調査なのだから、その辺を走っている辻馬車で十分だったのだけれど……。

心の中の文句はとまらないものの、エリーゼは眼差しで着替えを勧める執事に微笑みかける。

「大丈夫よ。おいでになったのは、アルフォンス様よね？」

念のため確認すると、彼は頷いた。

「はい。身なりの良いアルフォンス・レーヴェン伯爵とおっしゃる男性と、アルミン様がおいでになっております」

エリーゼは顔には出さず、安堵する。

「アルフォンス様は王族ではなくて、隣国の貴族令息なの。一緒に出かけるけれど、一般的に考えるそういうお出かけじゃないから、ドレスもこれでいいのよ。ほら、アルミンも一緒でしょ？ 三人で少しお散歩するだけなのよ」

デートの類ではないから、着飾る必要はない。暗にそう伝えると、ラルフは渋々身を引いた。

「……エリーゼお嬢様がそうおっしゃるのでしたら……承知致しました。荷をお持ち致します」

「ありがとう」

彼はエリーゼが足元に置いていた革の鞄を取り上げ、正面扉までエスコートしてくれた。

アルフォンスが公爵令息だと知れば、ラルフはやはり着替えが必要だと迫ってくるだろう。

エリーゼはあえてアルフォンスについて詳しく執事に伝えず、ホールへと繋がる大階段まで歩みを進めた。階段上に姿を現したエリーゼに気づき、正面扉近くの椅子に腰かけていた青年たちが立ち上がる。アルフォンスと、アルミンだ。

アルフォンスの身なりは、目立たない黒で統一されていた。一見地味だが、よく観察すればどれもこれも上等な品である。

上着の襟や袖口にさりげなく施された金糸の刺繍は丁寧な作りで、チラリとベストの上に覗く懐中時計の金鎖には美しいラピスラズリのタッセルがついている。革靴はピカピカに磨かれており、手にはめた黒い革手袋も良い縫製だった。

彼を見て身なりが良いと評したラルフは、出迎えて挨拶をする僅かの間にそれらに目を走らせたに違いない。

エリーゼは執事の洞察力に感心し、その隣にいるアルミンへと視線を向けた。落ち着かない様子でアルフォンスとエリーゼを見比べる幼馴染みの出で立ちに、エリーゼは戸惑った。

アルミンは、赤地に緑色の糸で草花の刺繍を入れられた上下を身に着けていた。ボタンやカフスは全て金。髪は油で整えられており、どこかの茶会にでも出席するような派手な恰好だった。

これからヨハン様の行動を観察するのに——とエリーゼは弱った気分になるも、アルフォンスへ視線を戻し、仕方ないかと考え直す。

ベッカー侯爵家は、客人に合わせた身だしなみを選んだのだ。

父が病に伏すまでは、ベッカー侯爵家とミュラー侯爵家は頻繁に両家間で茶会などを開いていた。

それも今やアルミンが個人的にアンネを、ベッカー侯爵がひっそりと父を見舞うだけの関係になっている。

見栄っ張りのバルバラは、今も後先考えず茶会を開くが、ベッカー侯爵家の者はそういう催しにはもう来ない。

王家とも親交がある歴史ある名家の人々にとっては、無理に開かれた茶会など楽しめないのか、それとも父が表に出ないミュラー侯爵家には親しみを感じないのか。

理由は判然としないながら、彼らが訪れなくなった時期はよく覚えていた。

ベッカー侯爵夫妻は、父が床に臥し、バルバラが散財を始めるようになってから、公にはミュラー侯爵家を訪れなくなったのだ。

その態度には、父の不調に対する悲哀と憐憫（れんびん）、そしてバルバラへの非難が見え隠れしている。

そんな奥ゆかしくも厳然たる品位を保つ家の者が客人の身分に衣服を合わせるのは、当然だ。

エリーゼは諦めのため息を吐いて階段を下り、二人の前に歩み寄る。その間、アルフォンスはなぜかじっとエリーゼだけを見つめていた。

下心は一切感じないが、とても興味深そうで、ともすれば感動でもしているかのように瞳が輝いている。

——こんな使い古したドレスを着た令嬢を見るのは初めてで、注視されているのかしら。

彼の気持ちに想像もつけられぬまま、エリーゼはやや緊張して微笑みかけた。

「迎えに来てくださってありがとうございます、アルフォンス様。アルミンも、急な誘いに応じてくれてありがとう」

膝を折って挨拶をすると、アルフォンスは胸に手を置き、優美に腰を折る。

「またお会いできて嬉しいよ、エリーゼ嬢。昨日の君は非常に美しかったけれど、今日の君はとても可愛らしいね。その帽子も、ストライプ柄のドレスもとても似合ってるよ。俺が贈った花を身に着けてくれて、光栄だ」

言いながら彼はすっとエリーゼの手を取り、熱い眼差しを注いだ。

「……君の色々な姿を毎日見られる将来の夫には、嫉妬を禁じ得ないな」

贈られた花を着けたのは、少しでも華やかになるかなと思っただけで、深い意味はなかった。しかしアルフォンスはいたく喜んでいる様子で、好意的を通り越し、想いを寄せられてでもいるかのようなセリフであった。

エリーゼは目を瞬かせ、隣にいた執事はおやと顔を上げる。アルミンはあからさまに――どういうことなの？　この人、アンネのお姉さんを口説こうとしてるの⁉　とばかりに挙動不審になっている。

エリーゼはアルミン同様に受け取り、頬に朱を上らせかけた。だが脳裏に彼と出会った宴での出来事が過(よぎ)り、渾身(こんしん)の理性で平静を保った。

――違うわ。アルフォンス様は、私にご興味があるわけじゃない。全部社交辞令なのよ……！

昨日だってダンスを乞われたけれど、実際には本気ではない雰囲気だった。今日も、心にもない上辺のセリフを口にしたに決まっている。

冷静さを取り戻したエリーゼは、複雑な気分になった。相当な遊び人だと思っていたヨハンにだって、挨拶から口説かれた記憶はない。

――この調子なら、母国では相当浮名を流しておいでなのでしょうね……。

アルフォンスはヨハンを上回る美貌の持ち主で、身分も申し分ないのだ。これで顔を合わせるたび息を吐くように口説かれたら、その気になってしまう令嬢は山ほどいるはず。

彼の交際経験は、エリーゼの想像も及ばぬ数であるに違いなかった。

――ヨハン様以上の遊び人――……。

頭に浮かんだ言葉に不快感を抱くも、エリーゼは決めつけてはいけないと、思考を良い方向に向かわせた。

アルフォンスは無償で調査に協力してくれる、親切な人物だ。現時点では遊び人かどうか確証はなく、出会って間もないエリーゼを楽しませようとしているだけかもしれない。

エリーゼはそう自分に言い聞かせ、にこっと笑った。

「アルフォンス様は、女性を喜ばせるのがお上手なのですね。ですが私にはそういったお世辞は必要ございませんので、普通に接してくださいませ」

アルフォンスにとっては挨拶代わりの言葉だとしても、エリーゼは社交の場にすら慣れていない経験値の足りない令嬢だ。今後ずっと同じように接してこられては、平静に応じ切れるかわからない。

予防線を張ると、それを聞いたアルミンはまたわかりやすく――なんだ、本気じゃないんだ――と顔に出しつつ、胸を撫で下ろしたようだった。

アルフォンスの方は、首を傾げる。

「ん？　お世辞ってどういう……あーいや。――失礼。君があんまり可愛いから、つい大げさな言葉を選んでしまったようだ。次から気をつけよう」

彼はなんの話かわからないという顔をしてから、はっと気づいた表情になり、優美な微笑みで了解した。

お世辞だった自覚もない様子にまたも狼狽しかけたエリーゼは、安堵した。

――やっぱり、前もって言っておいて良かった。これじゃあ彼に何か言われるたび、みっともなく狼狽えてしまうもの。

アルフォンスは女性を口説くという行為が身に染みつきすぎて、何を言われても思わせぶりなセリフになってしまう癖でもあるのだろう。

どんな甘いセリフを紡がれても信じないように気をつけなくちゃと己に言い聞かせ、エリーゼは執事を振り返った。

「それじゃあ出かけてくるわ、ラルフ。バルバラ様はお出かけのようだし、アンネとお父様をよろしくね」

バルバラはエリーゼが出かける少し前に馬車に乗ってどこかに出かけて行った。残る二人を頼むと言うと、ラルフが持ってくれていた荷を差し出す。

「承知致しました。お気をつけて、行ってらっしゃいませ」

エリーゼが受け取ろうとしたところ、アルフォンスが横から手を伸ばし、当たり前の顔で代わりに荷を持った。

「それでは、エリーゼ嬢をお預かりする。行こうか。楽しいデートの始まりだ」

アルフォンスはラルフに挨拶し、空いた方の手でエリーゼの手を取って悪戯っぽく笑いかける。

エリーゼはドキッと目を瞠り、すぐに軽く彼を睨んだ。

「……デートではありません。アルミンと三人で、散策に参るのです」

たった今気をつけようと思ったところなのに、不慣れなエリーゼはやはり動揺してしまった。

彼は楽しそうに含み笑いをし、アルミンはオロオロと身を竦める。

「えっと、その……っ、デートなら、僕は家の者を呼ぶから、二人で楽しんで――」

彼のセリフをしっかり真に受けたアルミンにエリーゼはため息を吐き、アルフォンスは、ははっと声を出して笑った。

「すまない、冗談だ。アルミン君は純粋だね。三人で一緒に散策に出かけよう」

春風でも吹き抜けたかのような爽やかな笑みに、アルミンは目をぱちくりさせ、淡く頬を染めた。

「あ、デ、デートじゃないなら、その、はい、ご一緒に参ります」

冗談に気づけなかった自分を恥じているだけなのだが、アルミンの反応はまるで、彼の笑みに心を射貫(いぬ)かれたご令嬢のようだった。


従者により扉が開かれ、促されて乗り込んだ馬車は、目が眩みそうな様相だった。

外装は黒ながら、扉や窓枠を囲うのは金の装飾。車輪も金で繊細な細工がされており、馬車の前面上部にはブロンセ王国王家の紋章が、扉の窓下にはブロンセ王国の国章が刻まれている。

中に入れば座面と背面だけでなく、天井や扉裏まで柔らかそうな真紅のビロードで覆われ、その広さときたらこれまで見た覚えもなかった。

エリーゼはクッションが利いたふかふかの椅子に腰かけ、馬車が走り出すなり、向かいに座ったアルフォンスに尋ねる。

「アルフォンス様。ご協力いただけるのはとてもありがたいのですが、どうしてこのような目立つ馬車を選ばれたのですか」

アルフォンスは何気なく前髪を掻き上げ、首を傾げた。

「生憎、我が家の馬車は持ってきてなかったから、ブルクハルト殿下に借りたんだ。ご令嬢をその辺の辻馬車なんかに乗せられないだろう？」

至極当然だと言いたげに返され、エリーゼは言葉に詰まる。同時に落ち着かない気分になった。宝石を彷彿とさせる彼の紫の瞳が、必要以上に自分を見つめている気がしたのだ。小さな動作で揺れる髪先や膝の上で重ねた掌、言葉を発する唇に睫の揺れ一つまで――彼の視線がつぶさに追ってくる。

エリーゼは自身の視線を向ける先に迷い、俯いた。彼同様に、あちこちを見てしまいそうだったからだ。

アルフォンスはそんなつもりで自分を見ていないだろうけれど、エリーゼには彼の動きはどれも優雅で流麗に映った。

髪を掻き上げる仕草や足を組む動作、ゆったりと膝の上に置いた掌の指先を絡める様まで、全てが美しい。初めて彼を見た宴の日のように、いつまでも観賞してしまいそうだった。

「……私は、辻馬車で問題ございません。ブロンセ王国王家の紋章を掲げた馬車で密偵など、人目を引きすぎてできないと思いますし……」

今からでも遅くはない。どこかで辻馬車に乗り換えるべきだ。

そう提案しようとしたエリーゼにかぶせて、アルフォンスの隣に座ったアルミンが呑気に口を挟んだ。

「あ、やっぱり今日はお忍びなんですね。良かったです。お手紙ではヨハン殿の動向調査だって書かれていたのに、馬車には隣国王家の紋章がついているし、迎えに行ったエリーゼ嬢は今日は散策だと言うし、何が何だかわからなくて」

アルフォンスはにこやかに応じる。

「手紙に偽りはないよ。今日は俺とエリーゼ嬢のデートでもなければ、三人で散策するわけでもない。本日外出する予定のヨハン・エックハルト殿を尾行し、浮気調査をするんだ」

アルミンは、ほっとして頭を掻いた。

「そうですよね。魔法の手紙は初めて貰ったので、特別な読み方でもあるのかと不安になっていたんです。僕、窓の外に箱が浮いてるのを見た時、夢でも見てるのかと思いました。あれはアルフォンス様がお作りになったのですか?」

マルモア王国にも時折魔法使いは訪れるが、国内で魔法の手紙は滅多に見ない。エリーゼも宙に浮く小箱を見た時、それが何かわからなかった。

アルミンの気持ちは理解できるものの、悠長な会話に悶々(もんもん)とする。今はそんな雑談をしている場合だろうか。早く目立たない馬車に換えるべきではないか。

じりじりと二人の会話が終わるのを待っていると、アルフォンスがこちらを振り返った。

「そうそう、密偵はこの馬車でも可能だよ。この馬車には既に君とアルミン君、それと君たちの家の人以外には見えないように俺が魔法をかけてあるから。それに俺たち自身を他人から見えなくする魔法をかけて、外に出てもいいし。調査はいかようにもできるよ」

エリーゼは驚き、目を瞬かせる。

「……まあ。アルフォンス様は、強い魔力をお持ちなのですね」

エリーゼの魔力では、とてもこんな大きな馬車を隠せない。それを彼は他愛もないことのように言った。

羨望の眼差しを向けると、アルフォンスは苦笑する。

「ああ……まあこれは、生まれ持った能力だから自慢できるものでもないのだが……。魔力だけは人一倍強いおかげで、王宮魔法使いをさせてもらえている」

彼は己の魔力を恥じるかのように、視線を落とした。

エリーゼは不思議な気持ちになって、首を傾げる。強い魔力を驕るのは違うだろうが、せっかく両親から受け継いだのだ。誇ってもいいいと思う。

エリーゼも幼い頃はバルバラの影響で魔力を持つ自分が邪悪だと思っていたが、エドや祖父のおかげで今は大切に感じていた。

魔力はもう記憶もおぼろな母が実在した証であり、ギフトなのだ。魔力があるから、父や妹に気持ちばかりの癒しも与えられている。

「エリーゼ嬢も魔法使いなんですよ。母上がテュルキス王国ご出身なのです」

アルミンが屈託なく話題に乗り、アルフォンスは気さくに笑った。

「ああ、それで君は雪のような美しい髪を持っているんだね。その青い瞳はお父上譲りかな？」

エリーゼはどうしてわかったのだろうと戸惑いつつ、頷く。

「ええ……。母はエメラルド色の瞳だったそうですから」

「そう。お父上は今日の外出はご存じでいらっしゃるのかな。君の家を出る際にご挨拶が叶わなかったが」

エリーゼははたと気づく。もうすっかり執事一人に見送られて外出するのが当たり前になっていたが、自分の家が普通の状況ではないのを思い出した。

娘が見知らぬ異性と出かけると知れば、親は事前にどこの誰か確かめたり、見送りに出て人となりをさりげなく窺ったりするものだ。

父も妹も床に臥し、バルバラは毎日あちこちに出かけているので、そんな当たり前のことも忘れていた。

礼節を守ろうとするアルフォンスに、エリーゼは微笑む。

「父には伝えております。ですが体調が悪いので、ご挨拶は必要ありません」

アルフォンスは眉尻を下げ、幾分沈んだ表情になった。

「……そう。妹君も病弱でいらっしゃると聞いたが、父上もご不調では、君も辛いね。心配だろう」

妹に嫉妬して婚約者を手放さないのだと噂されているのを知っているのに、彼はエリーゼに性悪な一面があるとは考えていない雰囲気だった。

婚約破棄しないのは、ヨハンの浮気を調べるためだ。いくらエリーゼがそう言っても、彼とは昨日会ったばかりの間柄。信用に足る材料はなく、多少なりとも疑われても仕方ない状況である。

だが彼はそういった疑念を一切挟まず、エリーゼは当然家族を心配しているものという前提で、思いやる言葉を贈ってくれた。

他人に家族を心配される機会は多々あれど、自分まで気にかける人に出会った経験がなかったエリーゼは、不意に胸が苦しくなった。常に張り詰めていた心の糸が弛緩するのを感じ、口が勝手に動く。

「あ……ありがとうございます。本当に、毎日心配で……私の魔力じゃ、二人は治癒し切れないし」

ついぞ漏らした覚えもない、胸に秘めてきた不安が零れ落ち、エリーゼは奥歯を噛み締めた。

――何を言っているの、私ったら。こんな話をされても、迷惑なだけよ。アルフォンス様は私の友人でも恋人でもないのだから……っ。

すぐに理性が自らを叱咤するも、アルフォンスは穏やかに頷いた。

「……そうか。それじゃあ、帰りに俺が少しお会いしてみようか。治癒魔法の名手ではないけど、多少お役に立てるかもしれない。お嬢さんを連れ出したご挨拶も兼ねて」

思わぬ親身な態度に、エリーゼはぱっと顔を上げる。医者に処方される薬では一向に良くならず、自身の魔力でも治癒し切れない。密かに誰かに助けてほしいと願っていたエリーゼは、アルフォンスなら治せるのでは――と一縷の希望を抱いた。

だがすぐに、昨日会ったばかりの人物をそこまで信じていいものかしら――と不安が過る。

どうしようか迷っているエリーゼににこっと笑いかけ、彼は視線を窓の外に向けた。

「さて、今日の予定だけれど……ヨハン殿は五番街のハーゼ通りに行くらしい。あそこは宝石店や衣装店が軒を連ねているようだから、いい情報が得られるんじゃないかな」

浮気相手への贈り物を買っているか、もしかしたらデートをしているかもしれない。

そんな風に言われ、エリーゼとアルミンはぽかんと彼を見つめた。

アルフォンスは微笑んで首を傾げる。

「ん？　どうかしたかな、二人とも？」

エリーゼはアルミンと視線を交わし、互いの気持ちが同じだと確認してから、彼に尋ねた。

「……いえ、その。私たちも調査をしてはおりましたけど、宴や茶会の出席を確認して参加するくらいしかできなかったので……。アルフォンス様は、どうやって今日彼が五番街へ出かけると知ったのですか？」

アルミンに協力を頼んだのは、このせいでもある。

経済的に余裕のないエリーゼは、そう頻繁に茶会や宴に参加できない。だがアルミンなら、日中の茶会や食事会には参加できる。夜会は彼の兄に頼んで、様子を確認してもらう手もあった。

だからエリーゼはバルバラ宛に届く招待状をこっそり確認し、諸侯貴族が開く宴や茶会の予定を把握し、アルミンに伝えて参加してもらっていたのだ。

でも平日にヨハンがどこに出かけるのかなど、エックハルト男爵家の身内に内通者でもいない限り、知り得ない。

どうやって情報を得たのか、アルミンもエリーゼも手段が気になったのである。

アルフォンスは合点がいったという顔になり、すまなそうに笑う。

「確かに、普通は調査員なんかを雇わないとわからないか。だけど俺は使い魔がいるから、さほど調査に手間取らないんだ」

そう言うと彼は呪文を唱えて杖を出し、もう一度何か唱えた。次の瞬間ポンッと音が鳴り、彼の左手の上に大きな烏が出現していた。

顔と背中は黒色で腹は白い、よくいる烏だ。

ただ羽は艶やかな漆黒であり、瞳は目を引く紫色。一般的に、鳥の目は黒色だったはずなので、珍しく感じた。主人同様、とても綺麗な姿形をした鳥だ。

アルフォンスは鳥の背を撫で、紹介する。

「彼の名前はアーク。何歳だったかな……俺が十三歳の時に森を飛んでたところを使役したから、十歳くらいかな。まだ若くてちょっと生意気なんだけど、人語を解する頭のいい奴(やつ)だよ」

アークと呼ばれた鳥は、主人を見上げ、嘴を開く。

『俺は十一歳だぜ、アルフォンス。お前に出会った時はもう二歳の立派な成鳥だった』

使い魔は、一定以上の経験と魔力がないと使役できないとされていた。エリーゼは使役魔法すら知らないし、エドも使い魔は持っていなかったと記憶している。

使い魔とは、多くの魔法使いが大人になってから保有するものだった。

アークはエリーゼを振り返り、話しかけてくる。

『やあ。会うのは初めてかな、エリーゼ。俺はアーク。いつも変態の主人に付き合わされて、恥ずかしい思いをしているんだ』

「——え？」

「下がっていいよ、アーク」

『あっ、このやろ……っ』

アークの言葉に戸惑って聞き返すも、アルフォンスは彼が答える直前に素早く杖を振り、姿を消してしまった。

そして何事もなかったかのように微笑み、窓の外を確認する。

「ああ、そろそろ五番街だ。どうする？　馬車から眺めるだけでもいいし、外に出て追尾してもいいけど」

「えっ、ヨハン様がもういらっしゃるのですか？」

既にヨハンがそこにいるような口ぶりに驚き、エリーゼは同じ窓から外を確認した。エリーゼたちの馬車は五番街の中央通りを走っており、その少し先にエックハルト男爵家の馬車が見えた。

自分たちが到着してからヨハンが来るのを待ち伏せするのかと想像していたエリーゼは、あまりのタイミングの良さに瞳を輝かせる。

「すごい。ちょうど居合わせるなんて……」

「彼が家を出る時間も知ってたからね」

アルフォンスが一緒に外を眺めたまま答え、エリーゼは自分が彼と顔をつき合わせている状況に気づいた。

彼はちらっとこちらを見やり、笑う。

「外に出ようか？　ヨハン殿はあの宝飾品店に用事があるようだ」

「あっ、は、はい……っ」

婚約してもいない男女にしては距離が近すぎたが、彼は気にする素振りもなかった。

間近で見ても綺麗な顔をしている彼に目を奪われかけたエリーゼは、慌てて身を離し、浮かせていた腰を下ろす。

――どうしてかしら。アルフォンス様のお顔は、何かが気になって、ずっと見てしまうのよね……。どこかで見た覚えもないはずなのに。

エリーゼは、自分が彼に注目してしまうのは、綺麗だからという理由だけでは説明できない、何かがある気がした。彼の中に何かを探しているような、そんな奇妙な磁力を感じて、目が離せないのだ。

アルフォンスは杖を上げ、二人に確認した。

「二人の姿が見えないようにしておいた方がいいと思うから、魔法をかけてもいいかな？」

「はい、お願いします」

エリーゼはアルミンと共に頷き、彼の杖に目を向ける。

魔法使いの杖は、一人一人微妙に形が違うそうだ。アルフォンスの杖は焦げ茶色をしていて、持ち手の部分に呪文のような文様が刻まれていた。

『この模様は、デューリンガー侯爵が俺の大成を願って魔法で掘ってくれた、祈りの言葉なんだ。古代文字でまだ読めないけど、杖を持つとデューリンガー侯爵の魔法が俺を守ってくれている感じがする』

エドは幼い頃から魔力が強く、出会った当時から既に杖を使っていた。

嬉しそうに父親から贈られた杖を自慢していたエドを思い出したエリーゼは、アルフォンスの杖を注視する。彼の杖は、エドが持っていたそれとよく似ていた。

——エドの杖に彫られた文字も、あんな感じだった。ああいう文字を彫るご家庭が多いのかしら。エドの杖は、持ち手に宝石はついていなかったわね。アルフォンス様の杖についた宝石は、やっぱり魔法石……？

とりとめもなく考えながら杖を見つめていると、その視線になぜかアルフォンスがぎくっと肩を揺らした。指先で摘まんでいた持ち手をぎゅっと掌で包み込み、素早く呪文を唱える。

『――妖精の神隠し』

魔法は本来ある程度長い呪文で実行するものだが、使い手の技術が高くなると呪文の詠唱を簡略化できるようになる。

その短縮呪文を唱えた彼は、杖先をエリーゼに、次いでアルミンに向けた。光の粒子が二人の全身を包み込み、瞬きのあとには何もなくなっていた。

二人は一見何も変わっていない様子だが、アルフォンスは満足そうに頷き、杖を消す。

「よし、これで二人とも他人には見えないし、声もお互い以外には聞こえない。追跡している途中で買い物がしたくなったら、俺に言ってからにするんだよ。店員に気づいてもらえないし、何よりエリーゼ嬢が欲しいものは、俺からプレゼントしたいからね」

いかにも女性受けの良さそうな甘いセリフを贈られ、エリーゼは薄く微笑んだ。

経済的に切り詰めるばかりで、エリーゼの物欲はもはや摩耗していた。ふらっと立ち寄った宝飾品店で、何かが欲しいなどと感じるはずもない。だが彼の気持ちを踏みにじりたくはなく、大人しく頷いた。

「承知致しました」

エックハルト男爵家の馬車は、マルモア王国で有名な高級宝飾品店前で停まった。

仕立ての良さそうな黒のテイルコートに赤いベストと白いブラウスを合わせたヨハンは、荷物を抱えた従者を連れ、機嫌の良さそうな足取りで中に入っていく。

エリーゼたちは彼が店に入るのを確認してから、ブロンセ王家の馬車から降りた。

最初に馬車を降りたアルフォンスは、続けて降りようとしたエリーゼの手から鞄を取り上げ、もう一方の手でエスコートする。

「足元に気をつけて」

「ありがとうございます。ですが鞄は、自分で持ちます」

ステップを下りて地に足をついたエリーゼは、アルフォンスから鞄を受け取ろうとした。しかし彼は鞄を持ったまま、尋ねる。

「不躾な質問だけど、何か大切な物が入ってるのかな？　追跡に必要な物じゃないなら、馬車に置いていってもいいと思うが……」

エリーゼはきりりと表情を引き締め、首を振った。

「いいえ、その中には調査に必要な道具が入っているのです。オペラグラスに記録用のノートとペン、それに何かあった場合に身を隠す大きな布……」

あった方がいいと思う物を一式詰め込んできたエリーゼは、やや興奮気味に中身の説明を始めた。

しかしアルフォンスは、にこっと笑って遮る。

「そっか。じゃあ必要ないと思うから、置いていこうか？　姿を消しているからヨハン殿に近づけるし、何かあっても隠れる必要はない。記録が必要そうなら、俺が情景を切り取って魔法石に保存するよ」

彼はアルミンが降りるのを待って、鞄を馬車の中に戻した。

そしてきょとんと立ち尽くすエリーゼを振り返り、ふっと笑う。

「ごめん。なんでも魔法でできちゃ、つまらなかった？」

エリーゼは、かあっと頬を染めた。

妹の恋を否定するのは心苦しい。でも探偵の真似事は初めての経験で、少なからずやる気に満ちていた。

エリーゼはそんな自分にここで気づき、首を振る。

「い、いいえ……っ。何から何までお世話になってしまって、恐縮です」

簡単に見透かされた自分が恥ずかしくて俯くと、アルフォンスは帽子の下を覗き込み、微笑んだ。

「君のためなら、なんだってするよ。俺がいなければ、自力で探偵の真似事をするつもりだったのだろう？　お転婆なところも、可愛いよ」

いかにも愛しそうに紫水晶の瞳を細めて言われ、エリーゼはどきっと動揺した。

――〝君のためなら、なんだってするよ〟

あまりにも大げさな彼のセリフが頭の中で繰り返され、エリーゼは耳まで赤くして視線を逸らす。

「可愛くは、ありません……」

もう長いことそんな風に言われたためしはなく、エリーゼは実直に否定した。しかしアルフォンスは屈（かが）めていた背を伸ばし、甘い声で続ける。

「君は可愛いよ。それにとても優しい人だ。妹とヨハン殿の件だって、本当なら放っておいてもいいのに、妹の未来のために真実をつきとめようと踏ん張っている。君はいい人で、頑張り屋だ」

立て続けに聞き慣れない褒め言葉を贈られ、エリーゼはどうしたらいいのかわからなくなった。

狼狽して目を泳がせていると、彼は光を弾く艶やかなエリーゼの髪を指先で一束挟み、撫で下ろす。

「……ヨハン殿は、全く見る目がない」

砂糖菓子のようだった声が苛立った雰囲気に変わり、エリーゼはちらっと彼を見上げた。アルフォンスは熟(う)れた林檎(りんご)のように赤くなったエリーゼの顔を見つめ、はっと髪から手を離す。

「あっ……ごめっ、じゃない――失礼。君が美しくて、つい――じゃダメだな。今のは、社交辞令とかではなく……でもダメか。あー……うん。そうだね。……とりあえず、店に行こうか？」

彼はエリーゼが最初にお世辞はやめてとお願いしたのを、思い出したようだった。

だがキザな口説き文句はとめどなく出てくるらしく、最終的に弁解は諦めて、店を指さした。

エリーゼは逆に感心して頷き、まだ熱い頬を撫でつつアルミンを振り返る。

――口説き慣れている方って、気をつけても甘い言葉を口にしちゃうのね……。

「アルミンも準備は大丈夫？　……アルミン？」

エリーゼは、訝しんで声をかけた。二人の後方にいたアルミンもまた、なぜか顔を赤くして目を泳がせていた。

「どうしたの？　体調が悪くなった？　お顔が赤いわ……」

彼はエリーゼのように、アルフォンスから褒め言葉の急襲を受けたわけでもない。熱でもあるのかと向き直って確認しようとすると、アルミンは慌てて首を振った。

「あ、いいえ……っ。その、なんだかやっぱりデートについて来てしまった感が否めなくて……」

「え？」

「いいえ、なんでもありません……っ。僕はなんともありませんので、調査に参りましょう！」

アルミンに背を押され、エリーゼは熱がないなら良かったと安心して移動した。

三人が降り立った通りは高級品店が建ち並び、多くの人が行き交っていた。魔法は本当にかかっているらしく、エリーゼたちに気づく人はいない。それ故に、エリーゼは大変だった。

「アルフォンス様……っ、私、一人で大丈夫です……っ」

「だけど慣れてないと、通行人にぶつかってしまうよ。アルミン君は自力で頑張りなさい。男は女性より歩きやすい衣服を着ているからね」

「はい……っ」

エリーゼはアルフォンスにエスコートされながら、通りを横切っていく。

今まで意識していなかったが、ただ歩いているだけのつもりでも、人間は障害物があるかどうか確認しながら動くもののようだ。

姿を消したエリーゼたちは、他の人にとっては空気。そのため、手前を横切ろうとするエリーゼなどお構いなしに、皆ずんずん近づいてくるのである。

令嬢として生きてきたエリーゼは歩みもゆったりとしており、すぐ通行人にぶつかりそうになっていた。

そこでアルフォンスが手を貸してくれたのだが、二十歳にしてダンスも数えるほどしかした経験がないエリーゼには、いささか気恥ずかしかった。彼はエリーゼの腰に手を添え、半ば抱きかかえた状態で通りを横切って行くのである。

腰に手を添えてエスコートするのは、親密な間柄の男女でよく見られる行動だ。

これも彼の親切。他意はないと自分に言い聞かせるも、アルフォンスの体温や大人びた香水の香りに包まれ、エリーゼは鼓動が乱れて仕方なかった。婚約者でもない異性だと意識しているせいだろうか。腰を抱かれるくらいならヨハンにもされたことがあるのに、動揺が抑えられなかった。

店の前に到着すると、アルフォンスはすっと手を離し、エリーゼは息を吐く。

不慣れを露わにした己の狼狽ぶりは恥ずかしかったが、頬を染めたまま微笑んだ。

「ありがとうございました、アルフォンス様」

「いいや、どういたしまして。アルミン君も無事だね。じゃあ、中に入ろう」

アルフォンスの方はちっとも気にしていないような笑みで応じ、アルミンがいるのも確認すると、宝飾品店のドアに手をかけた。

ヨハンが入っていった宝飾品店にはショーウィンドーがあり、高価な宝石や髪飾り、帽子などが並んでいる。中には複数人の客と店員らしき人物がおり、エリーゼは反射的にアルフォンスをとめた。

「お店の中に入るのですか？　見つかってしまうのでは……」

「大丈夫だよ。姿も声も聞こえていないから」

「だけどドアが勝手に開いたら、変に思われるのでは……」

そう言っている間に彼はドアを開いてしまい、ドアベルがチリンと鳴った。

店の中には客が五、六名おり、店員はフロアに二名、カウンター内に二名立っている。ドアベルの音に反応して店員が振り返り、エリーゼは扉口で硬直した。

「そこに立っていたらドアが閉まらないよ、エリーゼ嬢」

アルフォンスは視線を全く気にせずエリーゼの手を引いて店内に入り、アルミンがあとに続いた。

ドアが閉まると、カウンターの中にいた店員が三人の横を通り過ぎ、訝しそうに出入り口に歩いて行く。

「おかしいな。風で扉が開いたのか?」

自分たちが一切見えていない様子に、アルミンは瞳を輝かせた。

「すごい。本当に見えていないんですね!」

アルフォンスは笑って頷く。

「そうだよ。だから俺たち魔法使いは、自宅や職場には『侵入防止』の魔法をかけているんだ。いつ誰が入り込んで覗いているかもわからないからね」

言われてみれば、姿が消せるならあちこちに入りたい放題だ。盗みにだって入れる。

姿を消す魔法があることを知らなかったので今まで思い至らなかったが、エリーゼはこれは大変危険な事態だと頬を強張らせた。

「それじゃあ、今まで私たちの家に泥棒が入っていないのは、運が良かっただけなのでしょうか。我が家には『侵入防止』の魔法なんてかけていません」

焦るエリーゼに、アルフォンスは苦笑する。

「理屈で言えばそうなんだけど、そもそもこの世に魔法使いってそんなにたくさんいないからね。マルモア王国にはほぼ生まれないし、多い国でも人口の三割程度だ。魔法使いが定期的に生まれる国は、事前に魔法使いを国の管理台帳に登録して、罪を犯さない契約を結ばせている。魔力が強いとその契約もすり抜けられるが、犯罪が発覚すれば、相応の重い罰が与えられるようになっているから、あまり重罪を犯す者はいないかな」

エリーゼは初めて聞く情報に納得しつつ、ほんの少し物寂しい気分になった。

「……そうなのですか。そんなお話、お祖父様からは聞きませんでした……」

テュルキス王国は、人口の三割が魔法使いだ。祖父も国とそんな契約を結んでいたのだろうか。亡き祖父に思いを馳せていると、アルフォンスが微笑んだ。

「子供にはそんな小難しい話、しないものだろう。台帳に登録するのは往々にして成人後だから、皆その頃に教えられるんだ。それにマルモア王国はそういう台帳管理もしていない。君が知らないのも無理はないよ」

マルモア王国に住んでいたから、知らなかっただけだ。内緒にされていたわけじゃない。

遠回しにそう言って宥められたように感じ、エリーゼは淡く頬を染めた。

母にエド、そして祖父までも失ったエリーゼは、どこかで常に置いてきぼりにされた感覚を抱えている。加えて日常的に継母に蔑まれるおかげで、自分は嫌われて当然の人間なのではないかと、心の奥底には常に不安が渦巻いていた。

祖父が自分に大切そうな情報を教えておいてくれなかったのも、実は家族として見てもらえていなかったからでは――と変な猜疑心が生まれ、悲しくなってしまっていた。

アルフォンスがそんな感情に気づいたのかどうかはわからない。けれどなんとなくまた見透かされた気がして、エリーゼは照れ隠しに明るく笑った。

「そうですね。少し考えすぎてしまいました」

その笑みを見たアルフォンスは、数秒エリーゼを凝視し、にこっと笑い返す。

「このまま二人でデートにでも行……じゃないな。――さあ、それじゃあヨハン殿を探そうか」

何事か言いかけた彼は、大きく首を振って背を向けた。アルフォンスが何を言いたかったのかわからないながら、エリーゼはすぐに従う。今は昔話をしている場合ではない。

「ええ、参りましょう」

背後でアルミンが深々とため息を吐き、小声で何かぼやいていた。

「あぁー……僕、やっぱり一緒に来ちゃいけなかった気がするなぁ……」


店内は壁面に備え付けの棚がずらりと並び、フロアには大小ガラス張りの商品棚がいくつも置かれている。中央に設置された半円形のカウンターを中心にぐるりと確認するもヨハンはおらず、エリーゼは眉根を寄せた。

「おかしいわ。外に出てはいないはずだけれど……」

客は幾人もいたが、店内の見通しは良く、見逃すはずはない。ここ以外どこにも行く場所はないのにと呟くと、アルミンがパチッと両手を打った。

「あ、そういえばこのお店、奥に上客向けの酒場が入ってるって兄上が以前話していた気がします。カウンターの裏に、専用の入り口があるとかで……」

「あら、そうなの？　カウンターの裏って……」

「ああ、ここか」

アルミンの話を聞いた直後、アルフォンスは素早く半円形のカウンターの裏側——一見ただの壁となっている場所に移動し、隠し扉を見つけた。それは壁の中央に設置された大きな鏡にしか見えなかったが、アルフォンスが手を乗せると真ん中に亀裂が入り、すうっと奥へ開く。

エリーゼは隠し扉の存在に驚くも、彼は至って冷静な表情で躊躇いなく中に足を踏み入れた。

「アルフォンス様……っ」

隠された場所なんて、何があるかわからない。勝手に入って大丈夫かと心配で、焦って追おうとすると、一度中に入った彼がひょこっと顔を覗かせた。

「うん、通路には変な魔法はかけられていないようだ。行こうか」

先に入って安全を確かめてくれたらしい。エリーゼはそのやけに場慣れした行動力に意表を突かれつつ、彼がご丁寧に手を差し伸べてくれたので、自らのそれを重ねて中に進んだ。


鏡の奥には、人が二人ほど並んで通れる燭台で照らされた通路があり、その先に意外なくらい大きな酒場が広がっていた。

酒場というより、賭博場（とばくじょう）だろうか。その部屋には多くの人が集い、ゲームに興じていた。現金があちこちで手渡され、煙草（タバコ）と酒、そして香水の匂いが充満している。

エリーゼは換気したい気分になって窓を探したが、ここは地下室らしく、どこにも見当たらなかった。思い返してみれば、通ってきた通路は下り坂だった。

エリーゼをエスコートしてきたアルフォンスは、部屋に入ると手を離し、空気の悪さに顔をしかめる。そして無意識だろう。辺りを見渡しながら、通り過ぎる人にぶつからないよう、エリーゼの肩に手を回して抱き寄せた。

「ああ、あそこだな。ヨハン殿がいる。行こう」

「……あっ、はい！」

男性とこんなに密着する機会がそうなかったエリーゼは、身を強張らせた。しかし調査に集中しているアルフォンスに邪(よこしま)な雰囲気は全くなく、真面目な表情でヨハンがいる場所に向かった。

ヨハンは、地下室の一角にある休憩所のような場所にいた。大きなソファがいくつも並ぶそこには複数の男女が集い、酒と煙草を楽しんでいる様子だ。

紫煙をくゆらせる彼らの手元に視線を注いだアルフォンスは、低い声で呟く。

「あれはダメだな……。アルミン君、ついて来てるか？」

「は、はい……っ」

アルフォンスはちらと後方に目を向け、呪文を唱えて杖を出す。そして再び呪文を唱えた。

「ちょっとここは空気が悪すぎるから、俺たちの周りだけ浄化する」

彼がそう言うや、エリーゼたちの周囲に風が渦巻き、清らかな空気が鼻を通り抜けるのを感じた。

エリーゼはほっと息を吐き、アルフォンスはヨハンたちの席近くにある柱の手前で立ちどまる。

姿を消しているから真横まで行ってもいいはずだが、彼は柱に凭(もた)れかかり、全体を眺められる場所を選んだ。

そこで肩に回されていた手が離され、エリーゼは何とも言えず、胸がじんわりと温かくなるのを感じる。

触れてから離すまで、彼はひたすらにエリーゼを守ろうとしているだけだった。生真面目そうな雰囲気は到底遊び人とは思えず、頼もしいばかりである。

ヨハンの様子に目を向けると、両脇に色っぽい恰好をした女性を二人侍(はべ)らせ、背後には到着した折に共にいた従者を控えさせていた。

女性の肩に腕を回すヨハンを見て、エリーゼは眉根を寄せる。

——あんな姿、アンネには見せられないわ。ショックを受けて寝込んでしまいかねないもの……。

女性たちは、大胆に襟ぐりが開いた薄い布地のドレスを纏っていた。どう見ても夜の仕事を生業とする人たちだ。

ヨハンは向かいに座る男たちと何事かを話し、女性はその合間に耳元で何か囁きかけ、色っぽい仕草で彼の口に果物を運ぶ。

「うわー……お兄様が一回来ただけでやめたのがわかる……。こんなところに来てるって知ったら、絶対ベティ嬢に叱られるもん……」

ベティとは、アルミンの兄の婚約者だ。

「そうね。とっても退廃的な雰囲気……」

エリーゼはアルミンに頷き、ヨハンたちの会話に耳を澄ました。

「では今回は二十で五千ルークだ。いいかな?」

「ええ、もちろんです。いつもありがとうございます」

何か商談でもしているのか、ヨハンは大きな宝石つきの指輪が十個は買えそうな額を提示し、相手は粛々と応じた。

随分金回りの良い客らしい。ヨハンは指を鳴らし、背後にいた従者が抱えていた鞄を開く。その中には、漆黒の布が張られた高級そうな小箱がずらりと並んでいた。

彼はその小箱をいくつか取り、向かいに座る男に手渡そうとする。すると両脇に座る女性が彼の腕に手を添え、しなだれかかった。

「えーいいなあ。私も欲しい」

「私もー。欲しいなあ、ヨハン様ぁ」

ヨハンは甘えて胸を押しつけてくる彼女たちににやっと笑い、箱を向かいの男に投げ渡す。その後、右隣の女性の腰に手を回して顔を寄せた。

「……タダではあげられないなあ。君たちは、僕に何をしてくれるのかな？」

ヨハンは女性の胸に視線を注ぎ、細い腰からお尻へと手を動かしていく。すると、エリーゼの視界が真っ黒になった。

「え……っ」

「あー……すまない。さすがに君には見せられない」

それは弱り切ったアルフォンスの声で、視界を塞いだのは彼の掌だった。

ヨハンの隣にいた女性の楽しそうな奇声が聞こえる。

「やだあ、ヨハン様のエッチ！　婚約者がいるくせにぃ」

ヨハンが笑う。

「婚約者は今のところ未定だよ。それにまだ独身なんだから、これくらい良いだろう？」

視界が塞がれていても、何をしているのかは大体想像がついた。

――なんて人なの……。アンネを愛しているから、庭園でキスをしたのではないの？　それとも本命と遊びは別だと考えていて、結婚するまでは何をしても自由だとでも思っているのかしら。

少なくともヨハン以外に興味はなさそうな妹の気持ちを考えると腹が立ち、エリーゼは視界を塞ぐアルフォンスに声をかける。

「アルフォンス様、記録を取っていただけますか？　映像は刺激が強そうですから、声だけでも」

「わかった」

アルフォンスが呪文を唱え終えたあとも、ヨハンと女性たちの会話は続いた。

「そうだ。堅物のお姉様から、可愛い妹に乗り換えたんだったわね？　上手くいきそうなの？」

「当然だろ。俺たちは愛し合ってるんだから、遠からず結ばれるさ。嫁き遅れの姉の方は俺を手放すまいと必死だが、それも時間の問題だ」

マルモア王国の結婚適齢期は十六歳から二十歳。エリーゼはぎりぎり嫁き遅れではなかったけれど、そう言われても特に気にならなかった。実際、ヨハン以外に当てはなく、何より胸に傷を負ったこの身体ではまともな結婚など望めない。

当人は達観したものだったけれど、横で聞いていたアルフォンスは何か癇に障ったのか、盛大に舌打ちしていた。なぜ彼が怒るのか不思議に感じ、頭を動かして表情を見ようとする。だが目を覆い隠す手に力を込められて、確認はできなかった。

「そっかあ、愛し合ってるなら、結婚したあとはもう遊びに来ないの？　寂しーい」

「だよねえ、ざんねんー」

――当然でしょう。結婚したあともこんな場所に来ていたら、アンネの心まで病んでしまうわ。

惜しむ彼女たちに、ヨハンはエリーゼの予想とは真逆の返事をした。

「すぐ会いに来るさ。結婚直後はさすがに控えるが、僕が愛してるアンネは病弱でね。今だってちょっと姉とケンカしただけで熱を出して寝込んでる。あの様子じゃ、子なんか産んだらあっという間にあの世行きだ。そうしたら僕は次期侯爵の身分を手に入れ、嫁にも束縛されない自由の身となるわけさ」

あまりの言葉に、エリーゼは何を聞いたのかわからなかった。頭が真っ白になり、数秒呆然と立ち尽くし、次いでカッと頭に血が上った。目を覆うアルフォンスの手を剝がそうと、勢い良く摑む。

「手を……っ、手を離してください、アルフォンス様！」

「今は見守るだけにしよう、エリーゼ嬢」

彼は素早くエリーゼの頭を腕で抱え込み、自身の胸に押しつけた。視界を塞がれ、身動きもできなくなったエリーゼはもがく。

「――離してください……！　ただ見ているだけなんて、できない……っ」

『子なんか産んだらあっという間にあの世行きだ』

訴えている間も嘲笑うヨハンの声が脳内で繰り返され、腹の底から灼熱の怒りが湧き上がった。青い瞳が真っ赤に染まったように感じ、解放してくれないアルフォンスに苛立ちが募る。

「私は、あの男の頬を打たねばならないのです……！　妹を軽んじられて黙っているなんて、できない……っ。アンネは死んでしまったりしない！　元気になってきているのに……‼」

熱い感情は涙となって瞳を覆い、エリーゼは歯を食いしばる。

長年健康になることだけを祈り、愛情いっぱいに妹を見守ってきたエリーゼにとって、ヨハンのセリフはどうあっても許せなかった。

――死んでしまわないで。どうか生きていて。

毎夜のように神に祈りを捧げ、何があっても大切に慈しんできた妹は、エリーゼにとって宝物も同然だった。その妹を、あの男は子を産めば用なしかのように言ったのだ。

――許してはならない。必ず罰を与えねばならない。あの男には、決してアンネは渡さない！

エリーゼの血を吐くような心の慟哭が聞こえたかの如く、アルフォンスは重くため息を吐いた。

「……わかってるよ、エリーゼ嬢。君の妹は真実に気づき、あんな男とは結婚しないと言うに決まっている。そして君の願い通り、健康になって良い夫を見つけ、幸福に生きていく。――大丈夫だ」

優しく背を撫でられ、エリーゼは吐息を震わせる。なぜか、かつて醜いと信じていた自分を抱き寄せて宥めてくれたエドの体温が思い出され、余計に感情が乱れた。

失ったエドと、失いたくないアンネ。二人への愛情が胸に溢れ、涙が零れそうになる。

――泣いちゃダメ。泣いちゃダメよ……っ。泣いたら、弱くなる……！

何もかもを抱えて生きてきたエリーゼは、しゃんと一人で立つために、自らに弱さを許さなかった。事実エドと死別して以来、涙は一滴も零していない。

拳を握って堪えていると、アルフォンスがぴくっと肩を揺らした。

「――待ちなさい。ダメだよ。こら、動くな……っ」

彼はエリーゼではない誰かに声をかけていた。

先程までの落ち着きが嘘のように狼狽したアルフォンスの声に戸惑い、エリーゼは頭を動かす。

動揺した彼の腕から力が抜け、背後を振り返ることができた。

エリーゼは、自身が見た光景が理解できず、目をぱちくりさせる。

にこにこと笑うか、情けなく眉尻を下げる表情ばかりが印象的な幼馴染みのアルミンが、怒りに頬を紅潮させ、猛然と走りだしていた。

初めて見る表情は殺意すら籠もっていそうで、エリーゼはぽかんとその光景を見守る。

瞬く間にヨハンの目の前に立ったアルミンは、次の瞬間、拳を振り下ろしていた。

「——アンネを大事にする気がないなら、二度と近づくなクソ野郎……！」

「が……っ」

アルミンが見えていなかったヨハンは、無防備な状態で頬を殴られ、吹き飛ばされる。机の上に並んでいたグラスやボトルが激しい音を立てて砕け散り、女性の悲鳴が上がった。

アルフォンスは額を押さえ、天を仰ぐ。

「あー……怪奇現象を起こしてしまった……」

——怪奇現象？

頭に疑問符を浮かべたエリーゼは、少ししてから彼の言った意味を理解した。

他の人からアルミンは見えていないのだ。だからヨハンは先程、いきなり一人で吹っ飛んだのである。怪奇現象以外の何ものでもない。

そして彼がエリーゼをとめた理由にも、見当がついた。

ヨハンにはエリーゼが見えないし声も聞こえないのだから、頬を打っても無駄だ。

「仕方ない。とにかく出よう」

アルフォンスはため息を吐き、素早くアルミンに歩み寄ると、首根っこを掴んだ。もう一方の手でエリーゼの手を握り、足早に元来た道を戻っていく。

響き渡った大きな音に、室内にいた人々は動きをとめヨハンたちの方へ視線を集中させていた。

おかげで帰路はとてもスムーズに移動できた。

引っ立てられている最中、エリーゼはまだ怒っているアルミンを見やり、頬を緩める。心からアンネを大事に思う彼の気持ちが伝わり、嬉しかった。

「……ありがとう、アルミン。怒ってくれて、とても嬉しかった」

話しかけると、アルミンはアルフォンス越しにこちらを見て、ようやく目から怒りを消す。かあっと頬を染め、視線を落とした。

「いえ……すみません。僕、勝手な真似をしてしまって……」

アルミンの襟首を摑むアルフォンスが、渋面で頷いた。

「本当だ。今度はちゃんと、姿も声も見える状態の時にしろよ。あれじゃあ、あの男はなぜ殴られたのかわからないままだ。反省も何もしない」

アルミンは「あっ」と目を瞠る。

「……そういえば、あの人に僕は見えてないんでした……」

エリーゼ同様、彼も状況を忘れていたらしい。しおしおと項垂れるアルミンに、アルフォンスは苦笑した。

「まあ、気持ちはわかる。大事な者が他者に蔑まれるのを黙って聞くのは、実に苦痛だ」

最後は苦々しげに呟かれ、エリーゼはアルフォンスを見やる。彼はできるだけ平静を装っているようだったけれど、隠し切れない不快感が瞳に滲んでいた。

「……アルフォンス様も、同じような経験をなさったことがおありなのですね」

過去に辛い経験をしたのだろうと、エリーゼは同情の念を寄せる。すると彼はこちらを見下ろして、にこっと笑った。

「そうだね。ヨハン殿を殴りたかったのは、アルミン君だけではないんだよ、エリーゼ嬢」

エリーゼは目を瞬かせた。当事者ではないアルフォンスまでがなぜヨハンを殴りたくなったのか、わからなかった。

彼はそれ以上説明せず、地下室から店の外まで移動する。そこで二人を前にし、人差し指を立てた。

「……さて。いいかい、二人とも。これは大事な話だから、しっかり聞いてほしい」

改めて向き直られ、エリーゼとアルミンは彼の部下の如くしゃきっと背筋を伸ばす。

二人の様子にアルフォンスは一度柔らかく笑い、真剣な眼差しに戻って言い聞かせた。

「これは事前に忠告しなかった俺が悪いのだが、今後共に調査する際は、許可なしで動くのは絶対になしだ。俺は他国の者だし、王太子殿下の側近としてこちらに来ているからね。可能な限り問題は起こしたくないんだ。了承してくれるかな？」

ほとんどお願いする調子で言われ、エリーゼは口を押さえる。

「……そうですよね。申し訳ございません。私ったら感情的になってしまい……」

「僕こそ、申し訳ありません！　アルフォンス様のお立場を考えていませんでした……っ」

アルミンは顔色を失い、深々と頭を下げた。

素直に詫びられたアルフォンスは、苦々しそうに呻き、首を振る。

「いや、謝られたいわけじゃないんだ。俺がしたくてしてることだから、本当は気にしなくていいと言いたいんだが……ブルクハルトに迷惑をかけるわけにはいかなくてね。こちらこそ、すまない」

自国の王太子を呼び捨てで呼んだのが意外で、エリーゼはまじまじとアルフォンスを見つめた。

「ん？」

視線で何か聞きたいのかと察したアルフォンスが、首を傾げる。それは自分の小さな動き一つまで気にかけられているのだと感じさせる態度で、エリーゼは少しドギマギした。

「あ……いいえ。王太子殿下を呼び捨てにされたので……親密そうだなと思っただけです」

呼び捨てにするからには友人なのだろう。そう考えて言うと彼は、ははっと笑った。

「ああ、つい敬称をつけるのを忘れてしまったかな。外では気をつけないといけないんだけど、二人でいる時は大体呼び捨てにしているから。彼はいい上官で、いい友人なんだ」

親密さが滲む彼の表情は朗らかで、エリーゼは釣られて笑い返した。

「そうなのですね。どうぞ、大切になさってください」

――いつ失うかも、わからないから。

当たり前に傍にいた人を失うのは、いつだって突然だ。

エリーゼは常に肝に銘じている己への戒めは言葉にせず、じゃあ馬車へ戻ろうかと差し出されたアルフォンスの手を取り、家路についた。

三章

一

五番街を離れたエリーゼたちは、ひとまずそれぞれの家に送ってもらい、別れた。宝飾品店へ向かう道中、父に挨拶をと話していたアルフォンスだが、それは後日になった。

ヨハンの言葉はエリーゼもショックだっただろうから、気持ちが落ち着いた頃に改めようと、気を使ってくれたのだ。当然、今日の内容はアンネに伝えられないので、別の日に再び調査に行こうとも言ってくれた。

非常に配慮あるアルフォンスの態度に、エリーゼは感謝の気持ちでいっぱいだった。

「なんていい人なのかしら……」

部屋着のワンピースに着替えたエリーゼは、自室のバルコニーに出てほんのり微笑む。手には夕食に自ら作った、薄い野菜スープのカップがあった。

深く息を吸うと、夜の冷えた空気が胸を満たす。

ようやく一日のやるべきことが終わり、就寝する直前だった。

調査から家に戻った頃はもう夕刻で、それからエリーゼは、ラルフと交代で父と妹に食事と薬を運んだ。二人の着替えも済ませ、その後ラルフと共に領地や家に届いた請求書などの処理をしていたら、すっかり夜だ。

日中は光が差し込まない薄暗いエリーゼの部屋も、夜になればバルコニーから美しい星空が望める、心地よい場所になる。エリーゼは、一日の作業が終わったこの時間が一番好きだった。

静かで、心が落ち着く。

いつものように少し行儀悪く、立ったままスープを飲もうとしたところ、カシャンと音を立てて、バルコニーの手すりに何かが降り立った。

エリーゼは音に振り返り、あら、と目を瞬かせる。それは、腹は白く、背は漆黒の烏だった。

野生の烏が人に近づくなんて珍しい。

エリーゼは物珍しく見つめ、スープを一口飲んだ。烏も紫の瞳をこちらに向けて見つめ返したところで、普通の烏ではないことに気づいた。

烏の瞳は普通、真っ黒だ。

「……もしかして、アークさん？」

紫色の目をした烏など、今日アルフォンスに紹介された使い魔のアークくらいしか見た覚えはない。

問いかけると、烏はトントンと手すりをジャンプして移動し、エリーゼの目の前まで近づいた。

『そうだよ。こんばんは、エリーゼ。食事中に失礼するよ』

烏は嘴を開けて、流暢に人語で返答した。少年のような高い声だが、物言いはちょっとキザで、どこか主人に似ている。エリーゼはふふっと笑って応じた。

「いいえ、大丈夫よ。どうしたの？　何かご用事？」

『うん。お使いだよ。やっと君と顔を合わせたからさ、色々忠告してあげようと思ってたんだけど、アルフォンスの奴、僕がここに来る前に色々口外できないよう、契約増やしたんだぜ。雑談もできないなんて、ほんとやんなっちゃうよ』

　アークはぶつくさ文句を言いながら、羽の下から小さな石を取り出す。キラキラと月の光を弾くそれは、フローライトだろうか。

「まあ、雑談もできないの？　それは、大変そうね……」

　鳥ながら、人語を解するならおしゃべりも自由にしたいだろう。不憫に感じて眉尻を下げると、アークは宝石を口に咥えたままこちらを見上げ、頭を上下させる。どうやら、受け取れと言いたいらしい。

　エリーゼは戸惑い交じりに両手を差し出し、アークはその上にポトリと宝石を落とした。

　刹那――ふわっと甘い花の香りと共に温かな風が全身を包み込み、背中に垂らした髪が扇形に広がった。

　風は一瞬で収まり、包み込まれたあとは、体の芯がぽかぽかしている感じがした。

「……び、びっくりした……」

　何が起こったのか不明で硬直していると、アークが嘴を開く。

『それはまじないだよ。君が良い夢を見られるよう、アルフォンスが石に魔法を込めたんだ。この指輪を着けていたら、ずっと君はいい夢が見られる。今日、嫌な経験をしたんだろう？　だから、君が悪い夢を見ないようにって』

「指輪……？」

そんなのどこにもないけれど——と、掌を見下ろしたエリーゼは、再び驚く。

アークが取り出した時は確かにただの宝石だったのに、もう一度見下ろしたそれは、綺麗に磨き上げられた一粒石の指輪になっていた。

「綺麗……」

エリーゼが瞳を輝かせて指輪を持ち上げると、アークは首を振る。

『どうせ贈るなら薬指に合うようにしろよって言ったんだけどさ、あいつ遠慮して君の中指に合うように作ったんだぜ。どうかしてるよな！』

何がどうかしているのか。出会ったばかりのアルフォンスが、そんな場所に合わせた指輪を贈るはずがない。子供の頃はそういう意味も知らないまま贈っていたが、薬指は恋人や伴侶から貰った指輪をつけるところだ。

だけどアークの中では何かが間違っているらしく、不満な様子だった。

きっと鳥の世界では何か違うルールでもあるのだろう。エリーゼは深く追及せず、指輪を左手の中指にはめてみた。ぴったりのサイズで、また驚く。

「すごいのね。どうやって私の指のサイズをお知りになったのかしら。まさか今日一緒に過ごしている間に？　それとも魔法で……？」

アルフォンスとは、一度手を繋いだ。その際にサイズがわかったのなら、相当女性に指輪を贈り慣れている。

微妙に笑みを強張らせたエリーゼに、アークが首を傾げた。

『そんなの、今日よりずっと前から知ってたよ。あいつ、君のことならなんでも知っ……カアー！カア、カアー！』

突然アークが普通の鳥の鳴き声を上げ始め、エリーゼはぎょっとする。アークは苛立ったように羽をばたつかせ、目の前でくるくると回転した。

『クルル、カアッ、カアー！　なんだよ、大した秘密は話してないだろ、アルフォンスのバカ野郎！』

しばらくするとまた人語を話しだし、アークは手すりに降り立って、ぶるりと羽を震わせた。

『これだから口封じの契約は嫌いなんだ……っ。全く、人前で鳥語を話すなんて、とんだ屈辱だぜ』

どうやら、最初に話していた雑談ができない契約のせいで、途中から鳥語になってしまったらしい。アークは鳥なので鳥語を話しても恥ずかしくないだろうと思うものの、彼なりにプライドがあるようだ。

アークはひとしきり羽づくろいしてから、エリーゼを見上げた。

『というわけで、お届け物をしたけど、アルフォンスに何か伝言あるかな？　一言でもアイツはもんどりうって喜ぶと思うから、何か言ってやってくれると使い魔としても嬉しいぜ』

「……もんどりうって……？」

聞き慣れない表現に戸惑いながらも、エリーゼはお礼は言いたいなと頷いた。

「えっと、そうね。〝贈り物をありがとうございます。それに調査のご協力も、とても感謝しています。大人になってからこんなに親切にしてくださる方に出会ったのは初めてで、アルフォンス様の優しさにはどうお礼を言ったらいいかわからないくらいです。アルフォンス様も、どうぞ良い夢をご覧になれますように――〟と、伝えてくれますか？」

アークはこくりと頷き、トントンと跳ねて背を向ける。

『承知した。それじゃあ、またなエリーゼ嬢。世界に少しずつ〝悪い魔法〟が広まっているから、気をつけて』

「え？」

——〝悪い魔法〟？

聞き返した時、耳元を冷たい風が通り抜け、エリーゼはぶるっと震えた。

風に乗って微かに声が聞こえた気がして、アークが何か話したのかと視線を向ける。

『……そこに……いるの……？』

「ごめんなさい。風で聞き取れなかったのだけれど、何と言ったの？」

尋ねると、こちらに背を向けて翼を広げようとしていたアークが、首だけこちらに巡らせた。

『……〝悪い魔法〟が広まってるから、気をつけてねって言ったんだよ』

エリーゼは、目を瞬かせる。

そのセリフのあとに、もう一つ何か言ったと思ったが、彼は何も話していないようだ。

——それじゃあ、空耳かしら。アークにしては、女性のような高い声だった気もするし……。

風が耳元を通り過ぎた音を、声と聞き間違えたのだろう。

冷えた風が触れてぞわぞわしている耳を指で擦り、エリーゼは一人納得した。

アークはトントンと器用に手すりを跳ねて、またエリーゼに向き直る。

『何か聞こえたの？』

確認され、エリーゼは首を振った。

「いいえ。ごめんなさい、気にしないで」

アークは不思議そうに首を傾げ、またトントンと跳ねて背を向けた。

『そう？　それじゃあ、僕は行くね。何か変なことがあったら、アルフォンスか僕に言ってね』

「……ええ、ありがとう」

変なことが何を指すのか見当もつかなかったが、気にかけてくれているのは伝わり、エリーゼは温かな気持ちになって頷いた。

『それじゃあ、またね』

アークは最後に声をかけると翼を広げ、今度こそ星明かりが瞬く夜空へと羽ばたいていく。

鳥は夜目が利かないはずなのに、まっすぐ飛び去る姿に、エリーゼはほおっと息を吐いた。

「……夜も飛べるなんて、やっぱり使い魔は普通の鳥じゃないのね……」

使い魔は、使役した魔法使いの魔力を食べて生きると聞く。だから他の動物よりも、寿命が長くなるのだとか。

エリーゼは視線を落とし、アルフォンスから贈られた指輪を見つめる。

透明なフローライトが、月明かりを受けて美しい光を孕む。

――どうして……アルフォンス様はこんなに良くしてくださるのかしら。

蔑みや苦境には慣れていても、優しさを与えられるのは久しぶりだ。

胸がとくりとくりと鼓動を速め、エリーゼは指輪を月にかざして口元を緩めた。

「アルフォンス様って、どんな方なのかしら」

最初こそ遊んでいそうな人物だと思ったけれど、病に臥す父や妹を持つエリーゼを気遣い、こうして贈り物までしてくれる。

その心遣いは思慮深く感じられ、彼が軽薄な人間ではないのだと示している気がして、エリーゼは瞳を揺らした。

――不思議。私……もう少し、アルフォンス様を知ってみたいと思ってる。

それは、多くの愛する者を失い、一人で全てを背負って生きてきたエリーゼが初めて他人に抱いた、真新しい感情だった。

二

エリーゼたちと共に五番街に調査に出た翌日の夜、アルフォンスは王宮の宿泊施設――グラナード館の最上階で、ブルクハルトに報告を入れようとしていた。アルフォンスの手には部下たちが作製した分厚い報告書があり、バルコニーで話を聞こうと言ったブルクハルトは椅子に深く腰かけ、額を押さえている。

昨日はマルモア王国王太子と田園の視察に行き、今日も同じ顔ぶれで王都を視察してきた彼は、疲れ切っているのだ。疲労からか目元に隈ができたブルクハルトは、行儀悪く机に肘をついて首を振った。

「……すごかったぞ。よくぞここまで無防備な状態で国を保てたものだと言わざるを得ない有様だった。視察中に何者かの襲撃を受けやしないか、こちらがクリスティアン王太子の周囲に目を配り、神経を尖(とが)らせてしまったほどだ」

魔法使いがほとんど生まれないマルモア王国は、国家施策として魔法を利用していなかった。故にブロンセ王国では当たり前となっている『侵入防止』の魔法や『覗き見防止』の魔法は使用されておらず、それどころか臣下にも一人として魔法使いがいなかったらしい。

高貴な人物の周囲には常に置かれるものである魔法騎士すらいない状況で、ブルクハルトは何かあれば自分がクリスティアンを守らねばと身構えていたのだとか。

エリーゼたちと共に自分自身も無防備な街を見てきたアルフォンスは、同情を禁じ得なかった。

「……お疲れ様でした。この国は、多くの者の善意で保たれているのでしょう。無防備なこの状態は、古(いにしえ)の国家のあり方を彷彿とさせます。その貴重さを尊んで誰もが乱そうとしないのか……もしくは一般の魔法使いには気づけぬ高度な魔法が使われていると深読みされて手を出されていないか、ではないでしょうか。……まあ、万が一王族や諸侯貴族が魔法でなんらかの重篤な被害を被れば、がらりと方針は変わると思いますが」

「被害が出ぬ限り策を講じないのも、前時代的だ」

ブルクハルトは眉間に皺を刻んで唸(うな)り、一つ息を吐くと、気を取り直してアルフォンスに手を差し出した。

「今日の調査報告があるんだったな。貰おう」

アルフォンスは言われるまま書類を渡し、口頭でも同じ内容を報告する。

「あの魔薬によって身体に宿る微細な魔力を辿り、方々に調査を入れましたが――マルモア王国内では上流階級の者の手に渡っているようです。しかしブロンセ王国のように、万病に効く薬として広まっているわけではなく、美容薬として売買されている例が少数確認できただけでした」

「美容薬？　ああ……食事を摂らずとも平気になるから、みるみる痩せるだとかの謳い文句で売買されているのか？」

　ブルクハルトはすぐに異なる商法を想像して口に出し、アルフォンスは頷いた。

「こちらの国がブロンセ王国ほどあの薬を問題視していないのは、商品のほとんどが自国内では消費されていないからかもしれません。ご存じの通り、マルモア王国は魔法を積極的に取り入れていない国です。良い効能のある薬だと聞いても、魔法が使われていると知れば、多くが気味悪がって手を出さないのではないでしょうか」

　ブルクハルトは顎を撫で、目を眇める。

「……確かに、それはあり得るな……。得体の知れない魔法を使った薬を自ら飲むより、隣国に転売して儲ける方がよほど理に適っていると言える」

「それに、この国ではどうも別の薬の方が多く売買されている様子です。随分高価そうな箱に入れて売買されていましたから、顧客は上流階級のみでしょうが」

　ブルクハルトは顔を上げ、首を傾げる。

「一般的な麻薬か？　お前は確か、昨日は『陽炎の君』と出かけ、今日は王都内を調べていたな」

　エリーゼの別名を聞くと背中がこそばゆい感覚に襲われるも、アルフォンスはぐっと堪えた。

「はい。昨日訪れた宝飾品店の地下賭博場内に微細な魔力が漂っており、怪しげな商品の売買も確認されたので、今日、追跡調査してみたのです。まだ実物は手に入れておりませんが、売買されている商品は煙草らしく、その煙に微細な魔力が含まれているようです。ブロンセ王国内で広まっていた魔薬と、似通っている気がします」

アルフォンスたちが追っているのは、あくまで自国内で蔓延した魔薬についてのみだ。マルモア王国内で独自に広まる、危険そうな薬の調査までは請け負っていない。しかし関わりがないとは言い切れない。

他の薬も含めて調査するかどうか上官の判断を待っていると、ブルクハルトは鷹揚に頷いた。

「そうか。では少々仕事が増えるが、そちらの薬についても調査してくれるか。人体に害を与える薬ならば、撲滅するべきだ」

アルフォンスは、顔には出さずほっとした。

「承知しました」

もう一つの薬は、エリーゼの婚約者が売買に関わっている様子で、気がかりだったのである。個人的にでも調査しようと考えていたので、職務として取りかかれるならば重畳だった。

ブルクハルトはアルフォンスの顔をしげしげと眺め回し、にやっと笑う。

「それはそうと、デートはどうだった？　『陽炎の君』と一日共に過ごして、想いがぶり返したのではないか」

仕事の話はここで終わり、プライベートの会話に移ったようだ。アルフォンスは真顔で応じる。

「……どうもしない。俺は彼女とはどうこうなる気はないからな」

返答とは裏腹に、彼女の姿が脳裏に蘇ると、アルフォンスの心はじんわりと熱を帯びた。

宴の際に着ていたよそ行きのドレスも美しかったが、少し使い古した外出着姿は最高に可愛かった。目的がヨハンの浮気調査というのは色気に欠けるも、外出中は終始胸が喜びで満たされ、平静を装うのが大変だった。

使い魔を使って見守るしかできなかった初恋の女性が、目の前で笑い、話しているのだ。これ以上の幸福はない。しかも、慣れていなければ少々難しい、姿を消した状態での移動の際はエスコートもさせてもらい、手のひら越しに伝わる生きた彼女の感覚に、感動すら覚えた。

エスコートしたのは、もちろん怪我をさせたくなかったからだ。だが一緒に死んでいてもおかしくなかった彼女が生きて隣にいる現実は、無性に心を乱した。

おまけに性格は以前と変わらず家族思いの優しい人柄のままであり、容姿は誰より美しい。

だから幼い頃に抱いた恋情が溢れ返り、アルフォンスはつい、無意識にあちこちで彼女を褒め、口説きかけてしまった。

手を出さないと心に決めているのに、彼女を前にすれば妻にしたいという欲求が前に出て、口が勝手に回るのだ。共に外出する時に、エリーゼからお世辞はやめてと釘（くぎ）を刺されなければ、自覚もなく延々口説いていたかもしれない。

雪原のような艶やかで美しい髪に、透明にも見える儚い色の長い睫。その下に覗く青い瞳は一際澄んで煌めき、肌は白く、唇は赤く、懐かしくも愛おしさをかき立てる柔らかな声が耳をくすぐる。

彼女が可愛らしく笑えば理性は吹き飛び『このまま二人でデートにでも行こうか？』と誘いそうになっていた。

しかもエリーゼは、後生大事にアルフォンスが昔贈った指輪をつけている。

まさかずっと持っているとは考えておらず、これまでアークを放ってエリーゼの動向を調べていた際も、報告対象に指定していなかった。

三季の宴で初めて、いまだに指輪を持っていると知ったのだ。

当時、幼いなりにアルフォンスも頑張って作った品だ。今もつけてくれているのは嬉しい。けれど大人になって見れば、それはいかにも稚拙で、一気に羞恥心が襲った。

宝石にかけた魔法は解けかけ、意匠も歪。

アルフォンスは咄嗟に己の過去の作品を取り上げようとしてしまい、エリーゼを憤慨させた。

彼女はアルフォンスがエドだとは知らないのだから、当然だ。いきなり自分の物を奪われそうになれば、誰だって怒る。

アルフォンスは反省すると共に、会うたび指輪をつけている彼女に、変な期待を抱かずにはおれなかった。

もしかしたら、エリーゼも自分を想っているのではないか――と。

だが、そうだとして何になろう。

アルフォンスは、一度彼女を死の淵に立たせた罪深い男だ。彼女の身の安全のために、過去の自分をこの世から抹消し、二度と関わってはいけない。

葬儀の日に抱いた決意は頑強で、恋路を実らせる気はさらさらなかった。しかし顔を見て、声を聞いたら、抑え切れない想いが零れてしまう。

そんな複雑な感情を抱えて平静を装うアルフォンスに、ブルクハルトは眉尻を下げた。

「……だが、彼女はこの国で随分苦労しているようじゃないか。男として、守ってやりたいとは思わないか」

友人の口調に違和感を覚え、アルフォンスは視線を上げる。その何かを知っているような顔つきに眉根を寄せた。

「彼女のことを調べたのか？　お前にそんな時間があったとは、知らなかった」

ブルクハルトは、王太子として軍部の指揮に公務にと忙しくしており、スケジュールは日々いっぱいだ。アルフォンスがエリーゼについて逐一調べているのは知っていても、彼自身がそんな調査にかかずらう時間はないはずだった。

暗に口を出すなと突き放すと、ブルクハルトは嘆息する。

「お前は俺にとって大事な友人だ。どんなに忙しかろうと、友を気にかける時間くらい作ったっていいだろう」

「必要ない」

言下に切り返すも、ブルクハルトは引かなかった。珍しく苛立った眼差しを向け、指を突きつけてくる。

「いいや、必要だ。お前は自分がどんな行動を取っているのか、全くわかっていない。お前は今、決して自らは動かず、息を潜めて彼女を眺めているだけだ。手前勝手に彼女の幸福を祈り、自らが動かぬことで最善を尽くしていると思い込んでいる、つまらない自己満足男に成り下がっている」

アルフォンスは目を瞠った。

――つまらない自己満足男。

それはきつい言われようだったが、その通りだと自身でも思う。

アルフォンスは使い魔を使って彼女の日常を見守っているが、それだけだ。内心歯がゆく感じても、決して手は出さず、幸福を祈るだけに留めてきた。

ブルクハルトはアルフォンスを鋭く見据える。

「ブロンセ王国で『社交界一口説かれてみたい男』とまで謳われる男の実際の姿がこれほど情けなくては、友として口を出さざるを得ない。お前も男なら、好いた女性を幸福にすべく自ら動け。お前ならできるはずだ。——彼女を守ることも、慈しみ、腕に抱くことも」

「……」

エリーゼを腕に抱き、慈しむ。

アルフォンスが何度となく抱いた願いをさらりと口にして、ブルクハルトはため息を吐いた。

「この滞在期間中、よく考えて動け。お前が後悔しないように」

——後悔しないように……？

アルフォンスは自身の足元に視線を落とし、めまぐるしく思考を巡らせる。

テュルキス王国で出会った時、怯えた顔をしていたエリーゼ。共に過ごす内にその瞳に生気が宿り、日に日に可愛くなるから、目が離せなかった。

冬の間の別れは寂しく、早く春になればいいと毎年願って過ごした。

簡単な魔法を披露するだけで喜び、無邪気に笑う大切な女の子。共に過ごす内に恋心が芽生え、彼女を自分の特別にしたくて、薬指に合う指輪を贈った。

お返しにくれた指輪は至極嬉しくて、刺客に襲われて砕け散ったそれは、治癒されたあとに修復して今も持っている。成長した指にはつけられなくなったので、鎖に通していつも服の下に忍ばせていた。

アルフォンスはのろのろと腕を持ち上げ、首にかけた鎖を引き出す。シャラリと音を立てて出てきた小さな金色の指輪は、見るたび懐かしいテュルキス王国での日々を蘇らせた。

——後悔なら、十二分にした。エリーゼが心臓を貫かれた瞬間にも、己の死を嘆く彼女の泣き声を聞いた時にも。

——自分は傍にいるべきではなかったと悔やみ、血反吐(ちへど)を吐くほど苦しんだ。

あれ以上の後悔など、あるはずがない。

——本当にそうか？

アルフォンスが変わらぬ答えを出そうとした時、ブルクハルトの問いかける声が聞こえた気がした。

実際にはただの自問自答で、彼は何も言っていない。それなのに気のせいだとも思えず、アルフォンスは友へと視線を向けた。

ブルクハルトは、まるでこちらの心の声を聞いていたかのような渋い顔をして、アルフォンスを見ていた。彼は再びため息を吐き、低い声で重く命じる。

「……アルフォンス、過(あやま)つな。——最善を選べ」

——最善……？　それはどういう意味だ、ブルクハルト。

疑問は喉元まで込み上げたが、友人はそれ以上の答えは与えぬと言わんばかりに視線を逸らし、短く言い放った。

「下がれ」

「——……」

アルフォンスは開きかけた唇を閉じ、再び息を吸う。転移魔法の呪文を唱え、命じられた通り、上官の前から姿を消した。

その紫の瞳は、普段の落ち着きを失って微かに揺れていた。

──エリーゼ。俺は、君の幸福を何より願っている。君を幸福にするために、俺は傍にあろうとしてはいけない。……そうじゃないのか？

何が正解かもわからぬまま、アルフォンスはエリーゼに想いを馳せる。

フローライトの指輪を届けた夜、戻った使い魔から伝えられた彼女の言葉は、感情を激しく揺さぶった。

──〃アルフォンス様も、どうぞ良い夢をご覧になれますように〃

アークは、声そのものを写し取り、伝言できる鳥だ。宿泊施設のベッドに横たわって報告を聞いていたアルフォンスは、最後に彼女の声をそのまま届けられ、額を拳で押さえた。

アークを使って見守り続けた十年──。その長い年月の間で初めて受け取った、彼女自身からの伝言だった。

あの瞬間、見守るだけで満足していたアルフォンスの心が、遥かに深い欲望を抱いた。

──エリーゼ。叶うなら、君の隣でそのセリフを聞きたい。そして俺からも、君に直接『良い夢を』と囁きたい。

伝言を貰ってきた自分を褒めろと腹の上で跳ねるアークに褒美の魔力を与えながら、アルフォンスは息苦しいほどの恋情に苛まれた。

──エリーゼ。俺はどうしたらいい。

長年手を伸ばしてはいけないと己を戒めてきた女性に向け、アルフォンスは心の中で何度も問う。

わかっているのは、幼い頃から何一つ変わらぬまま彼女を愛している、己の気持ちだけだった。

三

　宝飾品店の地下を調査した二日後――エリーゼは、アルミンとアルフォンスのそれぞれから手紙を受け取った。

　アルミンの手紙は、ヨハンの浮気現場を押さえられそうな情報について教えてくれるものだった。アルミンの兄が夜会に参加した際、さりげなくヨハンに近づいて手に入れたらしい。

　ヨハンは明後日、エッシェ園という王都ローザの西にある有名な花園で、誰かと会う約束をしているそうだ。話の雰囲気から、女性と逢瀬を楽しむはずだと書いていた。

　そしてアルフォンスから届けられた魔法の手紙には、明日ミュラー侯爵家を訪問すると記されていた。

　彼は律儀に先日の約束を守り、父の容態を診てくれると言う。

　エリーゼは、それならアルフォンスが家を訪れた時に、ヨハンの浮気調査に同行してもらえないか頼もうと思った。

　彼の都合が良ければ、一緒にエッシェ園へ行って、現場を魔法石に記録してもらうのだ。

　浮気現場を見たとエリーゼから口頭でのみ伝えるより、魔法で記録した映像がある方がよりアンネに信じてもらえるはずだ。

　今度こそしっかり証拠を押さえようと気を引き締める一方で、エリーゼはアルフォンスの手紙に気になる点を見つける。父を診るとは書いていたが、アンネについては言及していなかった。

　確かにアンネはすっかり熱も下がり、彼に病気を治してもらう必要はない状態だ。けれどエリーゼの夢見にまで配慮を見せる人が、妹を気にかける言葉を記さないのは妙な気がしたのである。

——もしかしたら、アルフォンス様はもう、アンネが元気になっているのと知っているのかしら。

二人から手紙を受け取った翌日、午後二時にアルフォンスが来ると執事に伝えに行ったエリーゼは、その後自室へ戻りながら考える。

先日のヨハンの調査では、彼は使い魔を使って外出時間まで把握していた。こちらの状況を把握している可能性はある。

もっとも、魔法の手紙は一度読むと花束へと姿を変えてしまい、読み直せなかったので、エリーゼが読み飛ばしただけかもしれない。

一通り可能性を挙げていき、エリーゼはそれ以上は無駄だと思い、考えるのをやめた。

いつもならもっと思考を巡らせるが、エリーゼは不思議とアルフォンスに信頼を置いていて、猜疑心が全く湧かないからだ。

彼は王宮の宴でエリーゼを一人にしないよう相手を続け、調査にも協力してくれた。宝飾品店の賭博場で取り乱すエリーゼを宥めてくれたし、アンネの気持ちを慮(おもんぱか)って再調査の約束もしてくれている。

彼は非常に懐深く、手紙でアンネについて触れていなくても、エリーゼが診てほしいと言えばきっと嫌な顔もせず応じてくれるだろう。

大階段を上り、二階の廊下を歩いていたエリーゼは、足をとめて彼に贈られたフローライトの指輪を見下ろす。太陽の光を受けて、透明な石が飴玉(あめだま)のような艶を放った。

——こんな風に考えられるのも、この指輪のおかげかしら。

エリーゼは頬を緩め、指輪を撫でる。

重なる借金や父の体調、アンネの将来――。エリーゼはこれまで心配事が尽きず、夢の中でも常に何かしらの問題と直面していた。

ヨハンの実態を教えられないままアンネが結婚する夢に、エリーゼはもう家族ではないと皆に排斥される夢。父を失う恐ろしい夢から、自分を庇って命が尽きたエドの姿や、果ては根も葉もないエリーゼの悪行が広められ、民衆に私刑をくだされる夢まで。

エリーゼは、眠りの中でさえも苦しむ日が多かった。

それが指輪を着けると、寝ている間は幸福な光景が見られるようになり、毎朝心地よく目覚められた。いつの間にか鬱々とした思考も消え〝きっと大丈夫、全て上手くいく〟と、根拠はないが、明るく前向きな気分になれたのだ。

――アルフォンス様って、本当にすごい方だわ。贈り物一つで、私をこんなに救ってくれる。

感謝の気持ちを胸に抱いたエリーゼの耳に、馬車の音が微かに聞こえた。

時刻は午後一時半。少し早いけれどアルフォンスが到着したのかしらと廊下の窓から外を見たエリーゼは、見慣れた一台の馬車が門をくぐるのを認め、あらと目を瞬かせた。

「……朝から出かけていたのかしら」

それは、ミュラー侯爵家の馬車だった。

今、その馬車を利用する者はバルバラとエリーゼだけだ。エリーゼが家にいる以上、あの馬車に乗っているのはバルバラである。

出迎えのため、ラルフが一階の正面玄関前に移動する足音も聞こえ、エリーゼは怪訝に思って眉を顰めた。

時に深夜まで続く夜会によく参加するバルバラは、いつも昼を回ってから目覚め、ゆっくりと身支度を始める。それが普段目覚める頃合いに外出から戻るなど、おかしな事態だ。

だが彼女が早朝から外出する理由に一つだけ思い当たる節がり、エリーゼは踵を返した。廊下を戻り、再び大階段を下りていく。

正面扉を開こうとしていたラルフがエリーゼの足音に気づき、振り返った。

「エリーゼお嬢様。お客様は、まだおいでではないようです。ただいま戻られたのは、バルバラ様でございますので……」

バルバラは父と妹の前ではエリーゼを罵らないが、使用人の前では躊躇わず罵詈雑言を浴びせる。継母との良好でない関係を知る執事は、暗にアルフォンスではないから下がっていた方がいいと忠告してくれた。しかしエリーゼはにこっと笑う。

「いいの、私もお出迎えをするわ。どちらにお出かけだったのか気になるから」

ラルフは逡巡のあと、正面扉を開き、間もなくバルバラと彼女の侍女が正面ホールに入ってきた。

その二人の後方からもう一人、屋敷に入ってくる人物があり、エリーゼは目を見開く。

栗色の髪に、色香が滲む少し垂れた榛色の瞳が印象的な青年——ヨハンだ。

——なぜヨハン様がバルバラと一緒にいるの……？

女主人の帰還と客人の来訪に、ラルフは深々と頭を下げた。

「お帰りなさいませ、バルバラ様。ようこそおいでくださいました、ヨハン様」

バルバラは苛立った顔つきで、手にしていた書類をラルフに投げつけた。

「おお、教会とはなんて融通の利かないところだろう！　朝早くから私を呼び出すから、もう手続きが済んだのかと思えば、当主との対面確認日を決めようと言うのよ！　あの人は体調不良だから対面できないと言っても〝それが規則だから〟の一点張り……！」

——やっぱり。

バルバラが早くから出かけていた理由など、教会の呼び出し以外ないと思っていたエリーゼは、渋い気持ちになる。

もう面談まで手続きが進んでいるとは、随分と早い。〝代理執行権認可手続き〟は、主人の判断能力の有無を確認したあともいくつか書類手続きがある。しかしこの調子では、あと二週間もすればまとまってしまいそうだ。

色とりどりの糸で草花が刺繍された薄青色の上下を纏ったヨハンは、苛立つバルバラを苦笑交じりに見やった。そしてふとラルフの後方、少し離れた位置に立つエリーゼに気づく。

「あれ、エリーゼ嬢。君もバルバラ様のお出迎えに来たの？　仲は良くないと聞いたけど、上下関係は重視するんだね」

父が病床についている今、対外的には家の切り盛りをしているのは女主人のバルバラだと考えられている。一般的に継子であるエリーゼはその女主人に従うべき立場で、ヨハンは礼節を守るとは感心だと、小馬鹿にした笑みを浮かべて声をかけた。

少し前まで、彼はエリーゼとバルバラの不仲を知らなかった。だがアンネに乗り換えると聞いて、バルバラがどこかで関係性を教えたのだろう。

婚約者に見限られるどころか、継母にまで嫌われているエリーゼを嘲るような表情を見せたヨハンに、エリーゼは半眼になった。

彼の声でバルバラもエリーゼに気がつき、こちらに鋭い視線を向ける。

「まあ、この子がそんな殊勝な真似をするはずないでしょう。どうせ私が出かけた理由に見当をつけて、手続きが上手く進んでいるかどうか確認しに来たに決まっているわ。こそこそと嗅ぎ回って、ネズミのように醜い娘だこと！」

彼女の言う通りだ。だが認めれば余計に怒るのは明白なので、エリーゼは薄い笑みを浮かべた。

「とんでもございません。今日は来客の予定があるものですから、廊下へ出ておりましたら、偶然バルバラ様のお戻りに気づいたのです。お帰りに気づけばお出迎えに参るもの。当然のことでございます」

以前ならヨハンの前では〝お母様〟と呼んでいたが、二人の仲が知れているなら通常通りの方がいいだろう。

〝バルバラ様〟呼びにして答えると、彼らは同時に眉を顰めた。

「来客？」

「来客ですって……？」

二人揃って、そんな者あるはずがないと言いたげだった。

ヨハンはエリーゼの髪から足先まで視線を走らせ、目を眇める。

髪が白いので青白く見えがちなエリーゼの顔は、浅い眠りから解放されたおかげで、普段より血色が良かった。緩い編み込みにして結い上げた髪は昨日手紙と一緒に贈られてきた白い花とローズ色のリボンで彩り、それに合わせてドレスもローズ色にしている。

質素ながら常より華やいだ雰囲気のエリーゼに、ヨハンは口角を吊り上げて歩み寄った。

「……僕と会う時より心なしか可愛くしてるんじゃない？　こんな花、今まで君がつけてたのを見た覚えがないんだけど」

表情は笑っているのに、どこか気に入らなそうに指先でピンと花を弾き、外してしまおうとする。

エリーゼは彼の態度に驚き、一歩下がって花を押さえた。

前回、贈られた花を身に着けていたらアルフォンスが喜んだので、今回もお礼を兼ねてつけただけだった。だけどそのまま口にすると変な誤解を生みそうで、エリーゼはバルバラに向けるのと同じ薄い笑みを浮かべて、首を傾げた。

「まあ……気になるのですか？　ヨハン様が私に花を贈ってくだされば、喜んで髪につけますわ」

借金を返済してもらっただけで十分ありがたかったので、文句はなかったが、ヨハンは今までエリーゼに花一つ贈らなかった。さりげない指摘を受けた彼は、目を瞬かせる。

「……あれ？　僕、君に花を贈ったことなかったっけ？」

花を贈ったかどうかも記憶にないとは、どれだけ興味がなかったのか。婚約者として大事にされていなかったのがありありと伝わり、エリーゼは内心呆れ、バルバラは鼻を鳴らして笑った。

「花も贈られていなかったなんて、お前は本当に可愛げのない娘だったのねえ。ヨハンはアンネには何度も花を贈っていてよ」

「……そうなのですね」

エリーゼは表面上は平然と頷き返したが、腹の中ではヨハンを強く罵った。

——何度もですって……？　婚約者ではなく、その妹に頻繁に花を贈っていたなんて、一体どれほど昔からアンネを狙っていたの……！　本当に誠実さの欠片もない人ね……っ。

　ヨハンはエリーゼが悲しんでいるとでも思ったのか、苦笑して馴れ馴れしく首元に垂れた後れ毛に触れる。

「君にもう少し可愛げがあったら、結婚相手を替えようなんて思わなかったんだけどね……。全く残念だよ」

　あたかも非はエリーゼにあると言いたげに呟かれ、彼の頬を打ちたい衝動に襲われた。

――貴方は、最初から侯爵家への入り婿を狙っていたのでしょう！　そのためにアンネに近づいて、人目を忍んで口説いていたのよ……っ。

　先日の賭博場での彼の言動が思い出され、エリーゼは勝手に動きそうな手を拳にして怒りを堪(こら)える。それと共に、ヨハンの顔を注意深く観察した。

　アルミンに強(したた)かに殴られたはずの彼の頬は、腫れや痣(あざ)の一つもなく、美しい形をしていた。

――アルミンの力が弱かったのかしら……？　いいえ、ヨハン様は殴り飛ばされていたもの。あれから三日しか経っていないし、何かしら痕は残るはずよ。きっと何か特別な薬を使って、跡形を消したのだわ。

　ヨハンは外見に力を入れている男だ。一緒に歩いている際も、風で乱れた髪を幾度も整え直し、袖口のレースが美しい形を保っているかしつこく確認するような人物である。醜く腫れた頬などそのままにするはずがない。

　どこまでも外面だけは美しく見せるヨハンを忌々しく感じつつ、エリーゼは微笑んだ。

「お考えを改められても良いのですよ。貴方のお望みに叶うよう、可愛らしく致しましょう」

妹を守るためなら、彼好みの無知な女を演じたっていい。あけすけに誘うと、ヨハンはくすっと笑って顔を寄せた。

「……やっぱり、君は笑うと可愛いね。望み通りの妻になってくれるなんて、とても惹かれるセリフだが……アンネ嬢と結ばれる方が、僕にメリットがあるんだ。ごめんよ」

——メリット。

やはりこの男は、利害しか頭にない。先日の調査で既に答えは出ていたが、妹を大切にしてくれそうにないヨハンの返答には、心底反吐が出る思いだった。

上辺とはいえ縋られて気分がいいのか、彼の方はニヤニヤと笑って手を伸ばし、エリーゼの顎をすくい上げる。

「だけど既に傷物の身体の君は、今後嫁ぎ先もないだろう。寂しかったら、夜だけ慰めてあげてもいいよ。君の傷……見てみたかったんだ。胸についているんだろう？　傷跡にキスをしたら、どんな風に感じるのかな」

バルバラには聞こえぬよう耳元に唇を寄せて囁かれ、エリーゼはぞわっと鳥肌を浮かせた。好いてもいないヨハンと自分が深い仲になった姿を強引にイメージさせられ、キスをした経験もないエリーゼは嫌悪感でいっぱいになる。

「……バ、バルバラ様？　今日は〝代理執行権認可手続き〟のために、教会においでになっていたのですよね。ヨハン様もお連れになったのですか？」

ヨハンとの会話を打ち切るため、顔を背け、バルバラに話しかける。

〝代理執行権認可手続き〟は一家の重要事項で、まだ他人のヨハンを同伴させるのは些か軽率だ。

家に戻ってきた時点で抱いていた疑念を口にすると、バルバラはふんと鼻を鳴らした。

「そうですよ、何か悪くて？　ヨハンはいずれこの家の当主になるのだから、手続きだって任せていいでしょう」

予想外の返答に、エリーゼは目を瞠った。

――手続きそのものをヨハンに任せているの……⁉

にわかに危険を感じ、バルバラに一歩近づいて言い募る。

「バルバラ様。この家の裁断は、この家の者が下さねばなりません。ヨハン様は現状、私と婚約をしているとはいえ、いまだ他家の方です。代理人は、必ずバルバラ様の名で登録されますよう、ご確認をお忘れにならないでください」

バルバラは継子の焦った様子に眉根を寄せ、ヨハンを見やった。

「ヨハン、代理人は私の名前で登録する予定よね？」

ヨハンが瞬間的に自分に尖った視線を注いだのを、エリーゼは見逃さなかった。彼はすぐにバルバラに向けて柔らかな笑みを浮かべ、胸に手を置く。

「もちろんです。僕はあくまでバルバラ様をお助けしたいだけですので。家の実権を掠め取るこそ泥のような真似は致しません」

エリーゼは少し鼓動を乱し、背中に冷たい汗を伝わせた。

危うくアンネやエリーゼと結婚もしない内に、ヨハンがミュラー侯爵家の実権を握るところだったのかもしれない。先程の彼の視線は、明らかに『余計な忠告をするな』と苛立っていた。

――この人、すごく油断ならない……。

エリーゼとヨハンの無言の駆け引きに気づいていないバルバラが、睨みつけてくる。

「ほらご覧なさい。お前はそんな風に疑い深いから、可愛げがないと捨てられるのよ。少しは反省したらどうなの！」

未然に実権が奪われるのを防いだエリーゼは、理不尽な叱責に反抗せず、頭を垂れた。

「申し訳ございません」

従順な態度に溜飲を下げたのか、バルバラは鼻を高く上げて居丈高に笑った。

「教会との面談は、一週間後に決まったわ。せいぜい、震えて待っていなさい。ヨハンはアンネのものになるの。いつまでも昔の男に取り憑いて、お前は顔から振る舞いまで本当に実の母親そっくり！　目障りったらないわ！　ああ、嫌だ。気分が悪い……っ」

「……取り憑く……？」

エリーゼは怪訝に眉根を寄せ、本当に気分が悪そうに顔を青くして目の前を通り過ぎていくバルバラを見つめる。だがこちらの疑問に答えてくれるはずもなく、彼女は足音荒く大階段を上っていった。その後ろ姿に、エリーゼは違和感を覚える。

バルバラは、昔から細身でスタイルの良い美しい女性だった。しかし、あんなに線が細かっただろうか。

見上げた継母の背は、以前以上に痩せ細り、頼りなげだった。足取りも、僅かにふらついている。怒りに任せて勢い良く歩いているから、足元がおぼつかなくなっただけかもしれない。そう考えたが、痩せた彼女の後ろ姿が父や病弱な妹と重なり、エリーゼは反射的に声をかけた。

「――バルバラ様？　体調はよろしいですか？」

継子から体調を気遣われた試しなどなかったバルバラは、ピタッと足をとめた。ゆっくりと振り返り、気味悪そうにエリーゼを見下ろす。

「……どういう意味……？　……お前、まさかアンネだけでなく、私にまで呪いをかけようとしているのじゃないでしょうね……」

バルバラは、エリーゼが何か別のものにでも見えているかのように、瞳に怯えを滲ませた。

彼女のそんな表情は初めてで、エリーゼは目を瞬かせる。

「呪いなどかけません。ただ、お顔の色が悪いようなので、確認したかっただけです。……お食事はきちんと摂られていますか？　お体が辛いようなら、医者を――」

どんなに気が合わない人でも、病気になってほしくはない。エリーゼは単純に心配して提案しようとするも、バルバラは言葉を遮った。

「医者なんていらないわよ！　私は健康です。病人扱いしないでちょうだい!!　それに、私を呪うだなんて変な気も起こすんじゃないわよ……っ。忌まわしい魔女は、お前の母親だけで十分なのだから……！」

いつも怒ってばかりの彼女だが、今日はその顔色の悪さや痩せた体つきも相まって、病的な有様だった。

肌は青く、目は血走り、瞳の下は落ちくぼんでいる。広い襟ぐりから覗く鎖骨も、以前はあんなに浮き出ていなかった。

己の母親を魔女呼ばわりされて酷く嫌な気分だったが、エリーゼは怒りを呑み込み、真摯に話しかけた。

「バルバラ様、私は誰も呪いません。少しお身体がほっそりされたようだったので、どこか具合が悪いのかと……」

「――私が痩せたのは、より美しくなるためよ！　流行を知らぬ、愚鈍なお前らしい発言だこと。余計な気を回すくらいなら、さっさとヨハンをアンネに差し出して、この家から出ていってちょうだい……！」

彼女は言い捨てると、ふらつかぬようガッと手すりを摑み、靴音高く階段を上っていった。

「――流行……」

あんな青白く不健康そうな様を、社交界では美しいと持て囃すのだろうか。バルバラの言う通り、流行を把握していないエリーゼは、ぽかんと彼女を見送った。

侍女も慌てて彼女を追って階段を上っていき、エリーゼは諦めのため息を吐く。と、再びヨハンが傍らに近づき、耳打ちした。

「……最近社交界では、より細く可憐な女性が美しいとされているんだよ、エリーゼ嬢。流行は把握しておいた方がいい。特に君のような、これから嫁ぎ先を必死に探さなくてはいけないご令嬢は」

またも馬鹿にした声色で話しかけられ、エリーゼは顔には出さなかったものの苛立った。視線を向けると、ヨハンは楽しそうに笑って大階段に足を向ける。

「さて、僕はアンネ嬢に会ってこようかな。アンネ嬢なら、今の社交界の流行にも合っていて、大変自慢できる理想の恋人だ。可愛い僕の恋人との逢瀬を邪魔しないでおくれよ、エリーゼ嬢」

自分が選ぶのはアンネであり、すぐにとはいかずともいずれこの家の実権を手に入れる。

彼の顔にはそんな野心がありありと浮かんでおり、エリーゼは腹の内で一層熱く闘志を燃やした。

――そうやって、油断していればいいわ。その間に私は、貴方の不誠実な情報を集めてアンネを正気に戻してみせるから……！

エリーゼは後れ毛を耳にかけ、本心をひた隠してやんわりと微笑んだ。

「そうですか。アンネは自室で休んでいるはずですから、寝ていたらそのままにしておいてやってくださいませ。あの子は身体が弱いので、慎重に扱ってあげてください。そうそう、正式に婚約するまでは、先日のような過ぎた触れ合いもお控えくださいね。貴方はまだ私の婚約者ですから。――あの子のためにも、外聞の悪い真似はなさらぬよう、平にお願い申し上げますわ」

現時点で妹に手を出せば、それは立派な浮気だ。丁寧な言葉で苛烈に牽制（けんせい）されたヨハンは、しかしちっともこたえていない風情で、くっくっと肩を揺らして笑った。

「そう、アンネ嬢は自室にいるんだね。教えてくれてありがとう、エリーゼ嬢」

エリーゼは階段を上っていくヨハンの背に、冷えた視線を注ぐ。

――軽薄な方……。

アンネは今、自室ではなく温室にいる。気分のいい日は、温室で読書するのがあの子のルーティンなのだ。

少しでもヨハンと妹の接触を避けるため、あえて異なる場所を教えたが、それも探し回られればいずれ見つけられる。

手が早い彼に結婚せざるを得ないところまで手出しされないとは言い切れず、エリーゼは妹が心配になった。変な真似をさせないように、監視役をつけるべきだ。

ラルフに頼もうかとエリーゼは背後を振り返り、そしてびくっと肩を揺らした。

ラルフの背後――正面扉が、半分開いていた。バルバラが戻った際、開けたままになっていたのだ。その扉口に、人が立っていた。

走馬灯のように自分と継母、ヨハンらの会話が脳裏を過る。

客人の表情から、話を聞かれたのだと瞬時に悟り、この場から逃げ出したい衝動に駆られた。しかしそれも、実行したら客人に対し非礼だ。

エリーゼは理性を総動員し、引き攣る頬を無理矢理動かして微笑んだ。

「よ……ようこそ、おいでくださいました……。――アルフォンス様」

ぎこちなく膝を折ったエリーゼの声は、変に裏返った。その声を聞いたラルフは、はっと正面扉を振り返る。客人に向き直り、素早く頭を垂れた。

「――お出迎えもできず、大変失礼を致しました――レーヴェン伯爵」

正面玄関に立っていたのは、予定通り午後二時にミュラー侯爵邸を訪れた、アルフォンスだった。

白のブラウスに銀糸の刺繍が入った青の上着を合わせた彼は、気まずそうな笑みを浮かべ、前髪を掻き上げる。

「やあ……こんにちは。思った以上に壮絶な光景で……すぐにも君を連れ去ってしまいたくなったよ、エリーゼ嬢……」

生家の恥を晒してしまい、羞恥に頬を染めていたエリーゼは、アルフォンスの言葉にドキッとした。

『すぐにも君を連れ去ってしまいたくなったよ』

――連れ去ってくださるの？　それならどうぞ、私をここから連れ出して。

長年膿んだ世界に身を浸してきたエリーゼの心は、刹那的にそんな望みを抱き、震えた。

だが直後、理性が頭をもたげて叱責する。

——お父様やアンネを置いて、どこへ行くというの。無責任にもほどがあるでしょう。

気持ちを乱されかけたエリーゼは、目立たぬよう深く息を吸い、己を落ち着かせた。

——アルフォンス様は、物言いがお優しすぎるのよ。今の言葉に深い意味なんてない。本当に連れ去ってと言えば、彼は必ず困るもの。

それに彼はエリーゼがすでに傷物で、どこの家からも望まれぬ娘だとは知らない。

胸の傷跡を無意識にドレスの上から押さえ、エリーゼはアルフォンスに笑みを返した。

今気にするべきは、彼に見せてしまった生家の醜態だけだ。

「今日は、少し母の機嫌が悪く……お恥ずかしい姿をお見せしました。普段であれば……」

——あの方も、人前では良い継母を演じてくれるのです。

エリーゼの心は、いまだアルフォンスの言葉に動揺し、平静でないようだった。事実を口にしかけた自分に驚き、懸命に取り繕う。

「……と、ともかく……私は大丈夫ですので、連れ去ってくださるなんて過ぎたお言葉をありがとうございました。そ、そうだ……っ、夢見が良くなる指輪をありがとうございます。毎晩幸せな夢が見られて、目覚めがとても良いのです」

エリーゼは話を変えるため、左手につけたフローライトの指輪を見せて笑みを浮かべた。

実際、指輪はエリーゼにとってありがたい贈り物だった。嬉しい気持ちを隠さず瞳を輝かせると、アルフォンスはほっとした顔になる。

「ああ……それなら良かった。指輪は着けていれば半永久的に効果があると思うけど、もしも悪い夢を見たら言ってほしい。魔法が解けてしまっているかもしれないから」

親切に言って、彼は視線を中指から小指の指輪に移動させた。なぜか苦々しそうな顔つきになり、ぼそっと尋ねる。

「……その小指の指輪だけど……石の魔法が解けかけているみたいだね。かけ直そうか？」

エリーゼは目を見開いた。

「まだ、魔法が残っているのですか？」

──信じられない。もう十年も経っているのに……！

彼は喜色を浮かべたエリーゼとは反対に、渋面で頷く。

「まあ、欠片程度だけど……。身の安全と健康を祈る魔法だ」

指輪を作ったエドからは聞いていたが、実際にどんな魔法がかかっているかは魔力が弱くて判別できなかったエリーゼは、アルフォンスの言葉に感動した。この指輪には、本当にエドが言った通りの魔法がかかっているのだ。

アルフォンスの魔力の強さに内心感謝しつつ、エリーゼは首を振る。

「こちらは、そのままで大丈夫です。これは私の大切な友人が作ってくれた、思い出の品なのです。まだ魔法が残っているなんて……奇跡みたい」

エドが生きた証が、今もここに残っている。エリーゼは大事そうに指輪を撫で、アルフォンスは真顔になった。

「……それって、ただ友人の思い出として大事にしてるって意味……？」

「え?」

なんとなく不満そうな空気を感じとって顔を上げると、彼ははっと焦った顔つきになり、首を振った。

「——あ、いや……っ。なんでもない。その指輪については、承知した。それでは、君のお父上のところに行こうか?」

そういえば、彼は父に会うために訪れてくれたのだった。エリーゼはありがたく思いつつ頷き、一階奥の廊下を掌で示した。

「そうですね、ご案内致します。今日は来てくださって、ありがとうございます」

心から礼を言ったエリーゼに、アルフォンスは優しく微笑む。その表情を見るだけで、エリーゼの心はふわっと温かくなり、不思議と安心感が広がった。

四

父の部屋にアルフォンスを案内し始めたエリーゼは、その途中で己の失態に気づいた。

予期せずアルフォンスが現れて案内を始めたが、ラルフにアンネの傍にいるよう頼むのを失念していたのだ。

——どうしよう。ヨハン様がアンネを見つけたら、邪な真似をされるかもしれない……。

大階段前から父の部屋へ繋がる廊下を進みながら、エリーゼはどんどん顔色を悪くしていく。

——いいえ、ヨハン様は私が拒んだ時は無理強いしなかったもの。大丈夫……じゃないわ! アンネは彼に恋をしているのだから、拒まないかもしれない……っ。

最悪の事態を想像し、エリーゼはバクバクと鼓動を乱した。何かが起こる前に、ここはアルフォンスに待ってもらって、ラルフに頼んでくるべきだ。

エリーゼがそうお願いしようと足をとめたところ、黙って隣を歩いていたアルフォンスが呪文を唱えて杖を出し、こちらを見下ろした。

「そうだ。先程、ヨハン殿が妹君に会いに行くと言っていたようだけど……俺が魔法で彼に見つからないようにしておこうか？　アンネ嬢が部屋にいると言ったのは、嘘だろう？」

「え……っ」

ありがたい提案に飛びつきたい気持ちと、己の嘘に気づかれた驚きが同時に襲い、エリーゼは硬直する。

そんなにわかりやすく嘘を吐いていたように見えたのだろうか。だとしたら、ヨハンはすでに別の場所に向かっている可能性がある。一刻も早く魔法をかけてもらわないと、アンネが危ない。

エリーゼは額に汗を滲ませて、慌てて口を動かした。

「……あの……っ、なぜ嘘だと……いいえ、魔法をかけていただいてもよろしいでしょうか？　私、そんなに演技が下手でしたか……っ？　あ、じゃなくて、ヨハン様に妹を見つけられたら、大変なので……っ」

頭がこんがらがり、要領を得ない返事になってしまった。

アルフォンスは混乱したエリーゼの様子に、ははっと笑い杖を掲げる。

「それではまず、魔法をかけよう」

彼は呪文を唱え、杖先に光の粒子を生み出した。それらは渦を巻き、彼が杖を払うと、煌めきながら廊下を通って温室の方へと飛んでいく。

「これで、ヨハン殿からは見えなくなったよ」

エリーゼはほっとして、ぎこちない笑みを浮かべた。

「ありがとうございます……」

嘘を見破られ、非常にばつが悪かった。自分が心の中でヨハンを罵ったように、アルフォンスはエリーゼを不誠実な人間だと思っただろうか。

彼に悪い印象を与えたかと考えるとなぜか気分が沈み、エリーゼの顔色は曇った。

アルフォンスはやんわりと笑ってエリーゼの背を押し、父の部屋へと促す。

「そんな顔しないで、エリーゼ嬢。俺は別に君を責めたりしないよ。妹を守るためだとわかっているし、ヨハン殿も嘘だと気づいていないはずだ」

「では、どうして貴方は私が嘘を吐いたとわかったのですか……？」

長年心を偽り、表情を取り繕ってきたエリーゼは、嘘を吐くのも得意だと自負していた。しかし会って間もない青年に見破られているようでは、それも勘違いだったと言わざるを得ない。

足だけは父の部屋に向けて動かしながら尋ねると、彼は肩を竦めた。

「いや、君は癖があるからさ。嘘を吐く時は必ずこう、耳に髪を……」

「……え……？」

エリーゼは戸惑い、目を瞬かせてアルフォンスを見上げる。

嘘を吐く時の癖。それは幼い頃に祖父やエドから指摘され、エリーゼ自身も承知していた。

癖は大人になっても抜けないが、日常的な仕草の一つだからか、バルバラやアンネにはまだ気づかれていない。それを、出会って間もないアルフォンスが気づいたのは驚きだった。

——悟らせてしまうほど、私、たくさん嘘を吐いていたかしら……？

耳に髪をかける真似をしていた彼は、エリーゼと視線を重ねた瞬間、ぐっと息を呑む。

それがいかにも失敗したとでも言いたげな表情なので、エリーゼは眉根を寄せた。

「……アルフォンス様……？　もしかして私たち、以前どこかでお会いしていたのでしょうか？」

エリーゼの記憶には全くないが、彼と昔どこかで知り合っていたなら説明がつく。

といってもエリーゼの交友関係は狭く、不特定多数と交流したのは、テュルキス王国で過ごしていた時期くらいのものだ。その期間に出会っていたのだろうか。

エリーゼは顎に拳を押しつけ、唸る。

「お待ちくださいね。お会いしたことがあるなら、忘れているなんてとても失礼です。思い出してみますから……」

そう——考えてみれば、出会った日から彼には違和感があった。

話す距離が、とても近いのだ。それこそ以前から仲の良い幼馴染みや友人と話すような距離で、彼はエリーゼと話していた。

エドを彷彿とさせる笑い方や物言いも、何か関係があるのかもしれない。

エリーゼが真剣に記憶を巡らせていると、アルフォンスはぽんっと肩を叩いた。

「いやいや、大丈夫。君と俺は、先日の宴が初顔合わせだよ。ほら、俺は仕事柄、人の動きを観察する癖がついているから、そういうのにすぐ気がつくんだ」

「お仕事柄……」

エリーゼは再びアルフォンスを見上げ、首を傾げる。

彼は殊更に明るく笑った。

「王宮勤めだから、王族の方々に近づく者が反意を持っていないか、言動を細かく観察する必要があるんだ。だから周囲にいる人をよく見てしまってね。気分を害していたら、すまない」

言われてみれば、一緒に出かけた日、動きを観察するような彼の視線を感じていた。見られている時は緊張したが、嫌な気分にまではならなかったので、エリーゼは首を振る。

「いいえ……そんなことはありませんけれど……」

アルフォンスは「良かった」と安堵し、ややぎこちない素振りで頭を掻いて話を変えた。

「あー……それで、ヨハン殿と妹君だけど……妹君が彼との縁談を白紙に戻した場合、その後どうするか、考えてるのかな？　まさかまた君がヨハン殿の妻に、なんて話にはならないよね？」

話題が妹と婚約者に戻り、目を瞬かせたエリーゼを、アルフォンスはまっすぐ見つめる。その眼差しは先程よりもずっと真剣で、暗に絶対にヨハンと結婚してはいけないと語っていた。

自分を気にかけてくれている彼の気持ちが伝わり、エリーゼは頬を淡く染める。

——やっぱり、アルフォンス様はお優しいのね。

エリーゼはふふっと笑い、廊下の先に視線を向けた。

「……どうなるかはわかりませんが、先方にも矜持があるでしょうから、もう一度私と婚姻を結ぼうとはしないはずです。私も、また妹に手出しされたくありませんから、彼の婚約者に戻りたくはありません。……けれど妹が彼を拒み、我が家とエックハルト男爵家の縁談が完全に破談になれば、肩代わりしていただいた借金がまた戻ってくる。そうなれば私たちは返済できる当てもなく、この家を売り、地方でひっそり暮らすしかないでしょう。……私がまた資金を提供くださるお家と縁談を結べれば、話は違ってくるでしょうけれど……」

そんな都合の良いお相手がまた見つかるかもわからないし。

諦め半分で答えると、アルフォンスは暗い表情になり、低い声でぼそっと呟いた。

「君は、家族を守るばかりで……君自身の幸福は考えていないんだね」

エリーゼはきょとんと彼を見返す。

「──私の、幸福……？」

家の存続ばかり考えて、己の幸せなどこれっぽっちも意識したことがなかったエリーゼは、ぽかんとした。

アルフォンスは当惑するエリーゼを見つめ、首を振る。

「すまない。過ぎた詮索をしてしまった。君のお父上の部屋は、ここかな？」

アルフォンスはいくつかある扉の中から、的確に父の部屋に見当をつけ、指さした。

──まるで以前からご存じだったみたい……。

エリーゼの瞳が父譲りだと察したり、部屋を当てたり。アルフォンスの言動は、どうにも謎が多い。

先程話していた、仕事柄身につけた洞察力の賜物だろうか。

エリーゼは疑問符を頭に並べながらも、頷いて父の部屋のドアをノックした。

「……お父様？　お客様がいらっしゃったの。少しご挨拶がしたいのだそうよ。失礼します」

返答を待たず、静かにドアを開ける。そして室内に視線を走らせたエリーゼは、ぎょっとした。

ベッドに横たわるか、上半身を起こして一点を見つめるばかりだった父が、窓辺に立っていたのだ。衣服も夜着ではなく、きちんとした紳士服を纏っている。

「お、お父様……？　お目覚めになっていたの？　ご自分でお着替えなさったの？　お身体の具合は大丈夫？」

立て続けに声をかけるが、やはり意識は混濁しているらしく、こちらを振り返りはしなかった。

先日の夜のように父の意識がはっきりしたのではと期待したエリーゼは、わかりやすく眉尻を下げ、しゅんとする。だが気持ちを立て直し、無理に微笑んでアルフォンスを振り返った。

「あ……えっと、いつもはベッドに横になっているのだけど、今日は珍しくお着替えまでされていたから、驚いてしまって。……だけどやっぱり、お身体の具合は悪いみたいです」

「……君のこと、わからないのか？」

アルフォンスは、少なからずショックを受けた顔をしていた。

伸びっぱなしの髪に、痩けた頬。衣服を着てもなおわかる、痩せ衰えた身体。

誰が見ても驚くだろうと、エリーゼは困り顔で頷く。

「ええ。最近はもう、お言葉も発してくださらないの。この間、貴方が初めて魔法の手紙を届けてくれた時に、一度だけ正気に戻られたのだけれど……やっぱり元に戻ってしまったわ」

「そっか……」

エリーゼに頷いたアルフォンスは、気を引き締めるかのように深く息を吸って父に歩み寄った。

「ミュラー侯爵、お休みのところ失礼致します。私はブロンセ王国のブランシュ公爵家嫡男——アルフォンスと申します。西方の領地を受け継ぎ、現在はレーヴェン伯爵位を名乗っております」

コツコツと淀みなく歩みを進めてアルフォンスが手を差し出すも、エリーゼは申し訳なく思い、俯く。

父は、その手を取りはしない。

ドアの前に立ったまま聞き耳を立てていたエリーゼは、衣擦（きぬず）れの音がして、ちらっと視線を上げた。そして目を見開いた。

窓の向こうを眺めていた父が、ゆっくりとアルフォンスを振り返ったのである。そこから微動だにしないので、やはり意識は戻っていないようだが、振り向いただけでも驚くべき事態だ。

アルフォンスは反応をしばらく待ち、それ以上動かないと判断すると、だらりと下げられていた父の手を自ら取って握手した。

「お会いできて光栄です、ミュラー侯爵。次にお会いする時は、もっと会話を楽しみたい」

アルフォンスはもう一方の手に杖を呼び出し、小声で呪文を唱えた。杖先から光の粒子が膨れ上がり、それが父の身体全体を包み込む。

綺麗――とエリーゼが光の粒に目を細めた時、声が響いた。

「――ああ……久しぶりだ……。エド……君は、昔から……魔法が上手い……」

――エド……?

それは喉の奥で痰が絡まり、しゃがれて聞き取りにくい声だった。しかし確かに父の声で、エリーゼは困惑する。

なぜ父がアルフォンスをエドと呼んだのか、わからなかった。彼は髪も顔もエドと全く違う。

他人と間違われたアルフォンスは気を悪くするでもなく、笑みを湛えた。

「お褒めにあずかり光栄です。次回からはどうぞ、アルフォンスとお呼びください」

——記憶が、混濁したのかしら。

父は、エリーゼがテュルキス王国へ移動する際、必ず同行してくれた。そこでエドにも会い、毎年軽く会話をしていた。

魔法が上手いエドと、見事な魔法を見せたアルフォンス。朦朧(もうろう)とした父が混同するのも無理はないのかもしれない。

エリーゼでも、彼と過ごしていると時々エドを思い出すのだ。大人びた笑い方や、何気なく口にするセリフ。賭博場で感情を乱したエリーゼを抱き寄せる仕草まで、彼はエドを彷彿とさせる。

——エドが生きていたら、アルフォンス様みたいになっていたのかしら……。

トクトクと速まる鼓動の意味もわからぬまま、アルフォンスに視線を向けようとしたエリーゼは、目の前の光景にぎくっと肩を揺らした。

魔法をかけられた父が、身体を傾がせ、後方に倒れかけたのである。

「お父様……！」

「おっと」

アルフォンスがすかさず父の腕を摑み、その身体をひょいっと抱き上げる。エリーゼは安堵の息を吐き、痩せているとはいえ、同じ男性の身体を軽く持ち上げられる彼の力に内心驚いた。

アルフォンスは不安を感じさせない足取りで父をベッドに運び、丁寧にブランケットをかけてこちらを振り返った。

「これで、多少は回復されると思うよ。さっきヨハン殿たちと話していた〝代理執行権認可手続き〟

について も、風向きが変わると思う」

アンネとヨハンが婚約するまで、あと二週間程度しか猶予はない。それしか考えていなかったエリーゼは、すぐにはアルフォンスの言っている意味を汲み取れなかった。

彼はきょとんとするエリーゼの表情にふっと笑い、穏やかな足取りで近づいてくる。目の前に立ち、そっとエリーゼの頬を大きな手で包み込んだ。

「……エリーゼ嬢。今まで一生懸命頑張ってきた君に、俺ができるだけのギフトを贈ろう。また何か辛くなったら、どうぞ俺に連絡をして。最大限、君を救うよう努力すると約束する。君の幸福を、俺はいつも祈っているから」

彼は聞き取れるかどうかの声量で、呪文を唱える。それは何の呪文かと尋ねたかったけれど、そっと額を重ねられ、エリーゼはそれどころではなくなっていた。恋人でもない男女が、こんなに傍近くにいてはいけない。理性が警鐘を鳴らすも、自身に注がれる温かな眼差しや、甘い声、額から伝わる彼の体温が長く凍りついていた胸の血潮を溶かしていくのを感じ、動けなかった。

自分だけを熱く見つめる紫の瞳に、魂まで吸い取られてしまいそうな心地で、目が逸らせない。鼓動は乱れ、エリーゼの心は懐かしくもコントロールの利かない感情に満たされていった。

『……エリーゼ。君は幸せにならなくちゃダメだ。俺は君の幸福を、何より祈ってるよ』

出会って間もない頃、自分は穢れていると信じていたエリーゼと額を重ね、エドはお説教するみたいに優しい言葉をくれた。その声が、耳に木霊する。

気弱だったエリーゼの全てを受け入れ、魔法の使い方だけでなく、時に抱き寄せて励まし、恋する気持ちまで教えてくれた大切な友人。

――エド以外、私にこんな祈りを捧げてくれる人はいなかった。

エリーゼは過去が懐かしく、同時にアルフォンスの言葉が嬉しくて、瞳を潤ませる。

「……どうして、そんなに優しくしてくださるのですか……？　私たちはついこの間、会ったばかりなのに」

微かに震える声で尋ねると、アルフォンスはすうっと息を吸い、目を細めた。

「……さあ、どうしてだろう。だけど俺は、君の幸せを願わずにはいられないんだ」

エリーゼの胸がドキンと大きな音を立て、頬に朱が上る。

――違うわ。これはきっと、いつもの社交辞令よ……。深い意味なんてない。

自分だけに贈られた、特別な言葉なんかじゃない。

そう己に言い聞かせるも、エリーゼは苦しい胸を押さえ、弱り果てた。

――こんな気持ちになっちゃ、いけないのに……。

自覚した己の気持ちは、熱を帯び、一層燃えさかろうとしている。

エリーゼは己の感情を否定できず、心の中でポツリと零した。

――私……アルフォンス様が好き……。

いつまでも、エド一人を想っていくのだと思っていた。今までだって、興味を抱けた異性は誰一人いなかった。だから家を守るためだけに生き、恋などしないまま誰かのもとに嫁ぐのも平気だった。

それなのに――たった数日前に会っただけの青年に、あっけなく心を奪われていた。

アルフォンスは、エリーゼがエドや祖父を失ってから初めて出会った、心優しく接してくれる人だった。

賭博場を調査する時は頼もしく感じ、父や妹だけでなく自分まで気にかけてくれる心遣いには張り詰めた精神を解(ほぐ)された。

父の病を癒やそうと訪問してくれた上、今も自分の幸福まで願ってくれている。

そんな彼に、どうしようもなく心が乱され、惹かれる。

好きだという気持ちが押さえようもなく溢れ返りそうになり、エリーゼは歯を食いしばった。

――忘れちゃダメ。私は、どんな人にも求められない人間よ。

エリーゼは己を戒め、胸に残る傷跡に意識を向ける。幾ばくか冷静さを取り戻し、彼から視線を逸らした。

「……アルフォンス様……。あまり、優しくなさらないでください。私は人の優しさに慣れていないので……勘違いをしてしまいます」

収まり切らない鼓動を抱えたまま忠告すると、アルフォンスは目を瞬かせ、はっと身を離す。

――やっぱり。特別な意味なんてなかった。

彼の態度が全てを物語り、エリーゼの胸はずきっと痛んだ。だけど相手からも想われようなんて、図々しい願いだ。破綻寸前の家と傷物の身体を抱えた自分が彼を想うこと自体、身の程知らずなのだから。

エリーゼはジクジクと痛む心を隠して、にこっと笑ってみせた。

「優しく接してくださって、ありがとうございます。気まぐれでも、私はとても救われました」

宴で一緒に過ごしてくれた気遣いも、ヨハンの本心を聞いて取り乱した自分を抱き寄せてくれた温かさも、フローライトの指輪も――全ていい思い出になる。

エリーゼは新しい恋を諦め切って礼を言ったが、アルフォンスは目を瞠った。

「違う、気まぐれじゃ……っ」

否定しかけた彼は、何かを思い出したかのようにぐっと口を閉じ、黙り込んだ。眉根を寄せて俯く姿はいかにも苦しそうで、エリーゼはなぜ彼をそんな顔をするのかわからなかった。けれどそのままにするのは申し訳なく、慌てて話を変える。

「あ……っ、えっと、そうだ。次の調査なのですけれど、明日お時間はございますか？　その、ヨハン様がエッシェ園で女性と会う予定らしいのです」

「……エッシェ園……？」

急に話が変わって、アルフォンスは一瞬戸惑った。だがすぐに理解した表情になり、顔を上げる。

「ああ……ヨハン殿の動向調査か。……アークからも、明日ヨハン殿が午後から令嬢と会う約束をしていると報告があったよ」

ヨハンの予定を知っていた様子の彼は、一度息を吐いてから前髪を搔き上げ、こちらに笑みを向けた。

「――もちろん、一緒に行くよ。今後ヨハン殿を調査する時はどこだろうと俺も同行するから、声をかけてくれるかな？　どんな日も、必ず応じると約束する」

「……必ず？」

――そんな約束をして、お仕事は大丈夫なのかしら。

エリーゼは少し考えて、変な気を使っているのだろうと思い、断ろうと首を振りかける。だが彼は、エリーゼが答える前にさっとこちらの手を取り、顔を寄せた。

「そう、必ず同行する。これは俺がそうしたいから言っているんだ。君がヨハン殿の調査に行く際は、必ず君の傍にいたい。エリーゼ嬢——俺の願いを許してくれるだろうか？」

作り物じみた美しい紫の双眸でじっと熱く見つめられ、恋を自覚したばかりのエリーゼはぽっと頬を染めた。精巧に整った顔は、どれほど近寄ろうと目を奪われる。

長い睫毛に、男性なのにきめ細かい肌。唇は荒れもなく艶やかで——と視線を動かしていき、エリーゼははっとする。

——唇を凝視するなんて、はしたないわ……っ。

己の視線をいやらしく感じ、エリーゼは出会った日同様、目のやり場に困った。しかし彼との距離が近すぎて視線を逃がす場所が見つからず、とにもかくにも話を終わらそうと、ぎゅっと目を瞑って頷いた。

「あ……っ、は、はい……っ。承知致しました……！」

肩を強張らせて応じたエリーゼに、彼は数秒黙り込んで、ふっと笑った。

「……ありがとう。目を閉じてくれるなんて、キスをしてもいいという意味？」

「——えっ」

エリーゼは驚き、ぱちっと瞼を開ける。

彼は間近で至極優しく笑い、身を離した。

「冗談だよ、ごめん。真っ赤になっちゃったね」

彼は何気なく、手を伸ばす。親指の腹で火照った頬を撫でられ、エリーゼの心臓がどくっと大きく跳ねた。

——どうして……？

心が、激しく動揺する。

そっと頬を撫でるアルフォンスの仕草は、過去の記憶を鮮明に呼び起こした。

——エド。

かつて、エドもまた同じように、エリーゼの頬を撫でていたのだ。しかもアルフォンスの仕草は、まるで彼と同一人物かのように似通いすぎていて、エリーゼは混乱する。アルフォンスはどう見ても、エドではない。だがエリーゼはその言動の端々にエドを感じては、心を揺らしている。

——私、エドに似ているから……アルフォンス様を好きになったの……？　それとも、アルフォンス様だから……？

想い続けたエドを裏切るような罪悪感と、アルフォンスに過去の想い人を重ねているだけではと自分を疑う気持ちが込み上げ、瞳が揺れる。

エリーゼの不安な気持ちなど知らぬアルフォンスは、甘い声で話しかける。

「そうだ。エッシェ園は、恋人同士か家族連れが多く訪れる場所らしいね。明日の調査は、二人で行こうか？　その方が自然に見えると思わない？」

「……そう、ですね」

「それじゃあ、あとで散策用のドレスを届けるね」

「はい……」

動揺したエリーゼは、彼が何を言っているのかまともに理解しないまま、うわの空で頷いた。

四章

一

空は晴れ渡り、柔らかな風が時折通り抜ける昼下がり――散策するには絶好のお天気に恵まれたエッシェ園は人で賑わっていた。

美しい石で舗装された園内の道を歩くエリーゼは、ちらちらと周囲から注がれる視線が気になって、隣を歩く青年を盗み見る。

癖のない黒髪が風に揺れ、時にその凜々しい眉や宝石が如き紫の瞳、高い鼻に形良い唇が晒される。

王宮魔法使いとして責任ある仕事をしているせいか、彼が纏う雰囲気は常に落ち着き、自信が滲み出ていた。そのせいか、彼の存在はそこにあるだけで人の目を奪う。

今日の衣服は、彼の紫の瞳とよく合う、銀糸の刺繍が入った藍色の上下。上等な仕立てのその服は洒落たデザインで、それも人目を集めていた。おまけに彼の容貌は気を抜くと見惚(みと)れてしまいそうなほどに整っているときたものだから、花園に到着した直後から、貴婦人らの注目を浴びていた。

彼の外見に興味を引かれた様子の彼女たちは、続けて隣を歩くエリーゼに目を向ける。そしてマルモア王国では珍しい髪色に目を留め、ひそひそと耳打ちしあった。

「まあ……ご覧になって。あの白い髪……ミュラー家のご令嬢じゃない？」

「あら、本当。美しい妹君の恋路を邪魔している、性根の悪いお姉様だわ……。隣にいるのは、どなたかしら」

少し離れた前方を歩く貴婦人らがこちらを振り返り、噂話をしている。

「ヨハン様は諦めて、次のお相手を見つけたのかしら。社交の場ではお会いした覚えのない方だけれど……」

「病弱な妹を苦しめても平気な悪女だと、ご存じないのじゃない？　もしくは愛人枠とか」

「ああ、それなら納得ね。エリーゼ嬢といえば、ヨハン様とご婚約する以前からお身体は傷物で風変わりなご容姿、加えてお家は火の車の〝三重苦のご令嬢〟と有名だったものね」

おそらくアルフォンスに聞こえるよう意図的に声を大きくしているのだろう。くすくすと笑う彼女たちの会話は明瞭に聞き取れた。

エリーゼの胸に傷跡があることや外見、それにミュラー家の窮状については、マルモア王国の社交界では多くの者が知っている。噂話は事実で、エリーゼは傷つきもしなかった。けれどアルフォンスは次のお相手などではない。

アンネに続いて彼にまで妙な噂がつきまとっては大変だと、エリーゼは慌ててアルフォンスに声をかけた。

「アルフォンス様、姿を消しましょう……！　普通に花園へ来てしまいましたが、私たちは調査で来ているのですから、目立ってはいけません……っ」

うっかり姿を消さずに二人で花園を訪れてしまったが、そもそも彼は自分やエリーゼを人の目に映さないようにする魔法が使える。着飾る必要はなく、彼からドレスを貰う理由もなかったのだ。彼に恋をしたり、父の回復に浮かれたりして、平静を失っていた。

エリーゼは粗忽な己の有様に呆れつつ、振り返ったアルフォンスに訴える。

「ヨハン様に気づかれてもいけませんし……っ」

アルフォンスは瞬き、ニコッと笑った。

「なぜ？　君はもう、ヨハン殿とよりを戻す気はないと言っていたよね？　俺と二人でいるところを彼に見られても、問題はないと思うが」

思ったのと違う言葉を返され、エリーゼは口を閉じた。

確かに先方も望まないだろうし、エリーゼもヨハンと復縁する気はない。だからヨハンに見られても問題はないと言われれば、その通りだ。

しかしそんなことを気にしていたのだったかしら——と彼を見返したまま、エリーゼは己が何を思って姿を消そうと言ったのか思い出そうとする。

アルフォンスはエリーゼを柔らかな眼差しで見つめ、満足そうに笑みを深めた。

「うん。そのドレス、似合ってるね。外で見るとより色が鮮やかで、君の瞳によく合う」

エリーゼは彼の視線を追って、己のドレスを見下ろす。

「あ……っ、素敵なドレスをありがとうございます」

エリーゼが今日身に着けているのは、仕立てたばかりとわかる、毛羽立ち一つない真新しいドレスだった。

藍色が少し入った空色の散策用ドレスで、袖口や胸元、スカート部分にも繊細なレースが使われている。よく見ると小さな宝石まで縫い込まれていて、歩くたび、上品な煌めきを生んだ。エリーゼが王宮の宴に着て行った、一番上等なあの夜会用ドレスよりも確実に高価だとわかる品である。

これは、今朝がたアークから届けられた。

起き抜けにアークが窓辺にいるのに気づき、エリーゼは彼を迎え入れた。アークは嘴に咥えた片手に載るサイズの小箱を差し出し、なんだろうとリボンを解いた途端、それはぽんっと音を立てて姿を変えた。

ドレスに手袋、靴が両手の上にふわっと載り、その上にきらきらと光るイヤリングやネックレスまで載っていた。それらを見た瞬間、エリーゼは昨日、別れ際にアルフォンスがドレスがどうのと話していたのを思い出した。

彼への恋心に混乱していて、記憶はおぼろげながら、貰うと答えていた気もする。

エリーゼは慌ててこんなに良い品は受け取れないと拒んだ。しかしアークは知らんぷりして背を向け、青空へ飛び去ってしまったのだ。

その後しばし悩んだものの、別の服を着て彼に会うのも気が引けて、頂いたものを身に着けたのだった。

教えた記憶はないのに、贈られた衣服は全てエリーゼの身体にぴったりのサイズで、どうやって知ったのか気になるところではある。魔法のなせる業だろうか。

何はともあれ、恋をした相手からの贈り物はやはり嬉しく、迎えに来てもらった際も言ったが、エリーゼは改めて気持ちを伝えた。

「こんなに贅沢な品、私にはもったいないですけれど、とても嬉しいです」

笑みを浮かべると、アルフォンスは小首を傾げた。

「全然、もったいなくないよ。今日は散策用だから地味目にしたんだけど、次はもっと明るい色のドレスを贈ろうか。どういうのが欲しい？」

「次……？」

次の機会なんてあるかしらと、エリーゼは戸惑う。彼はエリーゼの手を引き、エスコートしつつ考える。

「何色が好き？　淡いピンク？　ラベンダー？　ローズ？」

次々に挙げられる色に、エリーゼは目を瞬かせる。彼は上機嫌でこちらを見やった。

「いや、あまり色は気にしなくともいいかな。君なら、どんな色も似合うだろうから。何を贈ろうと、君は誰よりも美しく、多くの者の目を奪ってしまう」

「そ、そんなわけ……」

大げさすぎる言い方に、エリーゼは頬を染めて首を振る。しかしアルフォンスは気にせず、微笑んだまま続けた。

「だけどどんなに上等な衣装でも、心までは隠せない。何を知るわけでもないのに、傷跡一つで他者を貶め、愉悦を覚えるような醜い性根は、その顔に滲んでしまう。……そういう者は、噂話に興じる己の顔がいかに醜いか、鏡を見て確かめた方がいい。せっかくの衣装が、台無しだからね」

アルフォンスは最後のセリフを言う際、エリーゼの噂話をしていた貴婦人たちを振り返り、これ見よがしに目を細めた。

その声は貴婦人たちがそうしていたのと同じく、周囲に聞こえる大きさで、こちらを振り返っていた彼女たちはかっと頬を染めた。自分たちが揶揄されたのだと気づき、そそくさと花園の奥へと移動する。

無遠慮に注がれていたその他の視線も次々に剝がれていき、エリーゼは俯いた。

マルモア王国では、エリーゼは他者に何を言われても仕方ない存在だ。外見は異端であり、生家は経済的な問題を抱えている。そこに新たに〝妹の恋路を邪魔する悪女〟のレッテルが増えようと、全て事実。エリーゼは反論など念頭になく、嘲笑は甘んじて受け入れ、聞き流してきた。

それを彼は、盾となって攻撃を退け、守ってくれたのである。

胸が一気にドキドキしてしまうくらい嬉しくて、同時に悲しかった。

——アルフォンス様は、私の傷跡のことをご存じなのだわ……。

噂話に興じていた貴婦人たちは、エリーゼを『傷物』とは言ったが、『傷跡がある』とは言わなかった。それだけでは純潔を失っているのか、身体に傷があるのか判断はつけられない。しかし彼は『傷跡一つ』と表現した。エリーゼからは話していないけれど、おそらくどこかから、胸に傷があると耳にしていたのだろう。

傷を負った令嬢なんて、手を出したら最後、そのまま性急に責任を取れと迫られかねない。そんなリスクを承知で彼がエリーゼを異性として見るはずがなく、僅かな期待もできぬ状況だとわかって、気分が沈んだ。

結婚など望んでいなかったが、恋をしたからには、ほんの一時でも彼と想いを通わせられたら

——と、ささやかな願いを抱いてしまっていた。

「……エリーゼ嬢？　大丈夫？」

アルフォンスがエリーゼの前髪を指先でかき分け、心配そうに顔を覗き見る。間近に彼の顔が迫り、エリーゼは曇っていた表情をすぐに笑顔に変えた。

「あ……っ、その、こんな風に守ってくださる方は初めてで……どんな顔をしたらいいのかわからなくて……。ありがとうございます、アルフォンス様」

たとえ結ばれずとも、彼の優しさに対する感謝は変わらない。はにかんで笑うと、アルフォンスは訝しげに眉を顰めた。

「……初めて？　ヨハン殿は、君を守ろうとしてこなかったのか？」

エリーゼはきょとんとする。彼は、本気でエリーゼをなんの問題もない令嬢として考えているようだった。婚約者が守って当然だと言いたげな態度はいっそくすぐったく、ふふっと笑う。

「だって事実ですから、庇う必要はありません。〝三重苦のご令嬢〟である私を許容して婚約してくださっただけで、私には十分でした。それにヨハン様は、私の傷を厭うどころか、見てみたいと興味を持っていらっしゃったので、ありがたい方だったと言えますね」

傷跡を見てみたいから、愛人にしてやってもいいと暗に言われた記憶はまだ鮮明だ。自嘲気味に答えると、アルフォンスは目を眇めた。

「……婚約者とはいえ、そんな無粋な物言いをするとは……」

ヨハンの発言は、アルフォンスには品がないだけに聞こえたようだ。彼は眉間に深く皺を刻んでエリーゼから顔を逸らし、苛立たしげなため息を吐く。それで気分を入れ替えたのか、振り返った時にはいつもの優しい笑みを浮かべていた。

「それじゃあ今日の調査は確実に成功させて、一刻も早く妹君の目を覚まさせないといけないね。君の屋敷に戻ったら、ミュラー侯爵にもご挨拶させてほしい。目覚められたようだが、どこまで回復されたか確認したいから」

父の話題を出され、エリーゼはぱっと瞳を輝かせた。胸の前で両手を合わせて、頷く。

「ええ、そうですね。ぜひ父にお会いしてください。今朝はご挨拶できず、申し訳ありません。ですが見違えるように意識がはっきりして、元のお父様にお戻りになっているのです。アルフォンス様にはどうお礼をすれば良いかわからないくらい、感謝しています」

昨日、治癒魔法をかけてもらった父は、朝方目覚めた。回復しているかどうか不安だったけれど、彼はかつてのようにエリーゼを認識し、普通に会話をしてくれた。それも、今までたまにあったような、ほんの数分の出来事ではない。

父は自分で起き上がり、着替えを済ませ、これまでエリーゼがラルフと共に奮闘してきた領地管理の帳簿も確認してくれたのだ。

不慣れながらも責任を取らねばならない立場で取り組んできたエリーゼは、肩の荷が下りる思いだった。父が再び領地を管理してくれるなら、これほど頼もしいことはない。

それから父は家計についても確認し始め、昼頃になってアルフォンスが迎えに来る時間になった。エリーゼがアルフォンスと外出すると声をかけると、父は逡巡し『また後日、挨拶をさせてほしいと伝えておいて』と頼んできた。

アルフォンスが治癒魔法をかけてくれたおかげで目覚めたのだとエリーゼから聞いていたので、

お礼を言いたいようだった。けれどなぜ今日ではないのかと聞けば、父はバルバラのところへ行くと答える。その後すぐ部屋をあとにしてしまったので、エリーゼは複雑な心地になった。

久しぶりに正気づいたのだから、妻の顔を見に行くのは当然だ。

理性ではそう理解できても、やはり父はバルバラを愛しているのだと思うと、やるせなさを感じた。

だけど父の回復は何より嬉しく、エリーゼは今までになく明るい表情で続ける。

「そうだ。先程お話ししていた、姿を消す魔法についてですけれど、私はヨハン様にアルフォンス様といるところを見られたくなくて魔法をかけてほしいと申し上げたわけではないのです」

アルフォンスが今日の調査と口にしたので、少し前の会話を思い出した。

エリーゼの噂話に興じる貴婦人らを追い払う直前、アルフォンスはエリーゼがヨハンを気にして姿を消そうと提案していると考えている様子だったが、そうではない。

勘違いだと伝えると、アルフォンスは柔和に笑って首を傾げた。

「あれ、そうだったの?」

「はい。私は人目について、万が一にもヨハン様に気取られて浮気現場を記録できなくなってはいけないと心配しているだけなのです。それに私と一緒にいる姿を見られて、アルフォンス様に変な噂がついてもいけませんし」

アルフォンスは隣国の公爵令息だ。正確な年齢は知らないが、社交界デビューしてそれなりに経っているだろうし、普通に考えて婚約者の一人もいるはず。エリーゼとの噂が立ってしまったら、お相手の気分を害してしまう。

エリーゼは恩着せがましくならぬよう、ヨハンに気取られたくないと別の理由も加えて、彼に迷惑をかけたくないのだと伝えた。

そう話しながら、自分は彼について何も知らないのだと気づく。

年齢も、恋人も、ブロンセ王国での日々も――。

想いは叶わぬと理解したはずなのに、彼の隣に立つ女性を想像すると、もの寂しい気分になった。

――アルフォンス様は、王宮の宴で噂を耳にしただけで、見ず知らずの私にこうして手を差し伸べてくださるような人だもの。婚約しているご令嬢がいるなら、とても大事にされているのでしょうね……。

エリーゼはふと顔を上げ、唐突に尋ねる。

「アルフォンス様は、おいくつなのですか？」

本当は、彼が母国でどんな人生を送っているのか聞きたかった。だけどプライベートを根掘り葉掘り聞くのは不躾だ。色々思案し、年齢くらいなら許されるかしらと聞いてみたのだった。

脈絡のない質問をされたアルフォンスは、不思議そうにしつつも笑顔で答える。

「俺は二十二歳だよ。ちなみに独身で、婚約者はいない」

「……そう、ですか」

エリーゼは淡く頬を染めた。婚約者の有無まで答えられ、内心を見透かされたように感じた。

恋心を気取られたのなら気まずいが、彼に結婚を約束している女性がいないと知れれば、やっぱり嬉しくなる。

アルフォンスはそんなエリーゼと繋いでいた手に力を籠め、右手にある脇道へと誘導した。

「俺に興味を持ってくれたなら、あれこれ雑談したいところだが……君の言う通り、人目につきすぎるのは良くないね。ヨハン殿も人目を避けて庭園の隅っこでご婦人と落ち合う予定らしいし、俺たちも行こうか」

「あ、はい！」

何はともあれ、ヨハンの浮気調査が最優先だ。我に返って応じたエリーゼは、結局姿を消す魔法をかけてもらいそびれていると気づかぬまま、彼と共に移動した。

エッシェ園は、門から最奥にある巨大温室までまっすぐ大きな道が走っていた。温室以外の庭園は脇道の先にあり、客人らは看板に書かれた情報をもとに興味のある場所へ向かう。

ヨハンが貴婦人と会う約束をしている庭園は、中央の道を歩いて少ししたところにある横道の先にあった。木立の庭と命名されたそこは、常緑の木々が茂る。背の高い木々の根元にはゆっくりくつろげそうなベンチがぽつぽつと設置され、夏になれば木の葉の影が落ち、快適な場所になるのだろうと想像された。

しかし春の花を楽しむ今の時期は人気がないらしく、客の姿はどこにもない。

アルフォンスに手を引かれて木立の庭に足を踏み入れたエリーゼは、茂る木の葉を見上げて頬を押さえた。

「静かでいい場所ですね……。お日様が当たるベンチがあったら、過ごしやすそう」

小鳥の声と葉擦れの音が響くだけの庭は、本を読んで過ごすには絶好の場所だ。祖父の家にも大きな木が生えていて、幼い頃はエドと一緒に木陰のベンチに座ってよく本を読んだりしていた。

何気なく呟くと、彼は口元に弧を描き、エリーゼを木陰へと引き寄せる。

「いいね。今度調査ではない時に一緒に訪れたら、本でも読んで過ごそうか？」

アルフォンスと肩が触れそうな距離になり、エリーゼはドキッとした。反射的に身を引こうとするも、彼は手に力を籠めて阻む。

「……アルフォンス様？」

驚いて見返すと、彼は耳元で囁いた。

「し……っ。声は抑えよう。ヨハン殿が来たようだ」

木の幹に背を押しつけ、庭園の一角に目を向けた彼の視線を追い、エリーゼは身を竦める。

今しがたエリーゼたちが通った小道とは反対方向——庭園の奥に繋がる小道から、ヨハンが一人の女性を伴って歩いてきていた。

ヨハンに神経を集中させたエリーゼは、己の肩がアルフォンスに触れているのも意識せず、身を寄せて木陰に隠れる。

ヨハンと一緒にいる女性は、アンネによく似た、明るい黄金色の髪と青い瞳を持っていた。年齢は二十三、四歳だろうか。

女性が纏うドレスは、最近流行(はや)りだしたバッスルスタイルで、ドレープが入るオーバースカートは絹を使っているのか、光沢のある布地だった。その下のスカート部分にもふんだんにレースが使われていて、確実に上流階級の女性だとわかる。

だが社交の場に出ていないエリーゼは、顔を見ただけではどこの誰だか判断つけられなかった。

「……どちらのご令嬢かしら」

小声で呟くと、同じくヨハンに視線を注ぐアルフォンスが応じた。

「あれはおそらく、フリック男爵家のご令嬢だよ。調べたところ、あちらのご令嬢にも婚約者がいるらしい。ヨハン殿はああいう、誰かと結ばれた令嬢やご婦人を惑わせて、背徳感を楽しむ恋がお好みのようだ」

「まあ……」

エリーゼは眉を顰め、恋多き婚約者を睨む。

背徳感を好むなら、エリーゼと婚約破棄にする前にアンネに手を出したのも理解できる。婚約している姉の目を盗んで妹とキスをするのは、さぞかしゾクゾクして楽しめただろう。

――趣味の悪い人。

エリーゼは心の中で罵るが、はっとして身を縮める。金の刺繡が入る翡翠色の上着を羽織ったヨハンが、さっと周囲を見渡して人がいないのを確認したのだ。

アルフォンスもその動きに気づき、エリーゼの肩を抱いて己の方へ引き寄せる。

彼の爽やかな香水の香りに包まれ、エリーゼの心臓が跳ねた。図らずもアルフォンスに抱き締められる恰好になり、その体温や呼吸を間近に感じ、場違いにも体が強張った。

――今はヨハン様の浮気調査中よ。アルフォンス様を意識してどうするの……っ。

エリーゼと違い、彼の方は調査に集中しているのか、落ち着いた声音で確認する。

「ああ、抱き締めた。映像を記録しておくよ?」

言われて視線を上げれば、ヨハンは少し幼く見えるいつもの笑みを浮かべて令嬢を抱き寄せていた。エリーゼは瞬時に冷静になり、アンネの目を覚ますチャンスを逃すまいと頷く。

「はい。よろしくお願い致します。ですが遠くて、声が聞き取りにくいですね……」

アルフォンスはちらっとエリーゼに視線を寄越し、魔法の呪文を唱えた。すると彼の杖先にごく小さな光の玉が出現し、突然聞き慣れない女性の声が耳に届いた。

『会いたかったわ……ヨハン様』

『僕も会いたかったよ……。君に会えない間、僕の心はいつも君を求めて苦しいばかりだ』

それはヨハンとフリック男爵家の令嬢の会話だった。エリーゼは驚いてアルフォンスを見上げる。彼はにこっと笑った。

「声を引き寄せる魔法も使ったから、きちんと会話も映像も記録に残せるよ。映像はこの杖先から魔法石に送られる」

ちらっと胸ポケットの中の魔法石を見せられ、エリーゼは感心する。魔法が使えると、実に便利だ。王室で重用されるのも道理である。

心強い助力に感謝し、ヨハンへと視線を戻したエリーゼは、肩を揺らした。会えた喜びを伝え合ったばかりなのに、二人はもうキスをしていた。それが直視できないくらい情熱的で、エリーゼは見ていられず視線を逸らす。

横目に窺うと、アルフォンスは平気な顔で二人を見ていた。

――やっぱり、経験豊富な方なのね……。

エリーゼの肩を抱いたまま緊張もせず、他人のキスシーンを平然と眺められるのは、女性慣れしていないとできない芸当だろう。

自身が一般よりもかなり奥手であると知らないエリーゼは、アルフォンスの経験値がすごいのだと思い込み、肩を落とした。

「……よし、これくらいでいいかな」

数分後、アルフォンスが小声で呟く。

キスのあとも二人は『愛している』だの『貴方と婚約したかった』だのといかにも切なげな睦言(むつごと)を交わし合っていて、とても見ていられなかった。それがやっと終わったらしい。

安堵して顔を上げたエリーゼは、目を瞠った。

「き――」

「――あっ、まだ声は上げないで」

思わず悲鳴を上げかけた口を、アルフォンスの大きな手が押さえる。見てはいけない光景が目の前で繰り広げられ、エリーゼは視線を彷徨(さまよ)わせた。

ヨハンはふしだらにも、令嬢を木に押しつけ、身体に触れ始めていた。

悪いのは浮気をしているヨハンなのに、覗き見している自分の方が不道徳な真似をしている気分になり、エリーゼは縮こまる。じわじわと頬を染めて俯くと、アルフォンスはエリーゼを軽く抱き寄せた。

「あー……ごめん。未婚の女性に見せていい光景じゃなかったね……」

心底すまなそうに言われ、エリーゼは首を振る。

「い、いいえ……。私が、不慣れなのがいけないのです……」

アルフォンスに気を遣わせるのは、不本意だった。だけどもう一度二人に目を向ける勇気は出ず、エリーゼは静かに背を向ける。

「あの……記録はキスまでですよね……？」

あんな触れ合いは、アンネの目に毒だ。おずおずと確かめると、アルフォンスは眉尻を下げて頷いた。

「もちろんだよ。浮気をしている証拠さえ見せられたらいいだろうからね」

「ありがとうございます……」

エリーゼは動揺のあまり目尻に涙まで溜めつつ、首を傾げる。

「それでは……あの。もう、帰りましょう？」

これ以上ここにいたくないという思いのままに促すと、アルフォンスはふっと優しく笑った。

「うん、そうだね」

もと来た道を戻るため、アルフォンスはエリーゼの腰に手を添えて歩き出す。

狼狽したエリーゼは、できるだけ早く庭園をあとにしようとした。下草を踏む自身の足音は全く念頭になく、もう少しで中央の道へ繋がる小道に入る――というところで、背後から声をかけられた。

「――エリーゼ嬢？」

エリーゼはびくっと肩を揺らし、立ちどまる。それは紛れもなく、ヨハンの声だった。今しがたご令嬢と触れ合っていた彼の姿が脳裏を過り、振り返りたくない気持ちでいっぱいになる。

――まだご令嬢に触れていたら、どうしよう……っ。……いいえ、お声は近くで聞こえたわ。逢瀬を交わされていたのは少し離れた場所だったから、もうご令嬢を乱してはいらっしゃらないのかしら……？

頭の中でぐるぐると考えている間にアルフォンスが振り返り、エリーゼも恐る恐る背後に目を向けた。エリーゼは内心、盛大に安堵のため息を吐く。

ヨハンはいつの間にか、令嬢と触れ合っていた場所から離れ、エリーゼたちから数歩の距離に立っていた。衣服も、直前までお相手の女性を乱していたとは思えぬ、完璧に整った状態だ。

その隣にご令嬢はおらず、彼の背後をちらっと見ても姿は見えない。

ヨハンはエリーゼとアルフォンスを交互に見て、口角を吊り上げた。

「これはこれは……面白い光景だ。随分と親しげだが……こちらの方はどなたかな？」

エリーゼは、ここで再び自分が姿を隠していなかったことを思い出した。ヨハンがエリーゼの腰に添えられたアルフォンスの手をじとっと見ているのに気づき、慌てて身を離す。生々しい浮気現場に気が動転して、彼との距離に違和感を覚えていなかった。

ヨハンに正面から向き直り、アルフォンスに視線で紹介していいか確認してから、エリーゼは口を開く。

「こちらは、ブロンセ王国のアルフォンス・レーヴェン様です。先だって王宮で開かれた三季の宴でお会いして、こちらの花園をご案内しておりました」

ヨハンはアルフォンスとエリーゼの関係を疑っている雰囲気だ。〝エリーゼに恋のお相手がいるならアンネとの結婚が上手くいく〟などと思われてはいけない。そう考えて、知り合って間もない間柄だと強調した。

ヨハンは疑わしげに目を眇め、自身の顎を撫でる。

「ということは、君は今、その男に口説かれているところ？　身持ちの堅い君が男と二人で庭園デートなんて、よほど上物なのかな？　失礼だが、貴殿の身分を尋ねても？　浅学ゆえ、隣国の方まで存じ上げないのでね」

アルフォンスは不躾な物言いのヨハンに対し、爽やかな笑みを浮かべた。

「申し遅れました。私はブロンセ王国にて、伯爵位を賜っております」

伯爵位は男爵位よりは上回るも、社交界の中では高位とは言えない身分だ。自らとほぼ同列とでも考えたのか、いずれアンネと結婚し、侯爵位を得ると信じているからか、ヨハンは明らかに小馬鹿にした顔で笑った。

「なるほど。まあ隣国の方であれば彼女の出自や外見に惹かれて口説こうとなさるのも無理はないが、再考をお勧めするよ。彼女は侯爵令嬢とは名ばかりの、我が家からの援助なくしては存続も危ぶまれるお家のご令嬢だ。支度金など用意もできない」

エリーゼは目を瞬かせる。これ幸いとエリーゼに新たな恋の相手がいると決めつけ、アンネを手中に収めようとしているのかと危惧したのに、ヨハンはなぜかアルフォンスを牽制していた。

意味がわからず、エリーゼが困惑している間に、アルフォンスが笑顔で応じる。

「おや、随分なおっしゃりようですね。確かエリーゼ嬢はご兄弟もいなければ、夫もいないと聞き及んでいますが、貴殿は何様のつもりでそのような無礼を口にされているのだろうか？　浅学だとご自身でおっしゃったが、他者に対する礼節ある物言いも学んでおられないとは、見てくれだけは立派な、哀れな張りぼて人形もあったものですね」

あまりに容赦のない言葉がアルフォンスから放たれ、エリーゼはぽかんと口を開ける。

自身と同様に小馬鹿にした態度を取られたヨハンは、頬を赤く染め、大声で言い返した。

「――無礼はお前の方だろう……！　僕は、お前が口説こうとしていたその令嬢の婚約者だ！　他人の婚約者とこんな人気のない場所に来ておいて、お前こそどういうつもりだ……!?」

今度はヨハンから信じられない言葉が飛び出し、エリーゼは目を丸くする。その言い方ではまるで、エリーゼを誰にも譲りたくないようだ。

自分が何を言っているかわかっているのか心配になり、エリーゼは横から口を挟む。

「――まあ、ヨハン様……。貴方はアンネを望んでいるのではなかったのですか？　このような誰が聞いているかもわからない場所で私の婚約者だなんて大声で主張されては、ヨハン様はアンネではなく私を望んでいると勘違いされますよ」

敵ながら親切心で忠告すると、彼は一層狼狽した様子で眉を吊り上げ、エリーゼに指を突きつけた。

「き、君が悪いんだろう……！　ついこの間まで僕とよりを戻したそうにしていたくせに、これはなんだ！　せっかく僕が哀れな君を愛人にして、生活の面倒まで見てやろうとしていたのに……っ」

初めて耳にした彼の計画に、エリーゼは目を点にする。侮辱されたと受け取ってもいい場面だが、思考はなぜか冷静で、だから先日の発言が出たのだな――と彼の言動に納得した。

バルバラと共に教会で〝代理執行権認可手続き〟の話を聞いて屋敷を訪れたヨハンは『既に傷物の身体の君は、今後嫁ぎ先もないだろう。寂しかったら、夜だけ慰めてあげてもいいよ』とエリーゼに囁いていた。

さすがにその囁きまでは聞いていないだろうが、たった今聞いたヨハンのセリフだけで不快になったらしい。アルフォンスが盛大に顔をしかめ、すうっと息を吸った。そして彼が何か言おうとしたその時、頭上で鳥の羽音がした。エリーゼは視線を上げる。

日の光を受けて翼が青光りした。エリーゼは目を細め、見覚えのある紫の瞳を視認して、アルフォンスに声をかけた。

「アルフォンス様、アークが来ています」

彼はさっと頭上を見上げ、腕を伸ばす。アークはすんなりと彼の手にとまり、嘴を動かして何か報告した。だけどその声は、エリーゼには聞こえなかった。

アルフォンスは頷いているので、魔法で周りに聞こえないようにしているのだろう。

王宮の宴で出会った時、彼は何かの調査のためにマルモア王国へ来たと話していたから、それに関する報告だろうか。

詳細は不明ながら、仕事もあるのに無償で浮気調査を手伝ってくれている彼にエリーゼは心の中で深く感謝し、ヨハンに視線を戻した。

ヨハンは奇怪な光景でも見るように、眉を顰めて鳥と無音で話すアルフォンスを注視していた。

「……ヨハン様?」

声をかけると、彼ははっとこちらを向く。エリーゼは微笑んだ。

「私を愛人にして生活まで見てくれようとなさっていたなんて、存じ上げませんでした。ご親切に、ありがとうございます。ですが……きゃっ」

――ですが、愛人になるつもりはありませんので――と、言おうとしたエリーゼは、急に手首を引かれ、小さな悲鳴を上げた。アークの報告を聞いていたアルフォンスが、突然エリーゼを引き寄せ、自らの背に隠したのだ。

ヨハンを見上げていた視界が彼の背で塞がれ、エリーゼは目を瞬かせる。報告は終わったらしく、アークは再び空へと舞い上がっていった。

エリーゼを背後に押しやったアルフォンスは、まるで中断などなかったように、ヨハンとの会話を続行した。

「――ヨハン殿。エリーゼ嬢は、何の瑕疵（かし）もない由緒正しき侯爵家の令嬢だ。愛人にとは、とてもではないが許容できる発言ではない。それをあたかも良い提案の如く口にされるとは、貴殿は自身が甚（はなは）だ横柄で下劣な品性を持ち合わせていると自覚なさるがよかろう」

アークの報告を聞いても、そこまで繰り広げた会話は整然と記憶されているらしい。しかも先程以上に苛烈な物言いだったので、エリーゼは驚いた。

アルフォンスは淀みなく口を動かす。

「まともに愛する気もないならば、そのように激される必要はない。私が妻として迎え入れ、骨の髄まで愛し尽くそう」

「――え」

突如、予想もしていなかった発言が飛び出し、エリーゼは硬直した。ヨハンも明らかに狼狽した気配を漂わせ、声を荒らげる。

「な……っ、ふざけるな！　つ、妻になど、できるものか……!!　その娘は十二分に瑕疵があるんだ！　隣国の者だから知らないだろうが、彼女は胸に醜い傷跡が――」

「――それがなんだ。傷ごときで彼女の価値は変わらない」

感情的になったヨハンの言い分を最後まで聞かず、アルフォンスは冷ややかな声で切り捨てた。

エリーゼの心臓がどきっと大きく跳ね、腹の底から熱い何かが迫り上がった。

その声は上辺のものではなく、本心に聞こえた。エドに守られた大切な記憶のある傷跡を悪しきものだと蔑まない人は、初めてだった。じわじわと頬に朱が上り、感動のあまり、瞳に涙が溢れそうになる。

——泣いてはダメよ。アルフォンス様は、お優しいから私を庇っていらっしゃるだけだもの。いきなり泣きだしちゃ、困らせてしまう。

エリーゼが両手で頬を押さえ、必死に感情をコントロールしようとしている間にも、アルフォンスは冷然とヨハンを断じた。

「先程からキャンキャンと子犬のように煩くエリーゼ嬢の婚約者だと主張しているが、貴殿は彼女の何を見てきたのか。エリーゼ嬢は十二分に美しく、勤勉で、家族想いの優しい女性だ。そこに価値を見出せず手放すのかと思えば、それすら惜しんで愛人にしようとは。実に浅薄で愚かな思考だ。大人しく次期侯爵家当主の座を手にするために、彼女の妹君に誠意を尽くせば良かろう」

あまりに歯に衣着せぬ物言いを聞き、エリーゼはそっとアルフォンスの背からヨハンを窺う。

彼は、額に汗を滲ませて立ち尽くしていた。必死に反論を考えているようだ。

アルフォンスは心底煩わしそうにため息を吐いて、前髪を搔き上げる。

「まあ己の欲望に忠実すぎて、それも叶うかどうか怪しいところだが。……浮気者の男を無垢な令嬢が許し、愛し続けてくれる確率がどれほどのものか——貴殿はご存じか？」

アルフォンスが顎をしゃくり、ヨハンの背後を示す。庭園の奥では、先程見当たらなかったご令嬢が、当惑した様子でこちらを見つめていた。ドレスは乱れていないので、木陰で身だしなみを整えてきたのだろう。

アンネ以外の令嬢との浮気を見られていたと悟ったヨハンは、青ざめる。しかし数秒後には、再び自信に満ちた笑みを浮かべた。

「好きにすればいい。君たちがどう動こうと、愛し合う僕とアンネ嬢は必ず結婚するのだから」

その反応に、エリーゼは違和感を覚えた。

それは、アンネとの浮気が発覚した日と酷似した反応だった。あの日、エリーゼはヨハンに現状エリーゼの方が身分としては立場が上であり、婚約破棄が上手くいくかどうかは不透明だと示した。するとヨハンは一度顔色を悪くしたものの、すぐに余裕ある表情に戻ったのだ。

――この人……ミュラー侯爵家がエックハルト男爵家と必ず縁談を結ばねばならなくなる、何かを持ってる……？

彼の表情は、その確信があると語っていた。

エックハルト男爵家との縁談が結べなくなってミュラー侯爵家が困ることといえば、金銭的問題。エックハルト男爵家からの援助がなくなれば、ミュラー家の存続は難しくなる。しかしそんな単純な話ではないと、本能的に感じた。

ヨハンは短絡的に見えて、その実、相手の隙を突こうとする狡猾（こうかつ）さがある。ついこの間だって、バルバラに書類手続きを任されたのをいいことに、結婚もしないままミュラー家の実質的な裁量権を手に入れようとしていた。

エリーゼはじっとヨハンを見つめ、その訝しげな視線に気づいた彼は、甘く微笑んだ。その途端、アルフォンスがエリーゼの肩を押し、またもその背で視界を遮る。それは、明らかに意図してエリーゼをヨハンの視界から隠していた。

「そうか。では好きにさせていただこう。――エリーゼ嬢、行こう」

こちらを振り返った際も、アルフォンスは自らの身体で決してヨハンが見えないようにした。

まるで自分を一時もヨハンの目に映したくないようだと感じ、エリーゼは戸惑う。

「えっと、はい……」

ヨハンの浮気現場も押さえたし、もうこの場に留まる理由はない。エリーゼが従うと、アルフォンスは背に手を置き、小道へと促した。もと来た道を戻りながら、小声で耳打ちする。

「すまない。急な仕事が入って、君を送ったあとに君のお父上とお話する時間が今日は取れそうにない。また明日、お伺いしてもいいかな？　魔法石に込めた先程の映像も、君の予定さえ良ければ、明日一緒に妹君に見せよう。映像を出現させるにも魔法を使わねばならないから」

仕事とはアークから報告を受けていた件だろう。

先程までヨハンに向けていた冷たさなど一切ない、甘さすら感じる声音で問われ、エリーゼは少しドキドキした。

「ええ、もちろんです。お時間のある時においでいただければ大丈夫ですから、ご無理をなさらないでください」

協力してもらえているだけで十分感謝しているのだ。仕事が忙しいなら、エリーゼたちのことは後回しにしてもらって構わない。

そう言うと、彼は紫の瞳を細めた。

「ありがとう。それではまた明日、君の家を訪ねるよ」

砂糖菓子のような甘い笑みを向けられ、エリーゼは胸をときめかせながら頷いた。

ヨハンは忌々しげにエリーゼとアルフォンスの背を睨みつけ、舌打ちした。

イライラとした表情で懐から黒い小箱を取り出し、蓋を開く。中には巻き煙草が並び、蓋側には小型のカッターと火を起こす魔道具が備えつけられていた。

彼は慣れた手つきで煙草の先をカットし、火をつける。普通の煙草と異なる、紫がかった煙が立ち上るが、彼は躊躇いなくすうっと吸った。数秒後、心地よさそうに息を吐き、ヨハンの表情が穏やかになる。

ひとしきり煙草をくゆらせ、ほとんどが灰となって足元に落ちた頃、彼はようやく踵を返す。

放ったらかしにしていた令嬢のもとへ、甘い笑みを浮かべて戻って行った。

二

太陽が地平線へと傾き、世界が赤々と染められる頃——エリーゼを生家へ送り届け、王宮に戻るアルフォンスの馬車には、次々と魔法の手紙が届いていた。

それらは彼がエリーゼのために作ったようなプレゼントの箱型ではなく、愛想のない小石の形をしている。ブロンセ王国の王宮魔法使いたちだけが使う、業務連絡用の魔法の手紙だ。

馬車の外装を素通りしてアルフォンスのもとに届いたその手紙たちは、それぞれ色違いの淡い光を放った。色により、急用か機密事項かなどを伝える。

小石はアルフォンスが触れるまで周囲を漂い続ける仕様で、彼の周りには十を超える手紙が浮遊していた。既に数十の手紙を読んでは横の座面に置いていたアルフォンスは、新たに飛んできた赤く光る小石を目にし、深くため息を吐く。本日十三件目の緊急報告だった。

「……どうなっているんだ、全く……」

ぱしっと石を掴めばそれは書面に姿を変え、彼は文面に目を通す。

『〈ブロンセ王国王都シルト第十二区画　違法魔道具・魔薬管理取締局〉違法魔薬摂取者（非魔法使い）の体内に宿った第三者の魔力が増幅。約一時間後、再び脆弱な魔力へと変化』

端的な報告の下には詳細な発生時刻などが記載されており、アルフォンスは眉根を寄せた。

「――またか」

ブロンセ王国内の各所で、例の魔薬摂取者の体内に残っていた何者かの魔力が増幅し、一定時間後に元に戻る現象が起きていた。これまで確認した緊急連絡は全て同内容で、恐らく周囲を漂う手紙も、類似した報告と指示を仰ぐものだろう。

ヨハンの浮気調査のあとはエリーゼの父に挨拶をする予定だったが、それをキャンセルしたのはこの大量の手紙について事前に報告されたからだった。

ヨハンと対峙(たいじ)している最中に舞い降りたアークから、その予兆を知らされたのである。

『アルフォンス、もう少ししたら、たくさん報告書が届くよ。いっぱい魔法の手紙の気配が近づいてきてる。特にブロンセ王国の方から』

動物の使い魔たちは、その精度に個体差はあるものの、微細な魔力の気配を嗅ぎ取る。使い魔の主食は魔力のため、動物的な本能で感知するのだ。

アークの場合、知らない魔法に対しては総じて曖昧な表現となり、あまり役に立たない。

ブロンセ王国で広まっている魔薬の摂取者を見た時も、彼は『〝悪い魔法〟がかかってる』とは言ったが、どんな魔法かまではわからないようだった。

しかし既知のものであれば、目的が攻撃なのか手紙なのか、嗅ぎ取った魔力がどんな魔法によって行使されているかまで精密に見分けられる。

そのアークが報告書が届くと言うのだから事実に違いなく、たくさんと言うからには、それは緊急事態と相場は決まっていた。

故にアルフォンスはエリーゼの父への挨拶は断念し、マルモア王国の王宮へ戻り始めたところだった。そこへアークの予告通り、ブロンセ王国中から次々と報告書が届き、どう動くか判断を迫られている。

向こう数週間マルモア王国に滞在する予定をキャンセルして自国へ戻るか、引き続き調査を続けるか――。

通常ならば戻って事態を確認するだろうが、現状、それも躊躇われた。

ブルクハルトの許しを得て以降、アルフォンスは部下と共に、マルモア王国内で流通している魔力が宿る煙草についても調査していた。ヨハンが宝飾品店の地下賭博場で法外な価格をつけて売っていた黒い小箱の煙草を入手したところ、成分はブロンセ王国で広まった魔薬とほぼ同じだった。しかも想定以上に流通しているようで、放置しておくのも危険そうなのである。

エックハルト男爵家に至っては、あの煙草だけでなく、魔薬も取り扱い、ブロンセ王国へ輸出していた。

皮肉にも、アルフォンスが関わってはならないはずの初恋の少女――エリーゼの婚約者が深く関与しているのだ。

アルフォンスは口惜しくなり眉根を寄せる。

――羽振りが良いとは思っていたが……何による儲けなのかまで確認しなかったとは、俺もどうかしていた。

エリーゼの婚約者になった際、ヨハンについては調べていた。しかしその激しすぎる浮名に目がいって、生家の事業まで詳細に調査していなかったのだ。

エリーゼに関しては傍観するのみと己を戒めていたため、当時のアルフォンスは動きが鈍かったのである。

とはいえ、アルフォンス一人でエックハルト男爵家の悪事を把握するのは、かなり難しかっただろうとも理解している。隣国の一男爵家の収支情報を手に入れるのみならず、裏事業に気づき、その売買まで把握するには相当の時間をかける必要があった。

今回は端(はな)から魔薬の密売を想定し、多数の部下を使って調査していたからこそ、速やかに把握できたのだ。

この情報を把握してすぐ、アルフォンスはミュラー侯爵一家があの煙草を手にしているのではと心配になり、アークに確かめさせた。ヨハンが纏う煙草の匂いがあちこちに漂いすぎて、視覚での確認になったらしいが、ひとまず煙草の流入はなさそうだとわかり、安堵はした。

だが今後も安全かは不透明で、できれば早急に妹の目を覚まさせ、エックハルト男爵家との縁を完全に絶ってもらいたいところだった。

だから先日ミュラー侯爵に治癒魔法をかけた際、エリーゼに変に思われる可能性にも構わず、今後ヨハンの調査へ向かう時は必ず自分を呼べと申し出たのである。

個人的には、些かもヨハンとエリーゼを関わらせたくはなかった。あの男の視界に彼女を入れることさえ、今や許し難い。

エリーゼの妹を誑かしたヨハンは、本来ならば許しを乞うべき立場だ。それなのに、バルバラの賛同を得たあの男は、悪びれもせずエリーゼを馬鹿にし、不遜な態度を取る。

エッシェ園で『せっかく僕が哀れな君を愛人にして、生活の面倒まで見てやろうとしていたのに』などと言い出した際は、反射的に『凍結の魔法』でもかけて口を閉ざしてやろうかと、内心怒り狂っていた。

『凍結の魔法』とは、その名の通り氷の中に対象を閉じ込め、永眠させる魔法だ。といっても殺すわけではなく、魔法が解ければ息を吹き返す。しかし氷漬けにされている間は、寿命以外では死ぬことも許されず、意識を保ちながら身動きができない時間が永久に続くという、拷問に使われる魔法だった。

その重犯罪者にしか使ってはいけない魔法をかけたい衝動を抑えていたところ、アークがブロンセ王国から報告書が届くとの報せを寄越した。

その話を聞いている間に『ありがとうございます』とエリーゼが笑顔で返事をし始め、アルフォンスは焦った。

彼女は自身の幸福よりも、家族の安寧を優先する傾向がある。万が一にもヨハンの愛人計画をありがたく受け入れてはいけないと、慌てて彼女を己の背に隠した。

愛人にしようと思っていたと言われ、怒りもしなかった彼女は、自分がどんな目で見られているのか理解していない。

以前からエリーゼに手を出そうと躍起になっていたヨハンは、何も親切心で愛人にしようと計画していたのではない。確実に、エリーゼ自身も好みで手を出したかっただけだ。

姉妹共に手中に収めようとする厚顔極まりない下種（げす）な男に我慢ならず、アルフォンスはあらゆる言葉で彼を罵倒した。同時に、その苛立ちはこれまで彼女を見守るに徹した己へも向けられた。

アルフォンスは、彼女と共に過ごしたこの僅か数日で、自身がいかに不甲斐（ふがい）なかったか痛感した。

ミュラー侯爵家の玄関先で見せられた、エリーゼに対する継母とヨハンの態度。

これまでもアークからは『継母がまたエリーゼに意地悪してた』などと、見てきた景色の報告だけを受けていた。だから、現実の悲惨さを想像し切れていなかった。

『悪口言う奴らの声なんか聞くな。君は美しいよ、エリー』

そう言って無邪気に彼女を励ましていた幼い頃の自分が、いかにも残酷に感じられた。

幼少期からあんな冷酷な態度をぶつけられてきたなら、自信など失って当然だ。

更には年を取る毎にミュラー侯爵は体調を崩し、継母の散財により家計は火の車だ。友人だったエドも目の前で殺されたと信じて苦しみ、その後は敬愛していた母方の祖父まで失っている。

普通の令嬢なら、一人では抱え切れず、自死していてもおかしくない有様だった。

それでも彼女は懸命に生き続けた。

アルフォンスは、生きて再び彼女と相まみえただけでもありがたいのだと、やっと気づいたのだ。

彼女の芯の強さに膝を折り、礼を言いたい気分だった。

『お前も男なら、好いた女性を幸福にしようとすべく自ら動け』

手厳しくも力強く背を押す友人の言葉が耳に木霊し、アルフォンスは今日――迷いを払い除けた。

――俺はもう、刺客に心臓を刺し貫かれた幼い子供ではない。魔法学を極め、武術訓練を繰り返し、王族の傍仕えさえ任される王宮魔法使いになった成人男性だ。

彼女の境遇を見て、守りたい欲求が募る毎に、アルフォンスは自身の心内も理解できた。

エリーゼを死に至らしめかけた恐怖は、幼かった彼の心を深く傷つけた。それはいつしか己を縛る鎖となり、いつまでも自分を〝エリーゼを守り切れなかった弱者〟と信じ込ませていたのである。

――だが俺は、力を手に入れた。たとえ『東方の魔女』が魔手を伸ばそうとしても、必ず守る。俺にはそれが、できる。

そう決意を固め、アルフォンスはエリーゼを愛人にしようとしていた不遜な男に、自分こそが彼女を愛する者だと言い放った。そしてこれからエリーゼを正面から口説こうとしていた矢先――自国から異常事態の報告を受けた。

「……神はことごとく、俺とエリーゼを結びつけないつもりか?」

アルフォンスはぼそっとぼやき、通常報告を表すグリーンに輝く小石に手を伸ばす。

書面に姿を変えたそれは、彼が指示していた部下からの報告書で、エックハルト男爵家が入手している煙草の流通経路が記載されていた。

内容に視線を走らせたアルフォンスは、思わず手に力が入り、報告書をぐしゃりと握り潰す。

鼓動がどくどくと早鐘を打ち、呼吸が微かに浅くなった。

――何を焦っている。今しがた、守ると心に決めただろう……!

アルフォンスは己を叱責し、深く息を吸う。それだけで落ち着きを取り戻すも、まだ幼少期のトラウマを払拭し切れていないらしい己の心の有様に、くくっと自嘲気味な笑いが漏れた。

手にした報告書には、エックハルト男爵家が入手している煙草は、マルモア王国内で生産されているものではないと書かれていた。エックハルト男爵家もまた、他国から輸入していたのだ。

その入手国は――テュルキス王国。

テュルキス王国の字面が目に入った刹那、アルフォンスの脳裏には生々しく過去の映像が蘇り、動揺が抑えられなかった。

――己の心臓を貫き、エリーゼの胸までも刺した、鋭い刃の記憶。

想像以上に、幼少期に受けた心の傷は深い。

実母を殺され、恋した少女まで失いかけ、名と姿を捨てて他国へと逃げ延びたアルフォンスは、窓の外に目を向ける。

「……なるほどな……。あの女が関わっている可能性も、多分にあるか」

アルフォンスの生誕を疎み、この世から消し去ろうと暗躍し続けた女――テュルキス王国王妃・カテリーナ。

――全ての始まり。

アルフォンスは、ふっと皮肉げに口角を吊り上げた。

「貴女は、今も俺を殺したくて仕方ないのか……?」

カテリーナは、アルフォンスを探知魔法で探すのをやめた。しかしいまだにエリーゼの行方は追っている。

祖父がかけた『目くらましの魔法』のおかげで、エリーゼはカテリーナの目から隠され続けている。

術者がこの世を去ったため、その魔法は崩れかけていたが、先日アルフォンスがかけ直して問題のない状態だ。

ミュラー侯爵を治癒したあと、彼女と額を重ねながら小声で呪文を唱え、より強力な『目くらましの魔法』をかけた。あの女にエリーゼは見つけられない。

こうして生きているはずのエリーゼの行方を摑めないカテリーナは、アルフォンスの生存を信じ、今度は魔薬や煙草を作り出した。多くの者が巻き込まれるのも構わず、それらを周辺各国に振りまき、彼がいつか口にする可能性にかけた。魔薬や煙草の効能により、じわじわと命を削り、憎き愛人の子がいずれこの世を去るのを願って――。

今回の事件の起点を想像し、アルフォンスは目を眇める。

――多少無理はあるが……俺の死後も探し続けていたあの女の執念深さならば、あり得なくはない。

アルフォンスは、夜の闇に染まりゆく東方に目を向ける。エリーゼと出会い、懐かしくも愛おしい日々を過ごしたテュルキス王国。そして全てを奪われ、逃げ延びた十年。

彼の瞳に、仄暗い炎が灯った。

「更に調べる必要はあるが……どちらにせよ、今度はこちらから出向くとしようか。……この無様な逃走劇に、俺は幕を下ろさねばならない」

――この腕に、エリーゼを抱くために。

三

エッシェ園から戻ったエリーゼは、一息つく間もなくバルバラが自室を訪れたことで、閉口した。用件を聞くと、近く自宅でアンネのお披露目パーティを開きたいと言う。

もちろんそれは多くの客人を招いた宴で、開催は来週だと日時まで指定され、頭痛に見舞われた。資金に余裕のある家なら急な宴も開けようが、ミュラー侯爵家のような毎日かつかつの状態で生活している家ではそう簡単な話ではない。

しかしバルバラはそういった懐具合は一切考慮せず、やりたいことをやる。放っておけば知らぬ間に借金してくるので、無理だと一蹴もできず、エリーゼは引き続き話を聞いた。

曰く、ここ数日アンネの体調が良い日が続いているので、この機を逃す手はない。アンネがまた熱を出さぬ内に、宴を開くべきだと考えたのだそうだ。それに他でもないアンネ自身が望んでいるから——と説明され、エリーゼは天を仰ぎかけた。

エリーゼがアンネに弱いのを知るバルバラは、妹の望みだと言えば従うと承知し切った、勝ち誇った顔をしていた。

こんなに急に宴を開くと言い出すのは、いくらバルバラでも珍しい。エリーゼは彼女の背後にヨハンがいるのだと、確信した。

浮気現場を見られて焦ったヨハンは、アンネが心変わりする前に二人の仲を公にし、足元を盤石(ばんじゃく)にしようと考えたのだ。

そんな手前勝手な振る舞いに、本来ならバルバラが付き合う必要などない。

彼女は当初、ヨハンの家格はアンネに不釣り合いだと不満そうにしていたくらいだ。本来ヨハンをアンネの夫にしなければならない理由はどこにもないはずだが、彼の方は絶対にアンネと婚約できると豪語していた。

今回のバルバラの動きから、エリーゼはヨハンが継母の弱みでも握っているのだろうと想像した。

それでなくともバルバラは、エリーゼとヨハンが婚約して以来、たびたび高価な品をエックハルト男爵家に立て替えてもらっている。多大な恩義を受けている彼女が、先方の願いを聞くのは道理であった。

その後、エリーゼは解決策を考える時間を作るため、他愛ない気持ちで父はどう言っているのかと尋ねた。

するとバルバラは急に不機嫌になり『知りませんよ、あんな人！　とにかく、アンネをお披露目する宴を開きますからね！　招待状は私の方で明日には発送しますから、お前は宴の準備をするのよ！』と言い捨てて、部屋を出て行ってしまった。

せっかく正気に戻った父と久しぶりに会話ができたのだろうに、喜びの欠片も見当たらなかった。むしろ嫌ってでもいそうな態度で、エリーゼは呆気に取られた。

何があったか確認しようと父の部屋を訪ね、エリーゼはそれもできないと悟る。

出かける際、はっきりと意識を取り戻し、立ち歩いて領地管理の書類を確認していた父は、再びベッドに横たわっていた。

大人が寝るには、随分と早い時刻だった。

エリーゼはすぐには父を起こさず、執事を探して、出かけている間に何があったか尋ねる。

ラルフによると、父はエリーゼが外出したあと、小一時間ほどバルバラと二人きりで何事か話し合っていたらしい。途中何度かバルバラの金切り声が廊下まで響いていたとか。

そして話を終えてバルバラの部屋から出てきた父は、自室に戻るとすぐ眠りに落ちたそうだ。長く臥せっていたので、体力が追いついていないのだろう。

ラルフの報告を聞いたエリーゼはそう納得し、その夜は声をかけなかった。そして翌日、また様子を見に父の部屋を訪ね、眉根を寄せた。

前日の疲れが出たのか、その日、エリーゼはいつもより遅く起き、時刻は既に昼前だった。慌てて着替えていつものように父の様子を見に行ったのだが、ノックをしても返事はなく、ドアを開けて見た室内は静まり返っていた。

父がいなかったわけではない。太陽は高く昇り、部屋に明るい日差しが差し込んでいるのに、父はまだベッドの上でブランケットを被ったままだったのだ。

それも、昨夜様子を見に来た時から、身じろいだ気配もない。

エリーゼは僅かに緊張し、ベッド脇へ歩み寄った。枕元に立って見下ろした父は、ピクリとも動かなかった。

長く部屋に閉じこもって日焼けを知らない肌は、作り物じみた白さだ。瞼は閉じたまま、震えもしない。掌は腹の上で重ねられ、人形が如きその姿は、まるで棺に納められた死人を彷彿とさせた。

亡くなったエドや祖父が棺に入れられて運ばれた様が脳裏を駆け抜け、エリーゼの鼓動がどくっと大きく乱れかける。

だが首を振って己の不安から意識を遠ざけ、父の口元に耳を寄せた。すうっと呼吸する音が聞こえ、エリーゼはいつの間にかとめていた己の息を吐き出す。

――良かった……呼吸はある。

エリーゼは安堵して身を起こし、額に滲んだ汗を拭う。だが鼓動はとくとくと少し速度を上げていた。確認した父の呼吸が、常より遅く、弱々しく感じたのだ。それは、看取った祖父の最後の呼吸と酷似していた。

何より、昼になっても父が目覚めていないのはおかしい。父はこれまで意識を混濁させても、必ず朝には目覚めていた。日が高く昇ってもなお寝ていた日など、一度もない。

毎朝父の様子を確認しているはずのラルフがエリーゼに何も報告しに来ていないのは、きっと疲れが出たのだと考えたからだろう。エリーゼも昨夜はそう思った。

しかし、普段と様子が違いすぎる。

エリーゼは腹の底から湧き上がってくる恐ろしい予感には気づかぬふりをして、父の耳元に唇を寄せた。

「……お父様？　もうお昼よ、お目覚めにならない？　お疲れだとは思うのだけれど、一度だけでいいから、起きてください。……お父様？　ねえ、お父様」

エリーゼは自分ならしっかり目覚めるであろう声量で声をかけた。でも父は反応せず、呼吸をするだけ。

エリーゼの鼓動はますます速度を上げ、耳元でも己の心音が聞こえてくるような錯覚に陥った。焦りを隠し切れなくなってきている己に、言い聞かせる。

――落ち着いて。大丈夫よ。これは今までと何も変わらないじゃない。お父様は私がどんなに声をかけても、いつも応じてくださらなかったわ。

何を話しかけようと、自分を見てくれない父の姿を寂しく見つめ続けた日々を思い起こし、己を奮い立たせる。エリーゼは狼狽えぬよう自分を必死にコントロールして、今度は手を伸ばした。その指先は、隠し切れぬ動揺で震えている。

――もしもお父様が……このままお目覚めにならなかったら。

ポツリと雨粒が一つ落ちるように、頭の中で暗澹とした未来を想像する己の声が聞こえた。

エリーゼは身を強張らせ、即座に首を振る。

――そんなことない。お父様は、お目覚めになるわ！

エリーゼは臆病な自分を叱咤して、父の肩に手を置いた。

「お父様？　もうお昼よ。またお休みになられてもいいから、一度お目覚めになって」

声をかけながら揺さぶった父の体は、されるがままだった。力なくベッドに横たわり、エリーゼの手の動きに合わせて肩や腕が揺れるだけ。ブランケットや彼が身に着けた夜着が擦れる音が響く中、その瞼は微動だにしない。

一向に目覚めない父に、エリーゼはいよいよ焦燥を覚えた。鼓動が乱れ、浅い呼吸を繰り返しながら思考を巡らせる。

――どうして？　治癒魔法をかけてもらって、昨日は元気そうにしていらっしゃったのに。魔法が効きすぎて、逆にお父様の身体に負担をかけてしまったの？

するっと湧き上がった一つの可能性に、エリーゼの呼吸が乱れた。心臓は激しく脈打ち、目まぐるしい速度で血潮を全身に巡らせ、ぶわっと汗が噴き出す。

——私が、治癒魔法をかけてとお願いしたせいで、お父様が具合を悪くしたのなら……。

その時、父の懐からベッド脇に、ぽとりと何かが滑り落ちた。エリーゼが揺り動かした振動で、懐から出てきてしまったのだろう。

床に落ちたそれは、マルモア王国では珍しい、魔法で写し取った手のひらサイズの写真だった。

エリーゼは写真を拾い上げ、ぎくりとする。写っているのは、幼い少女を腕に抱く、一人の若く美しい女性だ。

二人は生気に満ちた輝く笑みを浮かべ、こちらに向かって笑っていた。雪のように白い髪は瓜二つ。瞳の色だけが、女性はエメラルドで、少女は青色だった。

太陽の光を受けて二人の髪は輝き、まるで別世界にいるかのような目映い光景になっていた。

エリーゼは、誰しも目を奪われそうな明るい笑みを浮かべるその女性を知っていた。少しずつ家の中から彼女の描かれた絵が取り払われていき、記憶もおぼろになってしまった、懐かしい人。

エリーゼの口から、凍える息が漏れる。

——お母様——。

父が懐に抱いていたのは、エリーゼを腕に抱く、在りし日の母——イルメラの写真だった。

エリーゼの全身から、一気に血の気が引く。母は、エリーゼが最初に失った大切な人だ。

母の死をきっかけに、エリーゼの人生に暗雲が満ちていった。この上、父まで失ったら——。

——これ以上の地獄が待ち構えている。

再び大切な人を失う恐怖心に捕らわれたエリーゼは、まだ見もせぬ未来に絶望し、今にも悲鳴を上げてしまいそうだった。部屋から駆け出し、誰かに助けてと叫びたくなる。

だが直前で口を押さえ、荒い息を吐いて必死にその衝動を堪えた。

――待って。今はダメよ。私、とても取り乱してる。もしもお父様がまた元の状態に戻られたら……この家を取り仕切るのは私なのだもの。私が動揺する姿は、仕えてくれている皆を不安にさせてしまう。

女主人に代わり、使用人たちを取りまとめているエリーゼは、冷静になれと己に言い聞かせた。

震える手を口から下ろし、写真を父の懐へ戻す。

意識的に深く息を吸い、何度かそれを繰り返して、平静な顔つきを取り繕った。エリーゼはそこで踵を返した。

――お医者様を呼ばなくちゃ。大丈夫よ、呼吸はなさっているもの。すぐにどうこうなるわけじゃない。……多分。

走りたい欲求を抑え、足早に父の部屋を出る。使いを出すために正面玄関の方へ向かい、キイ、とドアが開閉する音に視線を上げた。

正面玄関前に、ラルフが立っていた。昼過ぎに訪れると言っていた、アルフォンスを出迎える準備をしているのだ。

顔つきは落ち着かせても、心はどんどん焦りを募らせ、鼓動は乱れる一方。エリーゼは己の指先が氷のように冷えていくのを感じつつ、執事に声をかけた。

「――ラルフ」

お医者様を呼んでちょうだい――。

エリーゼがそう頼もうとした時、彼はふと視線を正面玄関へ向け、ドアを押し開けた。

外から陽光が正面ホールに降り注ぎ、ラルフは目を細める。

「ようこそおいでくださいました、レーヴェン伯爵」

「やあ、こんにちは。今日もいい陽気だね」

コツリと靴音を鳴らし、漆黒の上着を羽織ったアルフォンスがホールへと足を踏み入れた。彼は被っていた帽子を持ち上げて気さくにラルフに話しかけ、その後すぐに視線を転じる。

廊下からホールに出たところで立ち尽くしていたエリーゼを目に留めた彼は、宝石じみた美しい紫の目を細めた。

「こんにちは、エリーゼ嬢。昨日は君のお父上にご挨拶もできず、すまなかった。今日もとても可愛いドレスを着ているね。……今度、君の普段着も俺に贈らせてくれたら嬉しい——」

明るい光の中、情愛に満ちた笑みを浮かべる彼を見た瞬間、エリーゼの中の何かが崩れた。

昨日、彼は陰口に興じる声を他の皆と同じように聞き流すのではなく、矢面に立ってエリーゼを庇った。ヨハンが正当な妻にする価値もない娘だと罵った際には、まるで守るようにエリーゼをその背に隠した。胸の傷跡を悪しきものだと蔑まず、そんなものではエリーゼの価値は変わらないとヨハンを糾弾してくれた。

アルフォンスは、エリーゼの全てを受け入れ、認めてくれる。惜しみなく救いの手を伸ばそうとし、幸福を祈ってくれる。

過ぎるくらいに優しい彼の言動に解きほぐされたエリーゼの心は、それまでのように感情を凍らせて、平気なふりを貫けなかった。

一家を支える者として、客人には穏やかに微笑みを向けねばならない。ラルフだっている。

理性は己を強く戒めようとしたが、アルフォンスの笑顔に、エリーゼの矜持は脆く砕けた。

「お父様が……お目覚めにならないの……っ」

その声は、無様に震えていた。顔は青ざめ、瞳は動揺に揺れる。

普段とは全く違うエリーゼに、アルフォンスは目を瞠った。

一言発してしまうと、抑えてきた不安感が溢れ返り、冷静な自分には戻れなかった。

毎日毎日、不安で仕方なかった。年々体調を悪化させ、近頃はもう会話さえまともに交わせない父。自分を見てくれず、日がな一日ベッドの上で一点を見つめて過ごすだけ。その姿を見るたび、エリーゼの心は押し潰され、叫びたくなった。

——私一人で、どうやってこの家を支えていけばいいの。どうしてお父様はそんな風になってしまったの。ご病気になるほど、現実をご覧になりたくなかった？　お父様は、何かお辛い目に遭っていたの？　私なんて、その目に映したくないほどどうでも良かった——？

そんな恨み言が喉元まで迫り上がっては呑み込み、一方で、いつか来るその時を恐れていた。

母と同じように、父もまた自分を置いてこの世を去る。

その日が刻一刻と近づいているのを、切実に感じずにはおれなかった。

それが昨日、アルフォンスの手により、奇跡のように全ての憂いが取り除かれた。

自分でもわかるほど、エリーゼの気持ちは晴れ、喜びに満ちた。

これからミュラー侯爵家は、かつてのように穏やかな日々を取り戻す。鮮やかに胸に抱かれた期待は、たった一日で潰えた。それどころか、父の状態はこれまで以上に悪化した。

揺すっても呼んでも目覚めない父なんて、エリーゼは知らない。呼吸は細く、今しも儚くなってしまいそうだ。

一度抱いた希望は、以前以上の恐怖と絶望に姿を変えて、エリーゼの芯を折ろうとしていた。

――お父様が、いなくなってしまう。

エリーゼは怯えた眼差しでアルフォンスに尋ねる。

「お声をかけても、体を揺すっても、目を覚ましてくださらないの。どうしたらいいの……？　お父様、お目覚めにならないなんてこと……ないわよね……？」

確認の言葉を吐く毎に、動揺は加速した。鼓動は乱れ、血の気を失ったその顔は青いのに、瞳だけはらんらんと輝く。救いの手を求めて、エリーゼはアルフォンスを凝視する。

尋常でない様子に、アルフォンスは真顔になり、ゆっくりと歩み寄った。

「エリーゼ嬢、落ち着いて」

穏やかな彼の声は、却(かえ)ってエリーゼを焦らせた。悠長にしている場合ではないのだ。

「――そんなこと、どうでもいいの……！　治癒魔法をかけたせいで、お身体に負担がかかりすぎてしまったのかしら？　貴方を責めたいんじゃないの。全部私が望んだことだもの。もしもそうなら、私の責任よ。だけど、私が治癒魔法をかけた時はこんなことなくて……っ」

「エリーゼ嬢」

アルフォンスは宥めようというのか、近づきながらそっと両腕を広げる。

しかしエリーゼが欲しいのは、抱擁でも愛情でもなかった。こうしている間にも、父の命の灯が消えるかもしれない。

エリーゼは彼の優しさを拒むが如く身を竦め、数歩後退って訴えた。

「お父様を、失うわけにはいかないの。この家には、お父様が必要なのよ……！」

言ってから、そうではないと心が否定した。

家のためなんかじゃない。エックハルト男爵家に婚約を解消され、ミュラー家がお取り潰しになったってエリーゼは構わなかった。エリーゼが望むのは——家の存続ではない。

青い瞳に涙が込み上げるのを感じ、エリーゼは両手で顔を覆い隠して本心を叫んだ。

「——もう誰も、失いたくないの……っ」

近づいてきていたアルフォンスが、ぴたっと足をとめる気配がした。

懸命に歯を食いしばり堪えようとするも、迫り上がった涙は溢れ、頬を伝い落ちる。

十年零さぬよう努めてきた涙は、押し隠してきた弱い心の扉までも押し開き、本音を吐き出させた。

「これ以上は、耐えられないの……っ。お母様も、お祖父様も、エドもいなくなった……っ。——お父様までいなくなったら、私、もう生きていけない……！」

アルフォンスは、エリーゼが母や祖父、友人を亡くしていることなど知らない。だから彼にはわけのわからない訴えだと頭の隅で冷静に注意する自分もいた。だが感情は乱れ、口を閉じられなかった。

「お願いよ、アルフォンス様。大切な人がいなくなるのは、もう嫌なの……！　お父様を助けて！」

それはもはや慟哭にも似た、叫びだった。

愛する人がこれ以上一人でも欠ければ、エリーゼはもはや立っていられなかった。家を支える力も、己の命を保つ気力も維持できはしないだろう。家族を守るために全力を尽くしてきた心はとっくの昔に疲弊し切り、更なる苦しみを受けとめる余力は残っていなかった。

父を失えば、エリーゼは自死を選ぶ。

アルフォンスは嗚咽を堪え、ぽたぽたと指の間から涙を零すエリーゼを呆然と見つめた。そして再び足を動かし、エリーゼの目の前に立つ。

治癒魔法が原因なら、父を壊したのはアルフォンスだ。彼に救いを求めるのは間違っている。

しかしエリーゼは、彼を責められなかった。

アルフォンスは、出会ったその日からエリーゼを守り、支えようと手を差し伸べ続けた、聖人のような男性だ。

目が合えば慈しみ深く微笑み、言動の端々には優しさを感じさせる。その彼が、悪意や恐ろしい計略を抱えているとは到底思えず、何か違う原因があるなら、どうか父を助けてと頼らずにはおれなかった。

目の前に立ったまま何も言わない彼を、そっと見上げる。

アルフォンスは眉根を寄せ、なぜか彼も辛そうに顔を歪めていた。どうしてそんな表情をするのかわからず、エリーゼは目を瞬かせる。その拍子にまた涙が頬を伝い落ち、アルフォンスは弾かれたようにエリーゼを抱き竦めた。

「……今まで、ごめん。俺は、自分の気持ちしか考えてなかった」

突然力強く抱き締められたエリーゼは、びくっと肩を揺らした。彼に謝られる理由に見当もつかず、当惑する。

彼は微かに震える息を吐き、耳元で懺悔するように言った。

「……エリー。君が辛い時は、必ず俺が救うと約束する。だからどうか、泣かないで」

そのまま顔を寄せ、目尻に温かな何かが触れる。ちゅっと音がして顔を離され、エリーゼは間近で見下ろす彼を見上げて、何が起こったのか把握した。

アルフォンスは、エリーゼの涙をキスで拭い取ったのだ。

心臓が大きく跳ね、エリーゼはかあっと頬に朱を上らせる。

婚約者でもない異性に、キスをされてしまった。ふしだらな行為だと、拒むべき場面だ。

しかしアルフォンスに恋しているエリーゼは、嫌だとは感じず、反応に困った。

「あの……えっと」

キスに礼を言うのも変だし、どうしよう――とおろおろしていると、彼は微笑んだ。それはこれまでとは比べ物にならないくらいの慈しみ深い表情で、エリーゼは否応なくときめきを覚えた。

言葉を失って見惚れている間に、彼は穏やかに話しかける。

「……エリーゼ嬢。怖がらせて、ごめんね。君のお父様は、じきに目覚めると思う。恐らく今は、治癒魔法の副作用で眠られているだけだろうから」

「え……？」

副作用という耳慣れぬ文言に首を傾げると、アルフォンスはわかりやすく教えてくれた。

なんでも、エリーゼの使う初級の治癒魔法ならほぼないが、彼が使う上級魔法ではまま起こる現象らしい。

「治癒魔法は奇跡を起こすわけではなく、病の治癒を補助する魔法だからね。君のお父上の身体は今、体力の全てを治癒に注いでいて、それ以外に力を使えない状態なんだ。治癒魔法をかけたあとの数日間は、目覚めて元気に動き回っているかと思えば、翌日は寝たままなんてことがよくある。だけど魔法での治癒が主流じゃないマルモア王国では、知らない人の方が多いだろう。先に説明しておかず、すまなかった」

謝られたエリーゼは、安心すると共にじわじわと羞恥心を覚えていた。

父が二度と目覚めないのではと不安に押し潰され、狼狽の限りを尽くしたが、全くの勘違いだったのである。

エリーゼは涙を零して助けを求めた自分をいかにも大げさに感じ、耳まで赤くした。

「そ……そうなのですか……。みっともなく取り乱してしまって……こちらこそ、ごめんなさい」

恥ずかしすぎて俯き、はたと彼の腕に包まれている状態に気づく。

恋をした異性との近すぎる距離に、エリーゼはますます頬を赤らめ、熟れたリンゴのように首まで染めた。

「みっともなくはないよ。誰だって、大切な者を失いかければ焦り、慌てる。今回は、事前に副作用の話をしていなかった俺が全面的に悪い」

アルフォンスはどこまでも鷹揚（おうよう）に言って、エリーゼの顔を覗き込む。その眼差しや微笑みが、これまでよりもずっと優しく見えるのは、気のせいだろうか。まるで何かを切り替えたかの如く、態度が甘い。エリーゼは嬉しさと戸惑いを感じながら、首を振った。

「いいえ、早とちりしてしまった私が悪いのです……っ。ですから、その……そろそろ、腕を離していただいてもよろしいでしょうか……。おかげ様で、落ち着きました。ありがとうございます……」

いつの間にか、エリーゼの涙はとまっていた。

気恥ずかしさと共に彼の胸を押すと、彼は抵抗せず手を離してくれた。そしてにこっと笑う。

「俺の腕が君を落ち着かせられたなら、とても光栄だ。また何かあれば、いつでも差し出すよ」

いつだって抱き締めてあげると言われ、エリーゼの心臓がドキッと跳ねた。恋心が胸を熱くしかけて、エリーゼはふと冷静になる。

――もしかして、これは……私が泣いたから、特大サービスをしてくれているのではないかしら。

今日の彼の態度は、いつも以上に甘々だ。その理由を考えると、単純に喜ぶのもいかがなものかと思う。

彼は、婚約者はいないと話していた。だからフリーに違いはないが、他者とは比べ物にならぬほどの美貌に、公爵令息という地位、おまけに王宮魔法使いの役職まで持っているのだ。

こんな全てが揃った貴族令息を、他の令嬢が放っておくはずもなく、その分、経験豊富なのは間違いない。つまり、泣く女性の扱いも熟知している。

女性慣れしていそうな彼のセリフにより、すっと現実を思い出したエリーゼは、今のセリフは社交辞令だなと判断した。自分だけが特別扱いされたわけではない。

エリーゼは叶わぬ恋心がこれ以上暴れないよう、理論立てて己を落ち着かせ、ふうっと息を吐いた。

その様子をじっと見ていたアルフォンスは、不意に鼻先も触れそうな距離に顔を寄せる。エリーゼはまたもドキッとしてしまい、間近で微笑まれると、やっぱり恋心がぽっと燃え上がった。

アルフォンスは案外に長い睫毛で彩られた紫の瞳を艶やかに細め、囁きかける。

「……エリーゼ嬢。お願いがあるのだが、君がヨハン殿と婚約解消した暁には、ぜひ俺を君の伴侶候補にしてほしい」

「……はん、りょ……？」

近すぎる距離にドギマギして、エリーゼは咄嗟に彼が何を言っているのか理解できなかった。目をぱちくりさせるエリーゼに、彼は頷く。

「そう、伴侶。指を咥えて他の男に君を譲るのは、もうやめたんだ。だからもしも君が俺を選んでくれたなら、何者からも君を守り抜くと約束する。……この命の全てをかけて、君を愛し、守るよ――エリーゼ嬢」

一体何が起きているのか、全くついていけなかった。

交際も婚約もしていない――それも、決して結ばれないと信じていた好きな人から、プロポーズじみた言葉を投げかけられた。

「……それは……」

――冗談ですか？　と、思わず口走りそうになり、エリーゼは途中でやめる。

もしも本気で言ってくれているなら、傷つけてしまいそうだ。

ならば、自分も好きだと答える場面かしら――と考えると、それにも疑問が浮かぶ。

そもそも、アルフォンスはエリーゼが好きなのだろうか。彼は今しがた、伴侶にとは言ったが、エリーゼが好きだ云々とは語っていない。やっぱりこれは、揶揄われているのか――。

あれこれ考えている間に、アルフォンスは身を離した。

「すぐに答えを出さなくていいよ。俺もじっくり君を口説くつもりだから、君も時間をかけて俺を品定めして」

彼は爽やかな笑みを浮かべ、エリーゼの手を取る。

「――さて。それじゃあひとまず、君のお父上にお会いしに行こうか？　念のため、様子を確認したい」

「あ……っ、はい……！」

父を診てくれるのはありがたい。

混乱し切っていたエリーゼは、ひとまず頷き、彼は勝手知ったる他人の家で、エリーゼの手を引いて父の部屋へと向かった。

五章

一

目覚めない父の容態を確認したアルフォンスは、その様子を見て、エリーゼが狼狽するのも無理はないと改めて宥めてくれた。

廃人同然の状態まで身体を壊していたので、回復するために相当体力を使っているらしく、眠りが深くなりすぎているそうだ。しかし回復するにも栄養は必要で、途中目覚めて食事を摂れるよう、彼は新たに眠りを浅くする魔法をかけてくれた。

空腹になればまた目覚めると言われ、エリーゼはようやく安心した。

「ありがとうございました。今日は取り乱してしまって、本当に申し訳ありません」

人前で泣いたのは久しぶりすぎて、エリーゼは情けなく照れ笑いを浮かべる。

父に魔法をかけてもらったあと、エリーゼはお礼を兼ねてお茶でもと言い、彼を庭園に誘った。

気の利く執事は、アルフォンスがエリーゼと一緒に父の部屋へ向かった時点で準備をしていたらしい。二人が庭園の円卓に着くなり、熱い茶が振る舞われた。

向かいの席に座ったアルフォンスは、優美な仕草でお茶を口に運び、柔らかく笑う。

「いや、大丈夫だよ。親でも友人でも、大切な人を失うかもしれない状況は、誰でも恐ろしい」

目を伏せる彼を正面から改めて見たエリーゼは、瞳をとろりとさせた。王宮の宴で遠目に見た日と同じく、やはり彼は美しい。

濡れたような烏の濡れ羽色の髪も、整った眉も、切れ長の瞳も。中性的にすら見えるのに、すらりとして見える身体は鍛えられているらしく、以前は倒れかけた父を軽々と抱き上げてしまった。

――やっぱり、さっきの話は冗談か何かよね。

『君がヨハン殿と婚約解消した暁には、ぜひ俺を君の伴侶候補にしてほしい』

もしも本当ならとても嬉しいけれど――とほんのり浮ついた気分で、エリーゼは自分もお茶を飲む。ティーカップに視線を落とし、小さく笑った。自分のような何の取り柄もない令嬢に、突然隣国の公爵令息がプロポーズするなんて、夢物語もいいところだ。アンネが好きな恋愛小説ならあり得るが、現実はそう甘くない。

エリーゼは茶をこくりと飲み込んで、庭に目を向けた。

――そうだ。来週、宴を開くから準備をするように言われたのだったわ。どうしようかしら。バルバラ様やヨハン様の思惑があるのかもしれないけれど……アンネの成人を祝うパーティだもの。できるだけ華やかにしてあげたいわ……。

家を取り仕切っているエリーゼは、己の恋路からすぐに現実問題に思考を引っ張られた。色々と準備のイメージをして、ふと静かだなと気づき視線を正面に向ける。

アルフォンスの澄んだ紫の瞳とばちっと視線が絡み、エリーゼは肩を揺らした。彼は頬杖をついて、じっとエリーゼを見つめていた。

「あっ、ごめんなさい。ぼんやりして……っ」

退屈させていたのだと慌て、ティーカップをテーブルに戻して話題を探す。だが会話の接ぎ穂を見つける前に、アルフォンスが口を開いた。

「いや、ぼんやりというより、考え事をしていたんだろう？　君は考え事を始めると、あらぬ方向を見て黙るよね」

「まあ……私、そんなに黙り込む時がありましたか？」

彼の前で考え事をしたことがあったかしら、とエリーゼは怪訝に思い考え込む。アルフォンスは頬杖をやめ、肩を竦めた。

「あー……いや、気にしないで。君の顔を見られるだけで俺は十分幸せだから、退屈もしてないよ。……だけど何か困ってるなら、話してくれると嬉しい」

甘い言葉を挟まれてドキッとしつつも、そんなにあからさまに困り顔をしていたのかと、エリーゼは羞恥心を覚えた。

「お気にかけてくださって、ありがとうございます。でもヨハン様の調査だけでなく、父の面倒まで見ていただいただけで、十二分にありがたく……」

「大したことはしてないよ。その顔、また何か困っているんだろう？　話すだけでも問題が整理されて、解決策が出ることもあるし、一度口に出してみるといいと思うんだ。どう？　俺に話す気にならない？」

誤魔化そうとしたエリーゼのセリフを遮った彼は、何が何でも悩みを聞き出すという、強い意志を感じさせる笑みを浮かべていた。

エリーゼが躊躇っていると、アルフォンスは手を伸ばし、指先で瞼に触れる。ぱちっと静電気のような微かな衝撃が走り、エリーゼは肩を揺らした。彼は一瞬動きをとめ、そのまま小声で呪文を唱える。歌のようなその音に耳を澄ましていると、腫れぼったかった瞼から熱が引くのを感じた。

「……瞼の腫れを取ってくださったの？」

エリーゼの周りに、微かに光の粒子が舞っている。確認すると、彼は穏やかな眼差しで頷いた。

「うん。どんな顔でも可愛いけど、泣き腫らした顔よりいつもの君の方がいいかなと思って」

彼は放っておくと、どんどん甘い言葉を口にする。エリーゼは頬を染め、視線を落とした。

「あ、ありがとうございます……。でも、その、お世辞は大丈夫ですから……」

世慣れていないので、真に受けてしまいそうだ。できればやめてほしい、とお願いすると、アルフォンスは怪訝そうにする。

「ん？　お世辞は言ってないよ。君は可愛いって、前から言ってるよね？　全部、本心だよ」

「え……っ」

確かに、出会った日からアルフォンスはエリーゼを褒めてくれていた。しかし全部社交辞令だと思っていたエリーゼは、どんな反応をしたらいいのかわからない。

おろおろするエリーゼを置いてきぼりにして、アルフォンスは話を進めた。

「で、何を悩んでいるのかな？　聞かせてくれる？」

これは、答えるまで絶対に尋ね続ける気だ。エリーゼは彼の意思を汲み取り、翻弄されてドキドキしている胸を押さえながら、来週の宴について話した。

「食器やクロス類は祖父の時代の物を使い回せるのでいいのですけれど、食事やお酒類を揃えるのが難しそうで……。アンネのドレスはもうできているみたいですから、そこだけは幸いですが」

アルフォンスもさすがに急すぎると思ったようで、こめかみを押さえ、唸る。

「……そうか。その宴には、ヨハン殿も参加するのかな?」

「きっとそうだと思います。招待状はバルバラ様が手配すると言っていたので、私はまだお客様の詳細までは知らないのですけれど……」

答えると、アルフォンスは視線を上げて頷いた。

「そうしたら、食事や酒類の手配は俺がしておこう。宴は離れの館で開く予定かな? 大体百五十名くらいを想定したらいいだろうか」

エリーゼの家は、祖父の時代までは堅実でそれなりに裕福だったので、宴用に建てられた離れもあった。

離れはアルフォンスの言う通り、百五十名くらいを収容できる。でも最近は三十名前後しか招いていなかった。ミュラー侯爵家の使用人は数えるほどしかおらず、客人がたくさん来ても捌き切れないからである。

バルバラが宴を開くと言うたび、エリーゼは口を酸っぱくして限界人数を伝え、それを超えないよう頼んでいた。

「お父様が倒れてからも何度かバルバラ様が宴を開いていますが、いつも三十名程度しか呼んでおりませんので、今回もそんなには招かれないと思います。あとでバルバラ様に聞いて、人数を確認しますが……アルフォンス様にそこまでしていただくわけにはいきません」

もしも手配を手伝ってくれるなら、当然費用はこちらが支払うが、アルフォンスの時間を奪うのも悪い。

「なるほど。じゃあこっちで何人招待しているか確認して、多そうなら人手の手配もしておくよ」

「まあ、そんな」

エリーゼは目を丸くした。気持ちだけ受け取ろうとしたのに、彼はそれを聞き流し、人員まで手配しようと言い出した。なぜそこまで手伝おうとしてくれるのかと驚くエリーゼに、彼はにこっと笑う。

「その代わり、俺と幾人かの部下も宴に出席させてくれるかな？　君の友人ということで。食事や酒類を肩代わりすると言えば、ミュラー侯爵夫人もお許しになるだろう。あんまり手を貸されるのが気になるなら、惚れた弱みだとでも思ってくれていたらいいよ」

「……ほれた、よわみ……？」

エリーゼは聞き慣れない言葉が理解し切れず、オウム返しをした。先程正面ホールでしたように、目をぱちくりさせる。

アルフォンスはエリーゼの表情を見て、ははっと笑った。

「あれ、もしかして本気にしてもらえてないのかな？　さっきヨハン殿と婚約解消した暁には、俺を君の伴侶候補にしてほしいって言ったのは、本心だよ」

「――え」

目を点にしたエリーゼに、彼は笑みを消す。机の上に置いていた手をそっと握り、真摯な眼差しを注いで告げた。

「エリーゼ嬢、これは冗談じゃない。俺は本気で、君を口説き落とし、妻にしたいと思ってる。だから君もどうぞ、真剣に考えて」

それはどうあっても嘘だとは思えぬ表情で、エリーゼの心臓は今日一番に高く跳ね上がった。

——本気って、そんな。どうしてですか？　いつ、どこでそんな気持ちに？　私のどこが……？

頭の中では無数に疑問が湧き上がるも、驚きすぎて口から声は出ない。狼狽して硬直していると、アルフォンスの肩口に影が差し、彼は視線を上空へ向けた。

いつかのように、アークが舞い降りる。重ねられていた手が離れ、アークに差し出された。アークはまた聞こえぬ声でアルフォンスに報告を入れ、エリーゼは目立たぬようほっと息を吐く。

アークが再び空に舞い上がると、アルフォンスはため息を吐いた。

「すまない。もう少し君を口説きたかったのだが、また仕事が入ってしまった。君の妹君にヨハン殿の件を話すのは、二日後くらいでも大丈夫かな？　その間、ヨハン殿が妹君にコンタクトを取らぬよう、こちらで妨害しておくよ」

アルフォンスはつらつらと今後の予定を立てていき、机の脇に置いていた帽子を被る。エリーゼは座ったまま、そういえば今日はアンネにヨハンの浮気現場を見せる約束もしていたのだと思い出した。色々ありすぎて、すっかり失念していた。

日を遅らせる提案に反対する理由はないが、何から何までアルフォンスがやってしまおうとしていて、エリーゼは眉尻を下げる。

「あの……それは、問題ないですけれど……」

アルフォンスは遅れて立ち上がろうとしたエリーゼに近づき、手を差し伸べた。

「ああ、それと——考えたんだが、妹君にヨハン殿の話をする時は、アルミン君もいた方がいいんじゃないかな？　差し支えなければ、俺から彼に連絡をしておこうと思うんだけど、構わない？」

エスコートしてくれるのだと気づき、エリーゼは密やかに胸をときめかせて、彼の手を取って立ち上がる。些細な動作も見逃さない彼の姿勢は、惚れているという言葉が真実なのだと感じさせる。それに新たな提案は、妹への思いやりが窺えて、優しさにまた胸が騒いだ。

アルミンとアンネは、気心の知れた幼馴染みだ。アルミンがヨハンとの恋路を反対してアンネは怒り狂ったが、彼はそれでも見放さず、花や手紙を送ってコミュニケーションを取っている。

病気になった際はほぼ毎日見舞いに訪れ、熱に浮かされるアンネを励ましてもくれていた。

事実を伝えたあと、エリーゼもアンネを宥めるつもりでいたが、アルミンがいれば、妹はより慰められるだろう。

浮気調査の協力だけでなく、その後のケアまで考えてくれるアルフォンスの気配りに、エリーゼは感動すら覚えた。

「それは素晴らしいご提案だと思います。ですが手紙なら私からも送れますので、こちらでしたためておきますね」

何もかも頼っては悪い。提案だけ受け取ると言うと、彼は眉尻を下げる。

「大丈夫だよ。魔法ですぐ送れるから、こっちでしておく。君は日頃から一人で色々と抱え込んで、疲れているだろう？　時間ができたら、休憩してくれると嬉しい」

さらっと気遣われ、一人で全てこなさねばと神経を張っていたエリーゼは、身体から力が抜けていくのを感じた。やはりアルフォンスは、エリーゼの緊張を解くのが上手い。

彼が引き受けた作業量はかなり多い気がしたが、あとで立て替えてもらった費用だけでも返済しよう。エリーゼはこれ以上拒むのも無粋に感じ、心の中でけじめをつけるところを見定めて、にこっと笑った。

「お気遣いありがとうございます、アルフォンス様。……それでは、お言葉に甘えます」

アルフォンスは愛情の滲む笑みを返した。

「君のためなら、俺はなんだってしよう――エリーゼ嬢。どうぞ良い夢を」

最後の言葉はそっと顔を近づけて囁かれ、間近で艶っぽい視線を浴びたエリーゼは、頬を赤く染める。恥ずかしくて目を逸らしたくなるも、感謝の気持ちが伝わるよう、視線を重ねたまま答えた。

「アルフォンス様も、良い夢を」

「――ありがとう」

アルフォンスは至極嬉しそうな顔をして、呪文を唱え、瞬きのあとには忽然と姿を消していた。

彼が転移した名残か、温かな風が頬を撫でていき、エリーゼはほおっと息を吐く。

あれこれ問題は山積みなのに、恋までしてしまい、エリーゼの心臓は忙しく鳴りっぱなしだった。

二

二日後――アルフォンスは約束通りミュラー侯爵邸を訪れた。同時刻に訪れると思っていたアルミンはあとから来るらしく、彼は二人で先にアンネに映像を見せようと言う。
曰く、アルミンには真実を知ったあとに登場してもらった方が、アンネも素直になれるだろうから、とのことだった。

今日アンネは、想い人の浮気を知る。自分の恋人の不実を友人と共に見せられるのは、人によっては矜持が傷つき、屈辱を覚えるだろう。

アンネの性格ならば、それは顕著なはずだ。裏切りを目の当たりにして、最初こそは悲しくなるが、同時に恥ずかしさも覚え、そこから怒りが湧く。

アンネは浮名の多い男だと周囲に忠告されながらも〝そんなことはない。これは運命の恋だ〟と反発していたのだから、尚更だ。

映像を見たアンネは、恐らく真実を見せた者たちに「皆ここから出て行って!」と叫び、そしてその後、一人で泣く。

そこで顔を出して慰めるのは、エリーゼよりもアルミンの方が良かった。

婚約破棄を長引かせるため、エリーゼは自分もヨハンに恋をしているとアンネに嘘を吐いている。だからアンネにとってエリーゼは恋敵で、そんな姉に慰められても、間違った想像をするだけだ。

——お姉様は、さぞかし溜飲が下がったでしょうね——と。

対して、普段から彼女に献身的に接してきたアルミンの慰めなら、アンネも素直に受け入れるだろう。

アルフォンスは、会ったこともない妹の性格を正確に理解し、気持ちを慮って動こうとしていた。

「アルフォンス様は、アンネと一度も会っていませんよね? よくおわかりになりますね」

屋敷の中に通し、アンネが過ごしている温室に向かう途中、エリーゼはアルフォンスがどうやって妹を理解したのか不思議で尋ねた。

今日は随分と目立たない、僅かに色みの違う黒糸で刺繍を入れた黒の上下を纏うアルフォンスは、何気なくこちらを振り返る。すぐに口を開こうとして、ふと妙な間を置いた。それから改めてにこっと笑って応じる。

「……仕事柄、よく人を見ていると、思考傾向もわかるようになるんだ」

彼は以前、王宮魔法使いとして王族の傍近くに仕えているので、近づく人をよく観察すると話していた。その延長線でわかるのかと、エリーゼは納得しかける。しかしアルフォンスはアンネに一度も会っていないのだから、観察などできず、思考傾向を把握するのは不可能だ。

訝しく思って聞き返そうとしたところ、彼が正面を指さして、エリーゼは口を閉じた。

「あそこかな？」

二人で歩いていた外回廊の先に、アンネが本を読んで過ごしているだろう温室が見えた。

思ったより早く到着してしまい、エリーゼは生唾を呑み込む。

ヨハンの本心を知った以上、姉としては何としてもアンネには目を覚ましてもらいたかった。男性に免疫がないアンネは、経験豊富なヨハンにとって簡単に籠絡できる相手だったろう。

もしもあの子がヨハン以外の男性に恋をしていたなら——と、口惜しく感じずにはおれない。

明らかに表情を硬くしたエリーゼを見て、アルフォンスは気遣わしげに声をかけた。

「……大丈夫？　君から言いにくいなら、俺が全部説明するよ」

どこまでも頼りになる申し出に、エリーゼは自分の緊張が抜けるのを感じ、微笑んだ。

「いいえ、私から伝えます。あの子の目を覚まさせたいのは、私です。あの子を傷つけ、嫌われる覚悟とて持たねばなりません」

エリーゼは深く息を吸うと、背筋をまっすぐに伸ばして回廊を進んだ。そして祖父の時代から建っている年季の入った温室の出入り口に立ち、中を覗き見る。

明るい太陽の光が降り注ぐ温室には、色とりどりの花が咲き乱れていた。その最奥に一つ置かれた長椅子に、アンネが座っている。

彼女は、腰に届く金色の髪を垂らし、俯いて本を読んでいた。艶やかな髪には天使の輪ができ、身に纏う白のシュミーズドレスは光を受けて、淡く輝いて見えた。まるでこの世のものではないような美しい姿に、エリーゼは一呼吸の間見惚れる。

アンネは、健康的になればなるほど美しさを増した。姉の欲目もあるとはいえ、あの子を見れば、どんな男性も心奪われてしまうのではとも思う。

幼い頃から半分しか血の繋がらない姉を無邪気に慕い、大好きと言って憚らない可愛い妹。ケンカをしても自分に非があると思えば、あの子は素直に謝れる。そんな良い子を、エリーゼは今から傷つけるのだ。

小鳥のさえずりが空の彼方から響き渡り、エリーゼは妹に呼びかけた。

「アンネ、少しいい？」

アンネは反射的に笑みを浮かべて、顔を上げた。

「お姉様――……と、お客様……？」

アンネは、エリーゼの隣の見知らぬ青年をきょとんと見上げる。

ヨハンを巡っての諍いの最中のはずなのに、アンネはエリーゼが不意に現れると、以前同様の反応を見せる。だが少ししてからそのことを思い出し、機嫌を悪くするのだ。

そういう態度を目にするたび、エリーゼは妹のヨハンに対する想いはさほど深くないのではと疑いを抱いた。

真実恋をしていたら、その感情は常に頭にあるものではないだろうか。それともエリーゼを慕っているから、つい嫌悪感を忘れてしまうのか。

妹の気持ちを理解し切れぬまま、エリーゼはアンネの前まで近づき、傍らに立つアルフォンスを紹介した。

「貴女は初めてお会いするわよね。こちらはブロンセ王国で王宮魔法使いを務められている、アルフォンス・レーヴェン伯爵よ。ブランシュ公爵家のご嫡男。先日王宮で開かれた三季の宴でお会いしたの」

エリーゼの声を聞きながらアルフォンスをじっと見つめていたアンネは、なぜか不審そうに眉根を寄せた。じろじろと彼の頭から足先まで視線を走らせ、口元を歪める。

「そう……三季の宴で知り合われた、ブロンセ王国の王宮魔法使い様ですか……。それも、公爵令息の……」

アンネは幼い頃から初対面の人には愛想良く挨拶する子だった。それが今日はやけに不愛想で、エリーゼは首を傾げる。アルフォンスは初対面から嫌悪されるような外見ではない。年若い少女なら大体が瞳を輝かせ、お近づきになりたいと考えそうな美青年だ。

エリーゼはアルフォンスの横顔を見て、やっぱり素敵だわと一人納得し、アンネに視線を戻す。

「……アンネ？　そんなお顔をしちゃ、お客様に失礼でしょう？　きちんと貴女もご挨拶して」

注意すると、アンネは表情を改めぬまま不承不承立ち上がり、膝を折った。

「……初めまして。私はアンネと申します」

ぶすっとしたアンネの表情に、アルフォンスは爽やかに笑って手を差し出す。

「お会いできて嬉しいよ、アンネ嬢。姉上が〝天使のように可愛い〟と豪語するだけあって、大変可愛らしい方のようだね」

アンネは「え?」と戸惑い、エリーゼもまた目を瞬かせてアルフォンスを見返した。

妹が〝天使のように可愛い〟のは事実だが、そんな話をした記憶はなかった。アンネはアルフォンスの何かを疑っているようだから、取り入るための出まかせだろうか。そう考えて、エリーゼは唇を押さえる。

――いいえ、私……よく言っていたわ。『私の妹は天使のように可愛いの』と。

社交界にほとんど出ていないエリーゼは、友人もおらず、妹を自慢する相手はとんといなかった。しかし遠い昔になら、毎年同じような話を繰り返ししていた。

テュルキス王国に住まう祖父のもとで過ごしている間――エドにしょっちゅう妹の話をしていたのだ。

エリーゼは眉根を寄せる。アルフォンスと出会って以来、何度も既視感を覚えた。彼は端々でエドを思い起こさせる。

――いくらなんでも……多すぎない……?

外見は全く違う。だけどアルフォンスの言動は、あまりにエドに似ている。

エリーゼはこれまでのアルフォンスの振る舞いを思い出し、はっとした。

つい先日、父が目覚めなくて狼狽したエリーゼを宥めたアルフォンスのセリフが、不意に脳裏を駆け抜けたのだ。

『エリー。君が辛い時は、必ず俺が救うと約束する。だからどうか――』

――〝エリー〟。

あの時は気が動転していて意識しなかったけれど、この世でエリーゼをエリーと呼んだのは、エドただ一人だった。

――……偶然？

エリーという愛称は、さほど珍しくない。アルフォンスがなんとなく親しみを込めて呼んだだけだった可能性はある。それでも――彼はあまりにもエドに似ている。

――もしかして……アルフォンス様は、エドなの……？

心の中でエリーゼが問いかけた時、気を取り直したアンネがアルフォンスと握手をし、尋ねた。

「……貴方、詐欺師でいらっしゃらないでしょうね？」

突然、半眼になった妹から無礼極まりない言葉が発せられ、エリーゼは目を剝いた。それまで考えていた内容は全て頭から消え去り、慌てて横から口を挟む。

「アンネ、貴女何を……っ」

アンネはアルフォンスから手を離し、叱りつけようとしたエリーゼに不満そうに向き直った。

「だって、三季の宴に他国の方が来るなんて、今まで聞いたことないわ。どこかから宴に忍び込んで、美しいお姉様に一目惚れした詐欺師かもしれないじゃない。こんなにお顔が整った方が王宮魔法使いで公爵令息だなんて、絶対あり得ないわ。設定を盛りすぎ！」

「せ、設定……？」

エリーゼは妹の話についていけなかったが、アルフォンスは驚くでもなく、くすっと笑う。

「そっか。小説の中ではそういう話、よくあるもんね。可愛いご令嬢を盗賊や詐欺師が見初めて、連れ去ってしまうのだろう？」

アルフォンスの合いの手に、アンネは然りと言いたげに頷いた。

「そうよ！　そして真の王子様が救いに来てくださるの。姫は助けてくださった王子様に心奪われ、その後二人は結婚するの」

アンネは作り話を現実でも起こるはずだと信じているかのような顔つきで答え、アルフォンスはそれをちっとも馬鹿にせず応じる。

「その場合、君のお姉様を救ってくれる王子様は、ヨハン殿になるのかな？　婚約者だものね」

当然そうなるよねと問われ、アンネは言葉に詰まった。しまったと顔とばかりにエリーゼの顔色を横目に窺う。目が合うと、気まずそうにさっと床に視線を落とした。

「そ……それは、わからないわ……。げ、現実は、小説と違うもの……」

さすがに今日会ったばかりの客人に、姉の婚約者は自分の恋人だからそれはない、とも言えない。

言葉を濁されたアルフォンスは、何も気づいていないような表情で頷いた。

「まあ、そうだね。現実ではタイミング良く王子様が助けに来てくれるとは限らない。それに実際の王宮の警護はかなり厳しくて、入宮する者の身元は必ず確認される。宴が開かれる時なんて特に厳重だ。城壁も多数の兵で守られ、不埒な輩が侵入できる隙など一切ない」

「そ……そうなの……？」

王宮に出向いた経験がないアンネは、残念そうに眉尻を下げる。

アルフォンスはまるで講師が生徒に話すように、聞き取りやすい速度で続けた。

「うん。残念ながら、現実はそうなんだ。そして俺の職業や出自はあり得ない設定のようでいて事実だし、一方で君が恋をした相手が不誠実な男であることもまた――現実なんだよ、アンネ嬢」

あの無礼極まりない挨拶から流れるように本題へと話がすり替えられて、エリーゼはアルフォンスの話術に驚嘆した。

アンネは話の転換が早すぎてついていけず、ぽかんとしている。

アルフォンスは呪文を唱え、右手に杖を出す。もう一方の手で上着の内ポケットから小さな宝石を取り出し、アンネは目をぱちくりさせた。

「……杖を持っているなんて……貴方、本物の……王宮魔法使いだったの？」

エリーゼから魔法の話をよく聞いていた妹は、力の強い魔法使いは杖を使うと知っている。

アンネに問われたアルフォンスは、気さくに答えた。

「そうだよ。そしてこのアメジストはただの宝石ではなく、映像を記録した魔法石だ。昨日エッシェ園で見られた光景がこの中に入っている」

「……エッシェ園……？　そういえばお姉様、昨日お出かけされていたわね」

少しずつ先程のアルフォンスのセリフを理解し始めているのだろう。アンネは冴えない表情でエリーゼを見返した。

これから妹を傷つける罪悪感に、エリーゼは顔を歪めそうになる。しかしこれも己の負うべき責任だと心の中で自らを叱り、微笑んだ。

「ええ、そうね。アルフォンス様と出かけていたのよ」

「お二人で出かけたの？　デートをしていらっしゃったの？」

アンネが心持ち瞳を輝かせ、エリーゼは眉尻を下げた。妹がなんとか現実から目を逸らそうとしているのが、わかった。アンネは、自分の好きな色恋話に話題を変えたいのだ。

だがエリーゼは心を鬼にして、首を振る。

「いいえ、デートじゃないわ。調査よ。ヨハン様が誠実に貴女を愛していらっしゃるのか、確かめに行ったの」

「……どういうこと？　エッシェ園に行けば、ヨハン様が私を愛している証拠が見られるの？」

察しているだろうに、アンネはなおも理解を拒む返答をする。

エリーゼはアンネの気持ちを想像すると辛くなり、唇を噛んだ。恋をした相手の裏切りを知るのは、苦痛に決まっている。

けれどももし彼と結婚すれば、きっとアンネは苦しむ。まして子を産む道具としてヨハンにいいように扱われ生涯を終えるなど、姉として断固受け入れられない。

エリーゼはすうっと息を吸い、アンネの両肩に手を置いた。

「……アンネ。こんな真似をするお姉様を、嫌っていいわ。一生許さなくていい。――だけどお願いよ。昨日あった出来事をその目で見て、それでもヨハン様が愛するに足る方かどうか、よく考えてほしいの」

瞳に覚悟を宿して頼むと、アンネの返事を待たず、アルフォンスが呪文を唱えた。

杖先から真っ白な光の煌めきが無数に湧き上がり、彼が手にしていた宝石が宙に浮かぶ。宝石に杖先が向けられると、一筋の光が放たれ、温室のガラス上に映像が映し出された。

人気(ひとけ)のない庭園で令嬢と抱き合うヨハン。彼は愛しげに令嬢を見下ろし、二人は会いたかったと想いを伝え合った。それからも愛を囁き合い、唇を重ねる。

エリーゼは残酷な映像を見せながら、心配で妹を確認する。アンネは目を見開き、呼吸も忘れたかのように釘づけになって、二人のやり取りを見つめていた。

長時間見るに堪えない情熱的なキスが始まると、アルフォンスは映像を消す。

恋人たちの会話が途絶え、温室はまるで深い夜の闇に落ちたかのように、しんと静まり返った。

アンネは映像から己の足元へと視線を落とし、黙り込む。しばらくして、ぼそっと呟いた。

「……ねえ……あの方……。ヨハン様のお相手の方……。他に、婚約者がいらっしゃるの……？ヨハン様と婚約したかったと、おっしゃってたわ」

誰に対して尋ねたのかわからなかったが、エリーゼより先に、アルフォンスが答える。

「そうだよ。お相手の令嬢も、正式な婚約者がいる」

「……二人とも、婚約者がいるのに……別の人が好きなの……？」

アンネは混乱しているようだった。ヨハンに至っては、エリーゼという婚約者がありながらアンネを口説き、尚且つ別の令嬢にまで愛を囁いているのだ。色恋の経験がほぼないアンネには、理解が難しいのだろう。

アルフォンスは杖を消し、目を眇める。

「まあ、好きと言えば好きなのだろうが……あの二人の場合、他に結婚すべき相手がいる状況で、別の者と逢瀬を重ねるのを楽しんでいる――と言った方が正しいかな。君が読んできた恋愛小説には、登場していなかった？　浮気を繰り返してやめられない――病的な性癖を持つ人間」

アンネははっと顔を上げた。

恋愛小説で感情移入するのは、主に主人公だ。だから当て馬に出てくる人物など、意識しない。

しかしそういう者もいただろうと指摘されたアンネは、瞳に光を宿した。

「いたわ。……とても意地悪で嘘吐きな、悪者だったけれど」

アルフォンスはやんわりと微笑み、それ以上は何も言わない。

アンネは目を瞬かせ、エリーゼを振り返った。

「……嘘でしょ……？　ヨハン様が、悪者なわけない……」

その薄青い瞳は、信じたくないと語っていた。

エリーゼは眉根を寄せ、しかし妹の将来のために、はっきりと言う。

「嘘じゃないわ。お姉様たちは、ヨハン様がもっと酷いことを話している音声だって持ってる。あの方は、誠実じゃない。少なくともお姉様は、そう思ってる。――アンネ。貴女はどう思う？」

酷い質問だとはわかっていた。それでも自覚を促すために、問いかけた。

アンネは動揺を隠し切れず、瞳を揺らす。震える両手で頰を押さえ、呆然とエリーゼを見つめた。

「だって……ヨハン様は……私だけを一生愛してくださるって、誓われたの。一生何不自由ない暮らしを約束する。だからどうか、僕と結婚してくださいって……」

もしかしたら、その約束は真実だったかもしれない。ヨハンが欲しいのは爵位だ。経済力だって失う気はないだろうから、安定した生活も保障されるだろう。

ただし彼の浮名が収まることはなく、アンネが妻として愛される日々を送れるかどうかは不明だ。

いいや、アンネがこの世を去ればまた酒場に戻ると明言していた人だ。もしもアンネが生き永らえたとしても、遠からず蔑ろにして外にも女性を作るだろう。

視界の端に温室に近づくアルミンの姿が映り、エリーゼは縋るような目で自分を見る妹に静かに告白した。

「アンネ。お姉様ね、本当はヨハン様なんてちっとも好きじゃなかった。だけど婚約破棄に応じて、貴女が彼と新たに婚約し、真実を知る前に穢されてしまうのが嫌だった。だから嘘を吐いて、婚約破棄を先延ばしにしたの」

「――」

アンネは驚愕の表情になり、エリーゼは優しく目を細めた。

「アンネ。こんな酷い目に遭わせて、ごめんね。だけど真実を知った上で、答えを出してほしかったの。貴女には、幸福になってほしいから。……ここからはお姉様、何も言わないわ。貴女の気持ちを尊重する」

――たとえアンネがヨハンを選ぼうと、その時は反対しない。

言外にそう伝えると、アンネは瞳に涙を浮かび上がらせた。目を見開いてエリーゼを凝視し、首を振る。

「……私、どうしたらいいかなんて……わからない……」

守られ続けた妹は、自分で答えを出すのを拒んだ。

バルバラはヨハンとの婚約に乗り気であり、近々アンネのお披露目パーティも開かれる予定だ。そこでヨハンとの仲を公にしようとしていたのは明らか。既に招待状も送ってしまっており、宴の準備は進んでいる。それを突如やめると言い出すのは、勇気がいるだろう。

しかし甘やかし続けた結果が、ヨハンとの浮気だったという現実を知るエリーゼは、同じく首を振った。

「ダメよ。自分で考えて、答えを出すの」

「――嫌よ……！　いつもみたいに、教えて……！　私、わからない……っ。お姉様は、私がお嫌いになったの？　私を一人にしないで……!!」

ヨハンに裏切られた現実に混乱したアンネは、涙をぽろぽろと零してエリーゼに縋りつく。いつもなら抱き締め返すが、エリーゼはそれをせず、妹の身体をそっと押し返した。

拒絶されたと感じたアンネは、傷ついた顔をして、両手で顔を覆う。絶望的な泣き声が響き渡り、エリーゼの胸は締めつけられた。

「アンネ、お姉様はいつだって貴女の味方よ。貴女を愛しているもの、一人になんてしない。……だけど貴女の生き方までは、決めてあげられないの。焦らなくていいから、ゆっくり考えて。他の誰でもない、貴女自身が望む道を選ぶの。いい……？」

顔を覗き込み、母でも姉でもなく、自分で答えを出すのだと話しかけるも、アンネは首を振った。

理解を拒む姿に、エリーゼはため息を吐く。抱き締めてやりたい衝動を抑え、アルフォンスに目配せをして、エリーゼは彼と共に温室を出て行った。

その隣を、予定通りミュラー家を訪れ、温室に到着していたアルミンが走り抜ける。

優しい友人が、心細げに立ち尽くすアンネに駆け寄った。

三

眠ったまま目覚めなかったミュラー侯爵は、エリーゼが泣いて狼狽した翌日の昼過ぎに目覚めたらしい。アークを使って様子を確認させていたアルフォンスは、エリーゼも喜んでいたと報告を受け、安堵する。

エリーゼが初めて狼狽する姿を見た時、アルフォンスは肝を冷やした。彼女は明らかに冷静さを失い、一声発する毎に感情を乱していった。ぼろぼろと涙を零し『もう誰も、失いたくないの……っ』と叫ばれた瞬間、アルフォンスは、彼女も限界が近かったのだと悟った。

二十歳になるまでに、エリーゼはあまりにも過酷な人生を歩みすぎたのだ。あの家では、誰もがエリーゼを頼る。使用人も、妹も、彼女に辛辣に当たっている継母でさえ、己の生活から不始末まで、全てエリーゼに任せていた。

その一家を支えるエリーゼの心の拠り所は、父親だったのだろう。あれほど取り乱したからには、当人の言う通り、父親を失えばもう生きていく気力は消失したはずだ。

アルフォンスは、彼女を一人きりにしてきた己が不甲斐なく、謝罪せずにはおれなかった。もっと早く、エリーゼを守り、共に生きる覚悟を決めるべきだった。

既に守り抜く決意はしていたが、アルフォンスは泣くエリーゼを抱き締め、これからは自身が彼女を支えると改めて強く誓った。

精神的に疲弊し切った彼女を酷使したくなくて、煩雑な宴の準備なども大半請け負った。実際、魔法が使えるアルフォンスにとって、それらの作業はさして手間もかからない。

アルミンに手紙を送ることも、ミュラー侯爵夫人がどこの誰に招待状を送ったのか把握するのも、食事と酒を手配し、人手を用意するのも。

この国は魔道具が普及していないから、余計に楽なのだ。魔法が日常生活に使われていると、招待状などの手紙は他者から覗かれないよう、封印魔法がかけられる。しかしマルモア王国内ではそういった妨害もなく、確認は造作もなかった。

そして調べたところ、バルバラはミュラー侯爵家で開く宴に、ヨハンもしっかりと招いていた。というよりも、宴を提案したのはヨハンだった。

エリーゼとアルフォンスに浮気を見られたヨハンは、すぐにバルバラに連絡し、二人の仲を公にするよう持ちかけたのだ。

これにバルバラは乗り、招待状を即座に用意したというのだから、どれほどエリーゼを排斥したいのかがよくわかる。

ヨハンはまだ、エリーゼと婚約中だ。その状態で妹との恋仲を公にするなど、常識ある親なら決して実行しないだろう。

しかしバルバラは、己の非常識さにはいっかな気づかず、アンネの恋路を邪魔するエリーゼこそが悪者だと信じていた。世間にもそう示して、彼女を糾弾しようとしている。

しかもアンネのお披露目パーティが終わったらエリーゼを辺境へ追いやる計画までヨハンと立てていて、もはやこの手で処断してやりたくなった。

それはお粗末な内容で、誘拐を演じてエリーゼを連れ去り、辺境へ捨ててくるだけ。その後エリーゼが戻ろうとするとも考えていない様子に、呆れ果てた。

計画が実行されるなら、代わりにアルフォンスが喜んでエリーゼを攫い、隣国へ連れ帰る。だがエリーゼはそれを望まないだろうから、事前に計画を破綻させるしかない。

エリーゼは父や妹を捨てて、一人自由になろうとはしない女性だ。

それに、今やアンネもヨハンとの仲を公にしたいとは思っていないだろう。

十年間、エリーゼの日々を見守ってきたアルフォンスは、アンネの性格もそれなりに理解していた。

アンネは恐らく、もうヨハンに興味はない。もとより彼女にとって今回の騒動は、物語の中の恋を現実で体験するために起こした、本気とはいえぬ恋愛だった。年若い彼女は、初めて男に口説かれて浮かれてしまったのだ。

真実を知ったあとの態度が、全てを物語っている。

アンネはヨハンの浮気を知って、ショックは受けていた。しかしそれ以上彼に対する感情は見せず、ひたすらに姉の愛を確かめようとしていた。涙を零し、見捨てないでと縋った。

普通、浮気を知ったらそちらに感情が動くはずだ。だがあの時点で、彼女の頭にはヨハンの存在など微塵もないようだった。

自立を促す姉の態度に狼狽し、途方に暮れていた。

それだけ、アンネはエリーゼに依存して生きてきたのだろう。エリーゼもそれを知るからこそ、甘く優しい姉の顔に蓋をして、突き放したのだ。

今回の出来事で、アンネはようやく己の人生を歩み始める。

「……しかし、随分と量が多いな……。かなりの高値で売って利益は出ているだろうが、あれほど抱え込んで、捌き切れる保証でもあるのか？」

傍らに立つ男が訝しく呟き、エリーゼを取り巻く現状に思いを馳せていたアルフォンスは、ちらっと眼下へ視線を向けた。

時刻は夕暮れ。アンネにヨハンの浮気を伝え終え、エリーゼと別れて職務に戻ったところだった。

傍らにいるのは、普段と違う、地味な漆黒のお忍び衣装に身を包んだブルクハルトである。王宮でクリスティアン王子らと談笑するのに飽きたとかで、勝手に調査についてきていた。

二人は王宮からほど遠い王都の南西にある、エックハルト男爵家の屋根の上に立っている。

「……数日前から、仕入れ値が下がったんだ。だから大量に在庫を押さえ、方々に売り捌こうとしているのだろう」

アルフォンスは目を眇め、陽が沈みかけた薄暗い庭園を忙しそうに動き回る、エックハルト男爵家の使用人たちを見つめる。彼らは一抱えほどの革の鞄を、せっせと敷地内にある倉庫に運び入れていた。その中身は言わずもがな、中毒性のある怪しげな煙草である。

アルフォンスたちは流通経路を調べる過程で仕入れ値も把握しており、それが数日前から変化していることを知った。なぜかマルモア王国への輸出分だけ、値が下がったのだ。

値が下がれば、より多くの煙草が流通してしまい、マルモア王国内に中毒患者が増える。

早々にこの煙草の輸入を差しとめねばならないが、マルモア王国側はまだ動いていなかった。

「……死者が出るまで待っていては、遅すぎるぞ」

ちらっと嫌みっぽい口調でブルクハルトに目を向けると、彼は肩を竦める。

「旧態依然とした組織では、目に見える証拠が欲しいのだ。特にこの国は魔法使いがほとんどおらず、誰も魔力ある物の見分けがつかないからな」

マルモア王国内では、煙草を摂取しすぎて周囲が異常に気づくほど痩せ衰えている者がまだ出ていない。だからマルモア王国政府は、煙草が危険だという判断を下していなかった。

ブルクハルトがあの煙草は自国内で流通した危険な魔薬と同じ成分だと知らせても、のらりくらりと答えを出し渋っている。

アルフォンスは舌打ちし、眉根を寄せた。

「では流入が途絶えるよう、元を叩くしかあるまい」

「——それはダメだ」

断固とした声音で即答され、アルフォンスは渋面になった。

「だがあの煙草や魔薬は、傍観していては危険だ。身体を壊すだけでなく、先日はマルモア王国内でも異常が起こった」

先だってエリーゼが父を憂い、泣き崩れた日だ。

彼女を宥め、ミュラー侯爵の様子を確認したあと、アルフォンスは庭園で茶を飲んでいた。そこに、またもアークが複数の報告書が届くと知らせてきた。

またブロンセ王国で何かあったのかとエリーゼとの逢瀬を切り上げ、報告書を確認すれば、今度はマルモア王国で同現象が起きているという。

あの微細な魔力が宿る煙草を吸っている人々の身体の中で、第三者の魔力が一時的に増幅したのだ。

アルフォンスたちは、マルモア王国内で煙草の摂取者を一部監視対象にしていた。その対象者たちに、総じて起こった異変だった。

ブロンセ王国に戻るか否か迫られていたアルフォンスは、マルモア王国内でも問題が起きた以上、原因究明が優先だと判断した。

大本を叩くため、ブルクハルトにテュルキス王国への移動許可を願ったのだ。

しかしこれに、ブルクハルトは否と答えた。

アルフォンスがカテリーナの魔手にかかるのを危惧し、上官としてはそれだけは許さぬと固く禁じた。

「……ブルクハルト」

自分を心配するのはありがたいが、大本を叩かねば解決はない。アルフォンスが言外にそう言うも、ブルクハルトは視線を逸らした。

「お前がやっと『陽炎の君』を落とすと決めたのは評価する。だがお前の命を狙う『東方の魔女』のもとへ自ら飛び込まずともいい。上手く『陽炎の君』と結ばれたなら、二人でブロンセ王国に住まえ。そうすれば、ブロンセ王国もまた、お前たちを守れる。近隣諸国へは、ブロンセ王家より危険魔薬の注意勧告を出す」

アルフォンスは、エリーゼを手に入れると決めたその日の内に、ブルクハルトに己の意向を伝えていた。ブルクハルトは『やっとか』と嬉しそうにしてくれたが、カテリーナとの因縁を解決するため、アルフォンスが敵地へ向かうのはダメだと言った。今のように、王家が守るの一点張りだ。

友人とはいえ、上官の判断を覆す権限はアルフォンスになく、どう動くか思案する。

「とはいえ、大々的にあの煙草が流通するのを見守るわけにもいかん。マルモア王国側へは、再度摘発の打診をしておこう」

ブルクハルトが代替案を出し、アルフォンスはため息交じりに頷いた。

「頼んだ。恐らくあの男は、来週ミュラー侯爵邸で開かれる宴でも、あの煙草を売り捌くつもりだろう。できればエリーゼたちが関わりを持つ前に、摘発したい」

「……妹のお披露目パーティだったか。流通経路を把握するために、部下を連れて行くのだろう？」

「ああ、そのつもりだ。何か問題があるか？」

急なパーティの予定をエリーゼから聞き出した際、アルフォンスはすぐにヨハンが煙草の売買をするだろうと考えた。だからエリーゼに、自分と部下を幾人か招待してほしいと頼んだのだ。

現状マルモア王国側は及び腰でも、摘発することが決まれば、できるだけ多くの煙草と魔薬を回収しなくてはならない。流通経路の把握は重要事項の一つだった。

人員を割くのを気にしているのかと思って確認すると、ブルクハルトは、にっと笑った。

「俺もその一員に入れてくれ。エリーゼ嬢に会っておきたい」

アルフォンスはひくっと頬を引き攣らせる。

——それは、興味本位で参加したいだけだな？

根本的には、成人した令嬢をお披露目するだけのパーティだ。ブルクハルトが参加しても、さしたる危険はないと思われた。しかし怪しい煙草の売買はあるかもしれない。

「……参加する場合は、俺の同僚扱いになるが……それでいいのか」

犯罪行為と思われる取引をしている場所に、自国の王子がいたという記録は残したくなかった。臣下として譲れぬ条件を挙げると、ブルクハルトは機嫌良く頷く。

「いいよ。姿も変えて行こう」

アルフォンスと同じく魔法使いであるブルクハルトは、自国内でもよく姿を変えて街に繰り出しており、変身は得意だった。攻撃系の魔法にも長けている。

今回の宴程度なら護衛もさして必要なさそうだったが、万が一に備える必要はあった。

――姿を消した護衛を何名かつけるか……。何も起こらないことを祈るばかりだ。

アルフォンスが平穏を願った時、地上がざわめいた。煙草売買の中心となって動いているらしいヨハンが姿を現し、使用人らに指示を出し始めていた。

浮気発覚後、すぐにバルバラに連絡を取ったあの男は、いまだにアンネにはコンタクトを取っていない。そもそもアンネが見つからないようにアルフォンスが魔法で工作しているので、連絡をしようとしても無駄ではある。しかし、それにしても思い上がった男だ。

来週の宴は、アンネのお披露目パーティだ。ヨハンとの仲を公にする目的もある。

その宴の食事や酒類をアルフォンスが用意すると申し出たが、どうせヨハンが出てきて、自らが請け負うと言い出すのだろうと考えていた。

ところが、あの男は一切そういった話をしないどころか、アンネに手紙一つ書かない。

煙草の値が下がったと聞いて仕入れに精を出し、他のことは意識の外のようなのだ。

浮気がばれても、経験の足りないアンネを籠絡するのは容易い。そう考えるが故か、他に後ろ盾があるからこその余裕か。

エッシェ園でやけに自信を持って、必ず婚約できると豪語していたのが気がかりではあった。

「――だが、もうお前の出番はないぞ」

アンネが傷心したタイミングでアルミンが来るよう仕向けたのは、親切心からだけではない。ヨハンよりも相応しい男がそこにいると、アンネに気づかせるためだ。

アルフォンスは冷えた眼差しででヨハンを一瞥し、ブルクハルトと共に、次の監視対象のもとへと魔法を使って移動した。

四

アンネにヨハンの本性を伝えてから三日後、代理執行権認可手続きのため、教会の関係者が父の容態を確認しに来た。彼らは書斎で出迎えた父を見て、おや、と奇妙に感じたような顔をし、バルバラの姿を探す。しかし部屋には父とエリーゼ、そして執事のラルフしかいなかった。

日に日に回復していく父を見て、代理執行権認可は不可能だと悟ったのだろう。近頃不機嫌極まりないバルバラは、同席すらしなかったのだ。

父は以前と変わらぬ人の好い笑みを浮かべ、最近まで臥せっていたが、やっと体調が良くなったのだと説明した。審査に来た教会関係者はその話に相好を崩し『それは良かったですねえ。貴方の回復を願い続けたご家族の声を、神がお聞き届けられたのでしょう』とありがたい言葉を残し、半時ほどで帰ってしまった。

これにて代理執行権認可手続きの申し出は消滅し、ヨハンとの婚約破棄は当主のサインなくしては認められない状況に戻った。

「私がぼんやりしている間に、随分とややこしい事態になっているねえ……」

いつも横たわっていたベッドのある寝室ではなく、一階北西にある書斎で父が柔らかく呟いた。

屋敷の門側に窓が設けられている父の書斎は、窓の近くに大きな机が一つあり、その左手には領地関係の書類や本が置かれていた。右手奥には来客用の応接セットが置かれていて、つい先程までそこで教会関係者と面談をしていた。

書斎机の椅子に腰かけ、帳簿に目を通している父の横に立ち、詳細な説明をしていたエリーゼは、父を見下ろす。

髭を剃り、背に届くまで伸びたシルバーブロンドの髪を一つに束ねた父の横顔は、まだ痩けていた。だが肌の色は明るく、瞳には光が宿っている。口元はほんのり面白そうに弧を描いていて、その表情の意味がわからず、エリーゼは首を傾げた。

「……領地運用のことですか？　それとも代理執行権認可手続きのこと？」

代理執行権認可手続きの件は、教会関係者が訪れる直前まで話していなかった。だから驚き、ややこしい事態になっていると思ったのかと聞き返すと、父はゆっくりとこちらを見上げ、微笑む。

「領地運用は、よくできているよ。私に兄弟姉妹がいない以上、私が領地の運用をやめれば、そのあおりを家族が受けるのは当然だが、まさかエリーゼがしていたとは……かなり意外だけれど」

父の両親はとうの昔に他界しており、兄弟もいないので、エリーゼは頼れる親戚がいなかった。だからラルフと協力して領地を守ってきたのだ。

エリーゼは褒められて嬉しくなり、薄く頬を染める。

「ラルフがよく協力してくれたから、何とかなっていたの。だけどやっぱりお家を支えるだけの利益は出せなくて、エックハルト男爵家に援助していただいてしまったわ」

税を上げて領民を疲弊させるのも違うだろうと、エリーゼは領地運用を肩代わりしてからも父と同様の運用を続けていた。それ故利益は出せず、その裏でバルバラは散財を続けるので、借金はかさむ一方だったのである。

エックハルト男爵家との縁談は、ぎりぎり父の意識がある頃に結ばれた。そこまでは覚えているだろう父は、眉尻を下げる。

「君とヨハン君が婚約する代わりに、援助してもらったのだったね……。だが最近になってアンネがヨハン君に恋をして、婚約者を挿げ替えてほしいと訴えていたと……」

エリーゼは、きょとんとした。父が目覚めてから、まだアンネの恋については話していなかった。

「誰かから聞いていたの？　ごめんなさい。だけど私、アンネとヨハン様の婚約には賛成できなくて……」

アンネには自分で考えなさいと命じたが、エリーゼの中では答えは出ている。ミュラー侯爵家は、エックハルト男爵家との縁を完全に断ち切るべきだ。

父は頬杖をつき、穏やかに答える。

「ああ、君の話を聞いていただけだけど、大体は把握していると思うよ。ぼんやりしている間も、どうしてだかエリーゼの声はよく頭に入ってきたんだ。今日は天気が良かっただとか、アンネが病気になったとか」

「……そうだったの？」

珍しいこともあるものだと応じたエリーゼは、口を押さえた。今までの記憶が、脳裏を駆け巡ったのだ。

エリーゼは毎日父のもとを訪れては、どうして起きてくれないのと詰ったり、寂しさを伝えたり、バルバラとの出来事を赤裸々に伝えたりしていた。

——意識がないから、話しても平気だと思って……っ。

エリーゼは額に汗を浮かべ取り繕う術を探すが、父はこちらへ目を向け、静かに頭を下げた。

「今まで本当に、すまなかった」

「え」

父は己の両手を開いて見下ろし、深いため息を吐く。

「動かない身体で君の声を毎日聞きながら、私はなんと愚かだったのかと……何度も思ったよ。考えてみれば、私は身体を壊すまで、君の声にまともに耳を傾けてこなかった。何度となく起き上がって謝りたかったが……現実を拒んだ私の身体はもう、全然動かなくてね……」

アルフォンスが来てくれて良かったと呟く父は、なぜ酒に溺れたのか話してくれた。

エリーゼの母、イルメラを失い、父は全てに絶望したのだ。もはや生きる意味はなく、いっそ命を絶ってしまいたいとまで願っていた。しかし彼女が残した一人娘のエリーゼがいる。エリーゼを残して逝くわけにはいかず、だがイルメラの面影を残す娘を見るのは辛すぎた。

イルメラの死から数か月間——父は平静を保てなかったらしい。

親としてエリーゼを慈しみ、育てねばならない責任は感じているのに——死への誘いを拒むので精いっぱいだった。そんな不安定な時期に、バルバラが声をかけた。

以前から父を慕っていた。エリーゼも自分が育ててみせよう。だから貴方はどうぞイルメラを失った傷をゆっくりと癒してと甘く誘われ、父は彼女を受け入れた。

バルバラは辛いならどうぞ心だけでも自由になってと毎夜酒を勧め、父はそれに甘んじた。

だが心は軽くなるどころか、年を追う毎にイルメラへの想いを深める。現実を忘れるために酒に逃げる父は、バルバラに罪悪感を抱き、酔っている間のおねだりを拒めなかった。

あとになって高価すぎると気づいて窘めるも、そういう時、彼女は決まって『いつまでこの世にいない昔の女を愛しているつもりなの？　私だって貴方の子を産んだのよ。それなのに私には褒美の一つもくださらないの⁉』と詰ったそうだ。

イルメラを忘れられず、酒をやめられない父は、毎度それ以上は追及できなかった。

「優しくしてくれる彼女に甘えた私が悪かったんだ……。だけど私を詰るのはいいが、君には何の罪もない。君が彼女に辛く当たられる理由は、どこにもない」

後悔するような口調で話していた父が、少し語気を強めて、エリーゼは冷や汗をかく。

やはりバルバラとの出来事も聞いていたのだ。

「お父様……私は、いいのです」

父は両手を組み合わせ、ぐっと力を籠めると、エリーゼをまっすぐ見返した。

「何も良くないよ。君の髪を罵ったり、魔法を厭うたり、反抗すれば殴るなんて、私は望んでいなかった。目を覚ましてすぐ、君への対応を確認しに行ったんだ」

父が目覚めた直後にバルバラのところへ行ったのは、そのためだったのかと、エリーゼは目を見開く。自分のせいで家族がバラバラになるのは、酷く罪悪感を覚えた。

父は眉根を寄せ、首を振る。

「彼女は否定しなかった。離縁したいならそうすればいいと言ったけど、エックハルト男爵家の援助を得られているのは自分のおかげだから、その時は家が潰れると思っておけと叫ばれた。別れるなら、アンネは自分が連れて行くとも」

父が目覚めて心は晴れたが、問題は何一つ解決していないのだと、エリーゼはここにきて思い至った。それどころか、事態は混沌を極めている。

エリーゼは目まぐるしく思考を巡らせ、打開策を考える。

「……では、お、お父様さえ良ければ……バルバラ様と今後もご一緒に……」

エリーゼの頭には、第一にアンネがあった。あの子はやっと体が健康になりかけてきたところだ。今、両親が別れて、その後バルバラに連れていかれては、また身体が弱るかもしれない。

父は額を押さえ、嘆息した。

「すまない、エリーゼ。お父様には、それはもうできない。お父様は、君のお母様以外を愛せない」

エリーゼは息を吸い、拳を握った。エリーゼの脳裏には、バルバラに折檻され、それを耐え続けた日々が駆け巡っていた。

「……それなら、どうして……」

——あの人と結婚したの？　どうしてもっと早く、別れてくれなかったの……!!

喉元まで込み上げた父を詰る言葉は、声となって零れ落ちはしなかった。

エリーゼはもう成人して数年経つ。父とて、一人の人間であることを理解していた。彼はイルメラを失い、なんとか命だけは絶つまいと懸命に堪えていたのだ。身体を壊し、生きることから目を逸らしてやっと今、現実を見る気力を取り戻した。

その心を元に戻すために費やしてきた日々を責めるのは、あまりにも酷だろう。

そう思うのに、やはり怒りは臓腑を渦巻き、感情が乱れた。

エリーゼは冷静になれと己に言い聞かせながら、息を吸う。落ち着いて話そうと懸命に意識するが、声は微かに震えた。

「……承知致しました。それでは、私はアンネの気持ちを確認致します。あの子がこの家に残りたいと言ったら……お父様はどうぞ、我慢してください」

「我慢……？」

訝しげに見上げる父を、エリーゼは感情を抑えた眼差しで見下ろす。

「お父様がご存じの通り、私はバルバラ様がこの家にいらっしゃってから、毎日のように罵られ、折檻されて参りました。私はその日々を耐えたのです。ですから、今度はお父様の番です。バルバラ様と離縁なさりたいなら、そうすれば良いでしょう。けれど、アンネがこの家に残りたいと言ったなら、離縁はなさらないで」

「……エリーゼ、だが……」

眉根を寄せる彼に、エリーゼは勢い良く続けた。

「今離縁すれば、バルバラ様は親戚筋を頼り、アンネを連れて行ってしまう……！　財力だって我が家と他家では比べ物にならず、裁判を起こしたところでお父様に勝ち目はないわ……っ。だからお父様は、アンネを引き取れるだけの財産を貯めるまで、バルバラ様と婚姻関係を続けるの！」

「……」

思考だけは冷静で、つらつらと今後の身の処し方を挙げ連ねたエリーゼを、父は見つめる。エリーゼは母を想うが故に病んだ父を見据え、容赦なく言い放った。

「バルバラ様は、お父様が妻にと選ばれた方よ。そしてお父様は、あの方とお子まで儲けた。……何年間も気づかずにおられたくせに、私に暴力的だったのを知った途端、あの方を捨てて簡単に楽になるのは許さない。お父様は、あの方を妻にした責任を取らねばならないの。アンネをこの家に引き取れるよう、あの方の散財をとめ、ミュラー侯爵家の財産を守るのよ。そして父として、私とアンネが結婚するまで見守る責務がおありなのです！」

言い切った時、エリーゼはなぜか息が切れていた。

瞬きもせずじっとエリーゼの話に耳を傾けていた父が、立ち上がる。怒りで吐息を震わせるエリーゼを、そっと腕に抱いた。

エリーゼはびくっと肩を揺らし、頬を伝う温かな液体に気づく。続けて喉が勝手にしゃくり上げ、自分が泣いているのだとわかった。

「……今まで苦しめて、本当にすまなかった。……君は、ずっと私に自分を見てと縋りながら、怒ってもいたんだね」

一人逃げた父が、腹立たしかった。子供だったエリーゼに逃げ場はないのに、父は一人、酒に溺れた。父はずるい。そんな感情が、心の片隅になかったと言えば嘘になる。

今まで溜め込んだ感情が目まぐるしく全身を駆け巡り、エリーゼはぽろぽろと涙を流し声もなく泣いた。

父はエリーゼの頬を両手で包み込み、温かな眼差しで微笑む。

「ごめんよ、エリーゼ。私の可愛い魔法使いさん。遅すぎるけれど、お父様はこれから……お前たちの全てを背負い、守ると誓うよ」

父の言葉は、至極嬉しかった。だけど嗚咽(おえつ)で声は出せず、エリーゼは父の胸に額を押しつけて、態度で「ありがとう」と答えた。

五

アンネのお披露目パーティには、予想に反し百名あまりの客人が招かれた。庭園の手入れまで行き届いていない屋敷にそんなに多くの人を招くのかと、エリーゼは気が気でなかった。しかし食事や酒を準備してくれたアルフォンスが、搬入手続きの際に庭の惨状に気づき、さっと魔法で整えてくれて大変助かった。

彼は百名あまりの食事に必要な食材だけでなく、新たに臨時のコックと当日の給仕、楽団なども手配し、エリーゼのドレスまで用意してくれた。

ドレスは実に豪奢な仕上がりであり、その他にも立て替えられた費用を想像すると卒倒しそうだったが、けじめはつけねばならない。エリーゼが覚悟を決めていかほどかかったのか尋ねると、彼は全部無料だよと笑顔で盛大な嘘を吐いた。

そんなわけがないと詰め寄っても答えてくれず、最終的に『じゃあ、デートしてくれたらいいよ』と代替にもならない案を出され、答えに窮した。

アルフォンスのことが好きなので、デートできるならそれは願ってもない。でもそれではお返しにならない。そもそも彼のような素敵な男性が、なぜエリーゼを口説こうとしているのか。

エリーゼはわけがわからず、戸惑うばかりだった。

——お会いしてまだ、二週間くらいしか経っていないのに……。

「ああ、燭台はテーブルの中央に置いて。そう、ありがとう。——うん、いい感じかな。どう思う、エリーゼ嬢」

食事室のテーブルセッティングを指示していたアルフォンスが、くるっとこちらを振り返り、エリーゼは肩を揺らした。

「あっはい……！　とても素晴らしいと思います……っ」

開始まで残り二時間——何年ぶりかわからないミュラー侯爵家での大々的な宴の準備は、エリーゼ一人の手には余っていた。回復したとはいえまだ本調子ではない父は駆り出せず、バルバラは己の着付けに忙しい。これからアンネの着付けもしないといけないし、テーブルや会場の装飾にと人手はいくらあっても足りない。

もしかしたら、午後六時の開始時間に間に合わないかもしれない——とエリーゼが焦りだしていた頃、見計らったようにアルフォンスが顔を出した。

二日前にも食材の搬入で訪れてくれた彼は、良かったら手伝おうかと申し出てくれ、あっという間に会場のセッティング指示を終えてしまった。

ミュラー侯爵家の離れは大きく、ダンスホールの他にいくつか部屋があり、休憩室、食事室とそれぞれ用途に分けて開放される予定だ。

人材も派遣してくれていたアルフォンスは、それらの準備の指示を的確に出し、全ての部屋がまるで王宮のように煌びやかに彩られていった。

多数の客人をきちんとお迎えできるか緊張していたエリーゼは、彼のおかげで何もかもがつつがなく進んだことに、安堵した。肩の力は抜け、忙しさの反動でぼんやりと部屋の隅に立ち、指示を出すアルフォンスを眺めていたところ、不意に声をかけられて驚いてしまった。

あとは開場直前に温かな食事を運ぶだけの状態にしたアルフォンスは、小首を傾げてこちらに近づいてくる。

「疲れてる？　宴は華やかだが、受け入れるホスト側は忙しくて大変だよね」

今日の彼は、以前王宮の宴でも着ていた、青の差し色が入る漆黒の軍服を身に着けていた。しかしまだ宴が始まっていないからか、上着の留め具は閉じられておらず、中の白シャツが目に鮮やかだ。白シャツも制服の一部らしく、胸元にはブロンセ王国の紋章が入っていた。

普段のシックな装いも紳士的で素敵だが、軍服を着崩した姿にはけだるげな雰囲気があり、エリーゼの胸は少しそわそわする。何よりこちらの窮状にいつだって手を差し伸べてくれる観察眼と優しさに、ときめきはとまらなかった。アルフォンスは惚れるなという方が難しい、素敵な男性だ。

エリーゼは恋心に頬を淡く染め、はにかんで笑う。

「いいえ、アルフォンス様のおかげで、私はとても楽をしております。ありがとうございます」

彼がいるだけで、安心する。怖いものはないと思える。

瞳を潤ませて目の前に立ったアルフォンスを見上げると、彼は愛しそうにエリーゼを見下ろし、甘く笑った。

「……俺と結婚してくれたなら、毎日のように君に傅（かしず）くよ、エリーゼ嬢。君の望むものは何でも揃えるし、愛の言葉は毎日欠かさず贈ると約束しよう」

突然口説かれ始め、エリーゼは目を丸くする。

「あ、えっと……っ」

経験値が足りず、こういう時どんな反応をするべきかわからなかった。頬が赤く染まり、ドギマギして視線を泳がせる。

初心(うぶ)な反応に、アルフォンスは笑みを深めて顔を寄せた。

「エリーゼ嬢。今夜の宴では、俺と踊ってくれるかな？」

間近で見つめてくる彼の視線は艶っぽく、エリーゼの鼓動は落ち着きなく乱れた。

「は……はい……もちろんです……」

緊張しながらも、お誘いは嬉しくて頷いた。でも目は合わせていられず、俯く。そんなエリーゼの耳に、シャラっと金属が擦れる音が聞こえた。身を屈めたアルフォンスの首元から、シャツの下に入れていた銀の鎖のネックレスが垂れ落ちたのだ。

エリーゼはちらっと目を向ける。

「おっと……」

アルフォンスは鎖の先につけていたチャームをぱしっと掴み、シャツの中にまた戻した。エリーゼは目を瞬かせ、彼を見上げる。

エリーゼのその顔は、先程までの動揺を瞬時に取り払った、冷静なものになっていた。

青い瞳に凝視されたアルフォンスは、何も気づいていないような笑みを浮かべる。エリーゼの手を取り、こなれた仕草で甲に口づけを落とした。

「それでは、宴で君の手を取るのを楽しみにしてるよ、エリーゼ嬢」

伏せられたアルフォンスの長い睫を見つめ、エリーゼは微笑んだ。

「……ええ……。私も、楽しみにしています」

鼓動はどくどくと速度を上げ、血潮が全身を勢い良く駆け巡っていた。しかしエリーゼは努めて冷静な表情を保ち、アンネの着付けをすると伝えて、アルフォンスに背を向ける。

離れから母屋へと繋がる外回廊まで落ち着いた足取りで進んだエリーゼは、両手で口を押さえた。興奮に震える息が漏れ、瞳にはじわりと涙が滲んだ。

アルフォンスの首から垂れ落ちたネックレスのチャーム。それは、一瞬しか見えなかった。しかしエリーゼには、ほんの瞬く時間で十分だった。

何があろうと、見間違えるはずがない。

アルフォンスがシャツの中に大事そうにしまったそれは、金の指輪の中心にアメジストを置いただけの、とてもシンプルな指輪だ。

エリーゼが十歳の時に作り、エドに贈った、この世にただ一つしかない手作りの指輪。盗賊に襲われ、砕け散ったはずの指輪を――アルフォンスは大事そうに首にかけていた。

名前も姿も違う。だけどもう、疑いの余地はなかった。

エリーゼは回廊の途中で立ちどまり、両手で顔を覆う。

――泣いちゃダメ。今日はアンネの晴れ舞台だもの。涙は決して見せてはいけないわ……っ。

しかしそう己を戒めるエリーゼの胸は喜びに満ち溢れ、平静さを取り戻せそうもなかった。

――生きていた。それだけで、嬉しい。

なぜ生存を隠していたのか、エリーゼに彼の事情は推し量れない。だけどどんな理由だろうと構わない。生きていたというその事実こそが、エリーゼへのこれ以上ないギフトだった。

この日――エリーゼはアルフォンスはエドなのだと、確信した。

終章

一

会場は人で溢れ、アンネのお披露目パーティは、ミュラー侯爵家で数年ぶりに見る盛況ぶりだった。

アルフォンスの手配により、客人の応対をする人員も十分にあり、かつての穏やかながら堅実な時代に戻ったかのような様相である。

「アンネ嬢のご成人だけでなく、ミュラー侯爵もご回復なされたなんて、幸いですわね」

「本当に。このような宴に招いていただいて、私たちも嬉しいわ」

出入り口近くで招待客を出迎える父とバルバラの周囲には人が絶えず、皆がアンネの成人と、父の回復を祝う言葉を贈った。客人の前では睦まじい夫婦を演じると決めたらしく、並んで立つ父とバルバラは笑みを絶やさない。

アルミンとその両親であるベッカー夫妻も出席し、生気ある父の顔つきに安堵の表情を浮かべていた。

宴が始まる直前まで悪かったバルバラの機嫌も、アルフォンスが仕上げた豪奢な会場を見て持ち直し、大変上々の始まりである。

バルバラが事前に用意していたアンネの白いドレスを、エリーゼが許しを得ずに手を加えたので、お冠だったのだ。

そのドレスは、非常に煽情的だった。

四部丈の袖は緻密な刺繍が入ったレースで彩られ、ドレスの布地もニュアンスの異なる白の糸で花が刺繍されて美しい。でも襟ぐりは大きく開き、胸の谷間が見えそうなデザインにされていた。

無垢を象徴するデビュタントドレスとしてはおよそ不適切で、エリーゼは胸元に少しだけ布地を足した。そこにレースで作った小花を添え、愛らしい見た目に変えたのだ。

髪はアンネの希望で編み込みにしたツインハーフアップ。デビュタントであるとわかるよう、その髪にベールつきの小ぶりな羽飾りを差した。

姉の欲目を差し引いても仕上がりはまさに天使であり、妹が登場するのが楽しみだった。

両親から少し離れた会場の端っこで全体の流れを見守っていたエリーゼは、雰囲気の違う客人が父の前に進み出るのを目にし、足早に近づく。

それは青の差し色が入る漆黒の軍服を纏った四名の青年だった。先頭に立つアルフォンス以外はエリーゼも面識はなかったが、彼の部下だろう。

初対面ではないけれど、長らく夢うつつの中にいた父は今日までアルフォンスとの挨拶が叶っていなかった。エリーゼはアルフォンスを紹介するため、父の傍らに立った。

「お父様、こちらはアルフォンス様とおっしゃるの。お父様の病を治してくださったり、今日の宴の準備もお手伝いくださったりした方よ」

伸びた髪を一つに束ね、目立たない銀糸の刺繍が入るグレーの上下を纏った父は、エリーゼの話を聞いて破顔する。

「ああ、貴方がエリーゼのアルフォンス様か。やっとお会いできましたね。このたびは何から何まで目にかけていただき、心から感謝しています。今夜のエリーゼのドレスも貴方からだとか。趣味の良いドレスで、娘も喜んでいます」

エリーゼは事前に、アルフォンスがどんな協力をしてくれているか父に話していた。ドレスも頂いたと伝えたが、嬉しさまでは伝えていなかったので、何となく気恥ずかしく、頬を染める。

その様子にバルバラがぴくっと眉を上げ、エリーゼの出で立ちに視線を走らせた。

エリーゼは今夜、デビュタントを祝う意味を込めた、清楚ながら愛らしい桃色のドレスを身に着けていた。その布地は艶やかで、ところどころ煌めいているのは宝石だ。目を凝らせば、非常に高価だとわかる。

宴の準備に関与しようとしなかったので、バルバラにはアルフォンスの話をしていなかったが、それが気に入らなかったのだろうか。彼女は眉根を寄せ、扇子で口元を隠してアルフォンスを値踏みした。

「まあ、初めまして。お越しいただけて嬉しいわ。夫がお世話になったようで、どうもありがとうございました。アルフォンス様は、お医者様でいらっしゃるのかしら？　どちらのアルフォンス様かお伺いしてもよろしくて？」

微かに棘のある声音で話しかけられたアルフォンスは、爽やかに笑う。

「お目にかかれ、大変光栄です――ミュラー侯爵、ミュラー侯爵夫人。私はアルフォンス・レーヴェンと申します。ブロンセ王国で王宮魔法使いを任じられております、ブランシュ公爵家の嫡男になります。お父上を心配されるお嬢様をとても見過ごせず、このたびは差し出がましい真似を致しました」

バルバラはアルフォンスの出自に瞠目し、慌てて笑みを浮かべた。

「ま、まあ……っ、そんな素晴らしい方とエリーゼが知り合いだったなんて存じ上げず、失礼を致しましたわ。不出来な娘なので、失礼がなければ良いのだけれど」

エリーゼが無礼を働いていないか尋ねられたアルフォンスは、胸に手を置く。

「とんでもございません。エリーゼ嬢は大変聡明で、お優しく、非常に魅力的なお嬢様です。身の程をわきまえておらぬとは存じますが、今後エリーゼ嬢とは、より深い親交を持てればと望んでおります。どうぞご一考ください、ミュラー侯爵」

最後は父の目をしっかりと見て宣言し、エリーゼは小さく口を開けた。

彼はさらっと〝貴方の娘を口説きたいと思っていますので、どうぞよろしく〟と暗に伝えたのだ。

父は目を瞬かせ、バルバラもさすがに呆気に取られている。

ここまで少しずつ口説かれ、やっと彼の本気具合を把握し始めたところだったエリーゼは、かあっと頬を染めて間に入った。

「あ、あの……っ、そのお話はまたあとで……っ」

今夜の主役はアンネだ。エリーゼの今後の話などは、別の機会にするべきである。

会話を終わらせるため、アルフォンスの腕を引くと、彼はエリーゼに甘く笑いかけた。

「ああ、ごめん。君のお父上に早く俺の気持ちを伝えたくて、ちょっと先走っちゃったかな？　そのドレス、気に入ってくれた？　今夜も君は誰より美しいよ、エリーゼ嬢」

恥ずかしげもなくつらつらと褒め言葉が降り注がれ、エリーゼは耳まで赤くする。

周囲もやり取りに気づき、こそこそと噂話をし始めた。

「まあ……やっぱり新しい嫁ぎ先がお決まりなのかしら」

「姉上は妹君に意地悪をして、婚約解消しないのだと聞いていたけれど……」

「姉上に嫁ぎ先ができたなら、アンネ嬢も安心してヨハン殿と結婚できるな」

以前エッシェ園をアルフォンスと二人で訪れたため、社交の場ではエリーゼに新たなお相手がいるとの噂が立っていたようだ。

〝エリーゼに新たなお相手ができ、やっとアンネとヨハンも問題なく結ばれる。今後ミュラー侯爵家は安泰だ〟

そんな認識が広まり始め、エリーゼは苦く感じた。

ヨハンの浮気を伝えてから、アンネは自分で出した答えをエリーゼに伝えていなかった。きっとまだどうしたらいいかわからず、迷っているのだ。

そんな状態でこの空気に包み込まれては、ヨハンとは結婚しないと言い出し難くなる。

妹が心配になって表情を曇らせると、アルフォンスが耳打ちした。

「……大丈夫だよ。君はアンネ嬢に〝他の誰でもない、貴女自身が望む道を選べ〟と伝えたんだ。彼女はきっと、答えを出せる」

心根を見透かされ、エリーゼは視線を上げる。力強く自分を見下ろす彼の表情は、かつて自分を励ましてくれていたエドと何も変わらなかった。

エドがここにいる。そう実感すると胸が熱くなり、また涙がこみ上げかけた。エリーゼは目を瞬かせて涙を消し、笑い返す。

「……アンネのファーストダンスが終わったら、少しお時間を頂けますか？　人前は少し苦手なので……月の下で、貴方とダンスがしたいの」

誘いかけると、彼はやんわりと笑って応じた。

「喜んで」

宴が始まる直前にヨハンも姿を現し、会場の扉は一度閉じられた。挨拶をしていた父はアンネのエスコートのために会場を出ていき、ざわざわと落ち着かない空気が満ちる。

従者が合図を送り、楽団が華やかな楽曲を奏でると同時に、扉が開き、アンネが入場した。一斉に盛大な拍手が会場中から送られ、父のエスコートで入場したアンネは、驚いた顔をしたあと、嬉しそうに笑った。

ハニーブロンドの髪は彼女が歩く毎にシャンデリアの光を弾き、無垢な白のドレスは今の彼女にとても似合っていた。羽飾りから垂らしたベールや柔らかなドレスの裾がふわふわと揺れ、エリーゼは涙ぐむ。

——本当に、良かった。

アンネが健康的な姿で、社交界デビューできた。

きっとこれから彼女は多くの人と出会い、本当の恋を知るのだ。

エリーゼは参加客らと同じく拍手を贈り、会場の中央に立った父とアンネは向かい合う。楽曲が変わり、ファーストダンスが始まった。

バルバラが選んだ客人らは、意図してかマルモア王国でも高位の貴族が多い。その誰もが初々しいアンネに目を奪われ、微笑んでいた。

会場の端で全体を見回したエリーゼは、前方で満足げにアンネを見ているヨハンを見つける。デビュタントのファーストダンスは、往々にして身内と決まっている。だが次のお相手は自由で、もしもヨハンが前に出たら、誰もがアンネのお相手は彼だと思うだろう。

それをどう回避するかまで対策していなかったエリーゼは、傍らに立つアルフォンスに目を向けた。

入場時共にいた彼の部下たちは、気づけば二名いなくなっている。一人だけ、珍しい青い髪に翡翠の目をした青年が、アルフォンスを挟んだ先に立っていた。彼はアンネを興味深そうに見つめ、顎を撫でる。

「聞きしに勝る美少女だ」

ぼそっと呟く声が聞こえ、エリーゼは心の中で「そうでしょう?」と返事をした。

アンネはエリーゼの自慢の妹だ。しかしそんな話をしている場合ではない。

エリーゼはアルフォンスの袖を軽く摘み「ん?」と身を屈めてくれた彼に耳打ちした。

「このあと、他の皆さんもダンスに入られるでしょう? だけどヨハン様にアンネのセカンドダンスのお相手をしてほしくないの。もし良かったら、アルフォンス様にお願いできないかしら」

頼んでいる間にも、一曲目の楽曲が終わろうとしている。忙しすぎて、セカンドダンスまで気を回せなかった自分が呪わしい。

悔しさを感じつつお願いすると、彼は面白そうにふっと笑った。

「うーん……でも俺は、今日は君と最初に踊りたいんだ」

「まあ、アルフォンス様」

――私とのダンスなら、いつでもできるわ。

頷いてくれると思っていたエリーゼは驚き、言い募ろうとする。しかし彼はそっとエリーゼの背に手を回し、前方へ視線を向けた。

「大丈夫だよ。アンネ嬢には、もう騎士様がいる」

何の話かと彼の視線を追ったエリーゼは、あら、と目を丸くした。

楽曲が終わり、父とアンネが笑い合う。二曲目からは他の参加者たちもダンスに興じられるため、二人を取り囲んでいた輪が崩れた。その中から、ダンスをしようと会場の中央に進み出る者が幾人かあった。その中にはアルミンもいる。

王宮で開かれる宴なら、彼は参加できない。しかし今回は身内で開く宴なので、長年アンネの友人であった彼も招待されたのだ。

デビュタントを映えさせるため、漆黒の上下に身を包んだアルミンは、緊張の面持ちでアンネと父のもとへ近づく。しかし同じく二人に歩み寄っていたヨハンがずいっと前に出て、アンネに手を差し出した。

お披露目の場でこんな修羅場が演じられるとは想定しておらず、エリーゼは額に汗を滲ませる。

二人から手を差し出され、アンネは躊躇った。周囲から視線が集まり、委縮しているようだ。

父はアンネの横顔を覗き込み、耳元で何か話しかける。アンネが不安そうな顔で耳打ちを返すと、父は明るい笑みを浮かべ、アンネの手をアルミンのそれに重ねた。

ヨハンが愕然とし「ミュラー侯爵……っ」と声を上げるが、父は人の好さそうな笑顔でヨハンの肩を抱き、エリーゼたちがいる場所とは反対側の人波へと彼を誘導した。

二曲目の楽曲が始まり、アンネとアルミンがステップを踏み始める。会場中が二人に好奇の視線を注いだ。

「あら……あれはベッカー侯爵家の……？」

「アンネ嬢のお相手は、ヨハン殿ではなかったのか？」

憶測が交錯するも、参加客の中に答えを出せる者はいない。

二人のダンスは決して優美ではなく、非常に稚かった。しかし嬉しそうに笑うアンネの笑顔は目映く、その内、噂をする声は絶えていった。

エリーゼは胸を押さえ、ほおっと安堵する。アルフォンスが耳元に唇を寄せ、囁いた。

「……それじゃあ俺たちは、庭園に出ようか？」

ドキッとして見上げると、アルフォンスは艶っぽく微笑み、彼の隣にいた青年は明るい笑顔で「いってらっしゃい」と手を振った。


夕日はもう沈んでしまったが、外はまだほんのりと明るかった。白い月が地平線近くに見え、エリーゼは僅かに緊張しながらアルフォンスに手を引かれ、庭園に出る。

雑草は綺麗に刈り取られ、あるいつの間にか壊れ、枯れていた中央の噴水から水が湧いていた。

これも彼が直してくれたのだろうか。

くるるる、と夜鳴き鳥の声が聞こえ、エリーゼは自然な仕草で自身と向かい合い、両手を取ったアルフォンスを見返す。

彼は月を背に、優しい笑みを浮かべた。

「エリーゼ嬢……君に出会えたことを、神に感謝するよ」

普通なら、大げさすぎるセリフだ。しかしエリーゼには、重く身に染みた。

自分は醜いと怯えるばかりだったエリーゼを励まし、魔法を教え、初めての友となり、恋まで教えてくれた少年。盗賊の刃に奪われたはずの命が、目の前にある。

エリーゼは瞳を揺らし、微笑んだ。

「……私も、貴方に出会えたこと……神様に何度だってお礼を言うわ」

会場から楽曲が微かに届き、ステップを踏み始めたアルフォンスは、意外そうな顔をした。

「君も、俺に出会えて嬉しいと思ってくれるのか？」

「ええ、とても嬉しい。ずっと会いたかったのだもの」

エリーゼが素直に答えると、彼は目を瞬かせる。足元だけは淀みなくステップを踏み、しばらく無言でエリーゼを見つめた彼は、ふっと笑った。

「……気づいた？」

その小さな悪戯がばれたかなとでも言いたげな表情は少し憎らしく、エリーゼは眉を吊り上げる。

「どうして最初から、教えてくれなかったの？　私、貴方はもうこの世にはいないのだと思ってた。ずっと、会いたかったのよ」

会いたくて会いたくて、仕方なかった。母が亡くなり、エドも祖父もいなくなって、一人じゃないのに、孤独になった。

心に降り積もり続けた寂しさは、言葉にするとエリーゼの心を揺らし、瞳に涙を滲ませた。

アルフォンスはエリーゼと同じように瞳を揺らし、眉尻を下げる。

「ごめん。君を同じ目に遭わせたくなくて、ずっと迷っていたんだ」

「迷う……？」

アルフォンスは俯き、ため息を吐く。

「少し、話が長くなるんだ。詳しくは、もう少ししてから話したい。だけどこれだけは確かだよ」

彼は視線を戻し、エリーゼの青い瞳をまっすぐに見つめて言った。

「俺の気持ちは君と共に過ごしたあの頃から何一つ変わらない。――エリー。俺は、君を心から愛してる」

胸が、一気に満たされていくのを感じた。エリーゼは震える息を吸い、笑みを浮かべる。

「――私もよ……エド」

――ずっと貴方を愛してる。

そう告げようとした瞬間、突然、視界に砂嵐が走った。目の前がなぜか二重になって見え、エリーゼを見つめていたアルフォンスの顔が強張る。

『――見つけた……』

地を這うような、低く、怒りを孕んだ声がどこかから響いた。それは、いつか聞いた覚えのある、女性の声だ。

『エド。エド・デューリンガー……。――見つけたぞ‼』

なぜだか耳元で囁かれているような、遠くで叫んでいるような不可思議な反響音がして、エリーゼは耳を押さえた。同時に、どこでこの声を聞いたのか思い出す。アークが届けてくれた、アルフォンスからのフローライトの指輪を受け取った夜、耳元で聞こえた声だ。

「何、これ……」

困惑して呟くと、アルフォンスは繋いでいた手を放し、エリーゼの目を覆う。

「くそ……っ、覗かれた……！　どこで入り込まれていた……!?　『目くらましの魔法』が崩れている間に、侵入していたのか……っ？」

焦った様子の彼は、続けて何かの呪文を唱えた。その間もエリーゼの耳は女の声を聞き続けた。

女は高笑いを続けている。

『王より賜りし貴き名を捨てたか、愚か者め……！　立場を顧みず王を誑かした不埒なお前の母の血を継ぐだけはある。だがその忌まわしき血筋も、ここで終いだ。今度こそ逃がしはせぬぞ……汚れた王の子よ！』

――王の子？

目の前に光が溢れ、アルフォンスがエリーゼに魔法をかける。全身が光の粒子に包み込まれると、エリーゼの耳はもう、不思議な声を拾わなくなっていた。

アルフォンスは目を眇め、周囲を見渡す。

「なるほどな……。エリーゼを探していたのは、視界に入り込み、俺を見つけるためだったのか。……古い俺の名をトリガーにしていたとは……」

天気は良かったはずなのに、急に風が強くなり始めていた。

遥か上空にいたらしいアークが舞い降り、アルフォンスの肩にとまる。

『〝悪い魔法〟だ！　〝悪い魔法〟が強くなってる！　まずいよ、逃げて……っ』

木々がしなるほど風が強まり、エリーゼはよろめいた。アルフォンスはすかさずエリーゼを片腕で抱き寄せ、会場の方へ目を向ける。そして眉間に深く皺を刻んだ。

会場から、バルバラがふらりと庭園に歩み出てきていた。アンネとのダンスが許されず、食事室で酒でも飲んでいたのか、別の方向からヨハンも出てくる。

エリーゼは、奇妙な光景に眉根を寄せた。二人の背後から、一人二人とこちらに歩いてくる人の姿がある。その誰もが、ふらふらと足元がおぼつかないのだ。

「……どうしたのかしら。皆さん足元がふらついて……」

宴は始まったばかり。酩酊するにはまだ早かった。

エリーゼが当惑していると、アルフォンスの傍らに青い髪の青年が出現する。魔法で転移してきたのだ。光の粒子が彼の周りに漂っている。

青年はエリーゼたちに近づく人々を注意深く見つめながら、アルフォンスに忠告した。

「気をつけろ、魔力が尋常でなく増幅している。彼らは魔力のない只人なのに、これでは我らと変わらぬ魔法使いだ」

彼がそう言った瞬間、ひゅんっと風を切って会場から一本のナイフが飛んできて、バルバラが掴み取った。神業とも言える素早い動きで、エリーゼは目を見開く。

バルバラは掴んだナイフを検分し、鼻を鳴らした。

『魔力のない身体とは使いにくいのお……。このような玩具を引き寄せるのも苦労するとは』

それはバルバラの声ではなく、先程まであたりに響いていた女性のそれだった。

彼女はナイフを持つ手に力を籠め、こちらに目を向ける。

『どれ……。手始めに、お前が後生大事にしてきたその娘でも殺してやろう』

言い終わる前に、バルバラは疾風(はやて)の如き速さで駆け、気づけばエリーゼの目前にいた。反応もできぬ間にナイフが腹めがけて突き立てられ、エリーゼはひゅっと息を呑む。直後、エリーゼの身体は宙に浮いた。

アルフォンスがエリーゼの腹に腕を回し、後方に飛びのいたのだ。

間髪いれず青い髪の青年がバルバラに杖を突きつけ、吹雪が彼女を襲う。

「ブルクハルト、前に出るな……！　護衛は姿を現し、ブルクハルトを守れ！　残りは魔力を宿した者たちを全て捕縛！　彼らはカテリーナにより操られているだけだ。殺してはならぬ……！」

「俺の護衛は一名でいい！　アルフォンスとエリーゼ嬢を守れ！　敵の狙いは二人だ！」

ブルクハルトと呼ばれた青年は、アルフォンスに呼応するように命令を返し、今度はヨハンがどこから持ってきたのか鋭い剣を手に襲いかかってきた。

アルフォンスはエリーゼを背に庇い、呪文を唱えて杖を剣に変える。バルバラ同様、疾風となって駆け寄ったヨハンが振るった剣を、ギィン！　と火花を散らして受け、つば迫り合いをした。

エリーゼは悲鳴も出せず、生唾を呑み込む。

誰かに操られているのか、ヨハンは暗く淀んだ色に染まった目でエリーゼを見つめ、恨めしそうに呟く。

『エリーゼは僕のものだ……。エリーゼは僕が抱くと決めていた……。ぽっと出のお前なんかに、譲らない……！』

それは別人の声だったが、ヨハンの思考が前に出ているように感じた。エリーゼはぞっとし、アルフォンスはこめかみに血管を浮かび上がらせて、力任せに剣を払う。

「悪いが、エリーゼは俺が貰う……！」

力負けしたヨハンが、後方へ転んだ。と、また他方から今度は参加客らしき男性が剣を手に襲いかかり、アルフォンスの部下と思しき魔法使いが魔法で応戦した。

あちこちから攻撃がやまず、穏やかな空気が流れていた庭園は戦場と化した。

騒動を聞きつけ、会場から人が顔を出し始め、アルフォンスは舌打ちする。

「ブルクハルト、一般人が近づけぬよう結界を張ってくれ！」

そう頼んだ瞬間、会場から複数のナイフが飛んできて、アルフォンスの頬や腕を裂いた。

バルバラがニヤッと笑う。

『ああ、やっと使えるようになった。さて、殺してやろう。汚れた王の子よ』

彼女が手をかざすや否や、会場内から無数のナイフと飾りに使われていた長剣が一気にアルフォンスとエリーゼめがけて飛んできた。

アルフォンスは呪文を唱え、ナイフが届く直前、二人の前に結界が生まれ、全てを弾き飛ばす。

青い髪の青年が呪文を唱え、庭園へと繋がる階段前に光の壁を作った。関係のない者たちをそこでせき止めるつもりらしい。見えない壁に阻まれた人々の中にはアンネとアルミンの姿もあり、二人は驚きを隠せぬ表情で何か叫んでいた。

バルバラに宿った女は、今度は手に剣を呼び寄せ、走り寄る。その口は呪文を唱えており、剣はまがまがしい青い光を纏った。エリーゼの脳裏に、過去の映像が蘇る。

盗賊に襲われ、転倒した馬車。扉が開かれ、盗賊は目の前にいたエリーゼめがけて長剣を突き出した。死ぬと思ったものの、エドが魔法で応戦し、エリーゼの前に出た。他の護衛の奮闘もあり、助かるかと思った刹那、呪いを込めた青い光を纏う剣がエドの心臓を貫いた。

——また、失う。

エリーゼは全身の血の気を失い、アルフォンスを守ろうと手を伸ばす。だがその気配を察したアルフォンスは振り返り、エリーゼを胸に抱き寄せる。彼はエリーゼの耳元に唇を寄せ、囁いた。

「大丈夫だ、エリーゼ。今度こそ、俺は君を守り——生きる」

直後、彼は呪文を唱え、杖先をバルバラへ向ける。目も眩むほどの目映い光が膨れ上がり、アルフォンスを中心に風が渦巻いた。

その風は一人ではとても立っていられそうもない強さだったが、エリーゼの肩に回されたアルフォンスの腕が、力強く支えてくれた。風の中、ふらつきもせずまっすぐ立つ彼を見上げ、エリーゼは瞳を輝かせる。

漆黒の髪に紫の瞳の見慣れぬ青年アルフォンスとなっていた彼の髪が——懐かしい夕陽色に染まってなびいていた。その瞳は美しい翡翠色であり、人形じみていた横顔は、かつての心優しい性格が滲むエドの気配が残る青年のそれになっている。

——エド。

エリーゼは息を震わせる。亡くしたはずの想い人が、生きている。エリーゼはこの時、真に迫って彼の生存を実感し、瞳に涙を浮かべた。

アルフォンスはバルバラに宿る女を鋭く見据え、言い放つ。

「貴女との縁は絶たせてもらう。――『絶』」

たった一言だった。エリーゼはそれが呪文だとも気づかなかったが、彼が声を発すると、あたり一帯に目も開いていられないほどの強い光が放たれた。

苦しげな女の叫び声が聞こえ、続けて呪いの言葉が鼓膜を揺らす。

『まだだ……っ。このまま、終わらせてなどやらぬ……！　必ずこの手でお前をこの世から葬ってやる、エド――……！』

バルバラは苦しげに空を掻き、とさっと芝の上に倒れ伏した。

ヨハンや他の操られていた人たちも意識を失い、アルフォンスはふう、と息を吐く。その姿はやはりかつてのエドのままで、エリーゼは嬉しくて、思わず彼をぎゅうっと抱き締めた。

アルフォンスはエリーゼを見やり、優しく抱き締め返す。

「もう大丈夫だよ、エリー。怖い目に遭わせて、ごめんね。だけどこれでもう、あの人との縁は完全に絶てる。君を守り、愛せる毎日がくるよ……」

安堵のせいか、彼の声は少し揺れていた。

あの人とは誰なのか、エリーゼには見当もつかない。だけど二度の襲撃を共に受けたエリーゼは、彼がずっと誰かに追われていたのだと悟った。そしてその戦いが今、ようやく終わったのだ。

エリーゼは涙に濡れた瞳で彼を見上げ、震えながら微笑む。

「……おかえりなさい、エド。どんなに危険でも、私は貴方の傍にいたいわ。……どうぞもう、いなくならないで」

生きてくれているだけで嬉しい。そう感じたのは本当だ。だけど再会してしまえば、エリーゼはもう、彼に会えない日々には戻りたくなかった。

アルフォンスは翡翠の瞳を安堵と情愛で満たし、エリーゼに微笑み返す。

「……もちろんだよ、エリー。君を守り、永久に愛すると約束しただろう？　君が許す限り、俺は一生、傍にいるよ」

望んだ答えは酷く甘く耳に響き、彼がそっと顔を寄せると、エリーゼは目を閉じた。

柔らかな感触が唇に触れ、エリーゼは初恋の青年と、初めての口づけを交わした。

ふっと唇を離すと、彼は涙が滲んだ目尻にもチュッと口づけ、ため息交じりにエリーゼを抱擁する。

いきなり自分の家の庭で戦いが始まり、混乱していたエリーゼは、ここで我に返った。周囲に人がいる気配がして、目を向ければ、アルフォンスの部下と思しき者たちが互いに向けて魔法をかけ合っている。

皆上官の本当の姿を知っていたのか、驚いた顔をしている者はなく、女性と密着している姿を物珍しそうにちらちらと横目に見ていた。

エリーゼは大勢の前でキスをしてしまったのだと気づき、頬を真っ赤に染める。なおも自分を抱き締めているアルフォンスに声をかけた。

「あの……っ、えっと、エド……じゃなくて、アルフォンス様と呼んだ方がいいのかしら。その、皆さんが……いるから……」

そろそろ離して――と小声でお願いすると、エリーゼの襟足あたりに顔をうずめ、体温を味わっ

ていたアルフォンスが顔を上げる。

「……名前はどっちでも、君の好きな方で呼んでくれたらいいよ。対外的には、新しい名で通してるけど……。そうだね、仕事しないとね」

彼は億劫（おっくう）そうに呟くと、やっとエリーゼを離し、杖を掲げる。

頃合いを見計らっていたのだろう。少し離れた位置で戦っていたブルクハルトが、呪文を唱える彼に忌々しそうに話しかけた。

「……お前、俺たちまでひとまとめにして倒すつもりだったろう……！」

エリーゼは何の話かしらと首を傾げる。

アルフォンスはいつもの爽やかな笑みを浮かべ、肩を竦めた。

「王宮魔法使いなら、呪文を聞いて即座に防御魔法を展開できる能力はあると見込んでいただけだよ。見ろ、誰一人失神していない。素晴らしい部下たちだ」

確かに、アルフォンスの部下たちは全員意識を保っていた。だけど皆ふらついていて、それを治すために、お互いに魔法をかけ合っているようだ。

皆から戦々恐々とした視線を注がれたアルフォンスは、にこっと笑って全員を見渡す。

「治癒魔法をかけてほしい者はあるか？」

上官の計らいに、彼らはなぜか一斉に青ざめ、ぶんぶんと首を振った。

どうやらアルフォンスは、割と恐れられている上官のようだった。

あとになって、エリーゼは彼がどんな魔法を使ったのか知り、部下たちの反応も無理はないと思った。

彼が使ったのは、文字通り一時的に対象の息の根をとめ、意識を失わせるかなり乱暴な魔法だったのだ。しかもその魔法を行使する対象は、通常一人に絞られる。アルフォンスのように不特定多数に行使するのは難易度が高く、危険すぎるとして、禁じられた魔法の使い方だったらしい。

非常事態だったので、特にお咎めはなかったが、操られていなかった会場の人々もまとめて失神していたので、エリーゼは何もなくて良かったとひっそりと安堵したのだった。

二

魔薬や煙草使用者に宿っていた微細な魔力は、テュルキス王国王妃カテリーナ自身の魔力だった。カテリーナは魔薬や煙草を吸った者に己の魔力を取り込ませ、自在に操る魔法をかけていたのだ。魔薬を摂取した者たちに宿った魔力が増減したのは、カテリーナが自身の魔力をどれほど注げるか調整していたと見られる。

その過程で、カテリーナは『目くらましの魔法』が崩れたエリーゼも見つけ、視界を奪う魔法を密やかにかけた。騒動のあと、宴の後片付けを一緒にしていたエリーゼが、フローライトの指輪を貰った時にカテリーナの声を聞いた気がすると話していたので、そこでかけられたのだろう。

カテリーナの魔法はエリーゼがエドの名を呼んだ瞬間、発動するようセットされ、ミュラー侯爵邸にてアルフォンスは見つかった。

百名を超える出席者がいる宴で起きた自身の因縁を巡る騒動の収集をつけるため、アルフォンスは地道に参加者の記憶を魔法によって消去して回っていた。その作業も、ようやく終わろうとしている。

この日、アルフォンスは最後に記憶を消す予定である、ミュラー侯爵家の人々のもとを訪れていた。

図書室の暖炉を囲んだ椅子に、ミュラー侯爵一家はそれぞれ腰を下ろしている。エリーゼは暖炉手前の一人がけの椅子の一つに座り、その隣にアンネが座っていた。ミュラー侯爵は彼女たちの向かいにあたる反対方向の一人がけの椅子に座り、バルバラはアルフォンスの真正面、長椅子の中央に腰を据えていた。

彼らの前に立ったアルフォンスは、記憶を消す前に顚末（てんまつ）を説明する。

「というわけで、私はテュルキス国王の庶子であり、長年カテリーナ王妃には命を狙われて参りました。ですが今回の騒動で、カテリーナ王妃が魔薬の違法製造に関わり、その薬により多数の命を危険に晒したこと、また魔薬使用者たちを操り、殺人まで犯そうとした記録が多数残り、これにより彼女は処断される運びとなりました」

アルフォンスがテュルキス王国国王の子だったと知らなかったエリーゼは、ここに至るまでの長い物語に目を丸くし、口を押さえる。

「それじゃあ……昔私とエドが乗っていた馬車を襲うよう命じていたのも、カテリーナ王妃殿下だったの……？」

アルフォンスは眉尻を下げ、深く頭を下げる。

「ああ。……君を危険な目に遭わせて、本当に申し訳ない」

エリーゼは慌てて首を振った。

「いいえ、貴方が悪いわけじゃないもの。謝る必要なんてないわ」

アルフォンスは苦笑する。

「だけど、君のご家族にも申し訳ないからね。俺が傍にいたせいで、君の命を危険に晒したのは事実だ」

難しい顔で話を聞いていたミュラー侯爵は、アルフォンスの言葉を否定せず、尋ねる。

「それで、今後君やエリーゼが危険に晒される可能性はなくなったのかな……？」

アルフォンスはやや額に汗を滲ませ、笑みを浮かべた。ここで彼を安心させなくては、エリーゼとの結婚を反対されかねない。

「はい。ブロンセ王家はテュルキス王家に対し、厳正なる処分を下すようにと異例の要望を出しました。今回カテリーナ王妃は、私情によりブロンセ王国、マルモア王国、テュルキス王国の三国を巻き込んだ騒動を起こしています。ブロンセ国王も事の重大さを理解し、カテリーナ王妃は向こう千年『凍結の魔法』がかけられることとなりました。カテリーナ王妃が表舞台に出ることも、私やエリーゼ嬢の命を狙うことも完全に不可能になるとお約束致します」

『凍結の魔法』は生命維持装置ではない。凍結されている間に歳を取り、寿命は来る。カテリーナは氷の中で朽ち、命が潰えたと判断された時、魔法が解かれる。

残酷な内容になるため、アルフォンスは詳細を省いて説明した。

ミュラー侯爵は安堵し、アンネが残念そうに眉尻を下げる。

「でも、私たちの記憶は消す必要はないのじゃない？　宴に参加した方たちはアルフォンス様のご事情も知らないわけだから、急にヨハン様やお母様がおかしくなったと思って変な噂を広めてしまうかもしれないけれど、私たちは違うもの」

本来、魔法で記憶に触れるのは禁忌だった。しかし今回は複数の国が関わる騒動。特に魔法が普及していないマルモア王国では、カテリーナに操られた者たちの様子は、理解の範疇を超えているだろう。操られただけの者が〝突然他人を襲う危険人物〟扱いされる可能性は高い。

ブロンセ王家は、この騒動で不遇を舐める者が出ないよう、特例として記憶操作の指示を出した。

魔薬や煙草の危険性を認知しようとしなかったマルモア王国政府も、ブロンセ王国側の懸念は理解し、記憶操作の許可を出した。併せてマルモア王国内で出回っている煙草や魔薬の危険性も認め、回収と使用禁止のお触れが速やかに交付されている。

記憶を消されたくないとアンネに言われ、アルフォンスが思案していると、一人不機嫌そうだったバルバラが口を挟んだ。

「私は記憶なんて残さなくて結構よ。本当に、魔法使いと関わると碌なことにならないんだから。私が殺人鬼のようにナイフを振り回すなんて、本当ならあり得ないのよ！」

ヨハンが魔薬や煙草の売買に手を染めていると把握した時、アルフォンスはミュラー侯爵家の人々が関わっていないかアークに確認させた。本来なら微細な魔力が宿っているか嗅覚で確認し、判断するが、ミュラー家にはヨハンが出入りしすぎて、あちこちに魔力が漂っていた。そのためアークは視覚で調査し、ミュラー侯爵家の人たちは大丈夫だと報告した。

これにより見過ごされたのが、バルバラだ。彼女は痩せる美容薬だと紹介され、ヨハンから魔薬を買っていた。ヨハンが絶対にアンネと結婚できると豪語していたのも、これがあったせいだ。

彼は魔薬の依存性を知っており、バルバラが遠からず薬がなくては生きていけなくなり、ヨハンに従うしかなくなるとわかっていたのだ。

ミュラー侯爵家で唯一魔薬に手を染め、カテリーナに操られていたバルバラは、両手で顔を覆う。

「ああ、嫌だ……っ。魔法使いの子がいる貴方となんて、結婚するんじゃなかった……！」

もはや愛はどこにもないのだろう。子供の前で堂々と結婚を後悔していると言われたミュラー侯爵は、ため息を一つ吐いた。

「そうか。エリーゼに非は全くないけれど、君にとって私は良い夫ではなかった。それは認めるよ。……すまなかった」

バルバラは全くその通りだと言いたげな鋭い目でミュラー侯爵を睨み、アンネはそんな母から視線を逸らす。

何も知らされず慈しまれて育ったアンネは、宴のあと、全てを教えられていた。

バルバラの散財によって生家は経済的に火の車になり、エックハルト男爵家の援助を得るためにエリーゼが婚約したこと。これまでエリーゼはバルバラに折檻されて育ち、目を覚ました父親はそれを知って二人は完全に不仲になったこと。

ヨハンは侯爵の座を得るために、アンネに近づき、口説いていたこと。

そのヨハンの生家は今回の騒動の源となった魔薬と同成分である煙草を裏事業で手広く売買しており、それ故に潤沢な資金があったこと。

エックハルト男爵家は、マルモア王国政府により裏事業を完全に禁じられる運びとなり、大打撃を受けている。

もともと貿易事業で成り上がった一家だが、労働は一般階級の者が成すものと考える貴族社会の思想に寄り添い、本業は縮小していた。バルバラに大盤振る舞いできていたのは、裏事業による利益があるからだった。その収入が絶たれた今、エックハルト男爵家は領地運用と小規模な本業でなんとかやっていけるとはいえ、これまでのような贅沢は許されなくなった。

おまけにアルフォンスらからの詳細な報告により、不正に利益を上げていた事実が明るみになり、エックハルト男爵家は遠からず罰せられる。

これを受け、ミュラー侯爵は犯罪者一家とは縁を結べないとして、先方との縁談を破棄した。そしてアンネに対し、全てを伝えたのだ。

ヨハンへの恋心は既になくなっていたアンネは、ヨハンが犯罪に加担していたと聞いて驚きはしたが、ショックはないようだった。むしろ母親が姉を折檻していたことの方に衝撃を受け、現在母親とは口もきいていないとか。

どうしてお姉様をいじめていたのと問い質され、バルバラはこれまで隠していた気性の荒さをアンネにも見せてしまったらしい。そこから完全に一線を引かれた。

宴のあと、アルフォンスはあちこちで記憶を消す作業をしながら時折エリーゼの顔を見に行き、そんな内情を知らされていた。

奔放の限りを尽くしてきたバルバラは、ふんと顔を背ける。

「さあ、さっさと私の記憶を消してちょうだい。なんならこの男と結婚していた記憶ごと全部消してくださっても結構よ……っ」

アルフォンスは苦笑する。

「そこまで消すと、貴女はご自身を二十代の独身令嬢だと認識してしまうので……。ですが他の皆さんはどうですか。記憶を残したい方はいますか？」

他の参加者たちには、アンネがアルミンとダンスをするところまでは記憶を残し、その後はつつがなく宴が終わったと記憶をいじっていた。

そういう記憶になりたくない者はいるかと確認すると、バルバラを除く全員が手を挙げ、エリーゼが眉尻を下げて微笑む。

「確かにいい思い出ではないけれど、貴方との思い出は全部残しておきたいの。ずっと離れていたし、全部大事にしたいのよ」

自分を想う彼女の気持ちがじんわりと伝わり、アルフォンスは目を細めた。

エリーゼに対し、アルフォンスに守られていた姿は物語の一場面のようだったと熱く語っていたアンネは、瞳を輝かせる。

「そうね。お姉様が守られているところは絶対に覚えておきたいわ」

ミュラー侯爵は何も言わず、眼差しで自らも同じ気持ちだと答える。

アルフォンスは頷き、ひとまずバルバラの記憶を操作した。杖先を向け、魔法をかける。光の粒子に包まれたバルバラは、とさっと背凭(せもた)れに身を預け、寝息を立て始めた。

「……お母様……大丈夫なの？」

さすがにアンネが心配そうにするも、アルフォンスは落ち着いた声音で答えた。

「大丈夫だよ。記憶をいじると、脳が疲弊するから、半時ほど寝てしまうんだ」

ひとまず必要な作業を終えたアルフォンスは、全員に対し頭を下げる。

「このたびは、私に纏わる因縁に巻き込んでしまい、心からお詫び申し上げます。ブロンセ王室より、縁者に限り、記憶を残しても良いと許可を得ております。今回、皆様とベッカー侯爵一家のみ、記憶を残しております。どうぞ、お忘れなきよう」

アンネは何もわかっていない顔で頷くも、エリーゼとミュラー侯爵は縁者の一言に目を瞬かせた。

アルフォンスは今回、エリーゼは自身の将来の伴侶であり、ベッカー侯爵一家の内、アルミンは将来アンネの夫に収まる——そういう理解で全員の記憶を残した。多少時系列は前後するが、ブルクハルトの協力で簡単にその辺りは丸め込める。

アルフォンスが顔を上げてにこっと笑うと、エリーゼはぽっと頰を染め、ミュラー侯爵はそんな娘を見て、やんわりと微笑んだ。

三

太陽が地平線へ沈みかけ、空が鮮やかなオレンジに染まる頃——エリーゼはブロンセ王国の王都シルトにある花園を散策していた。

季節はすっかり夏で、花園は太陽が沈んだ涼しい時間帯の方が散策を楽しめる。魔道具が多く流通したブロンセ王国では、照明器具も発達し、真夜中もライトアップされた園内を歩けた。

ミュラー侯爵邸で騒動が起きてから、二か月が経過していた。

あれからエリーゼはアルフォンスと交際を開始し、時折彼に招かれて、ブロンセ王国を訪れている。初めて訪ねた際は、彼の育ての親であるブランシュ公爵夫妻に挨拶をさせてもらい、顔合わせも済ませていた。

ブランシュ公爵夫妻はとても朗らかな人たちで、会うたびエリーゼを歓待してくれる。なんでもアルフォンスが女性を家に招いたのはエリーゼが初めてだそうで、密かに結婚相手が決まらないのではと憂えていたのだとか。

一緒に茶を楽しんでいた際、そんな話を聞かされ、アルフォンスはばつが悪そうな顔をした。そしてずっとエリーゼが好きで忘れられなかったのだと出会った頃からの話をし、ブランシュ公爵夫妻は感激していた。夫人など、初恋が実ったのねと涙ぐんでいた。

バルバラに対して常に上辺の笑顔で接してきたエリーゼは、育ての親の前で包み隠さず己の話をするアルフォンスに驚き、少し羨ましくなった。それは、彼が素の自分を見せられる環境で育った証拠だ。

カテリーナに狙われている彼を、危険を承知で受け入れたくらい懐の深い人たちなのだから、信頼をおくのも当然とは思う。彼の最初の育ての親である、デューリンガー侯爵夫妻もきっと同様だったろう。

だからこそアルフォンスは鷹揚で優しいのだし、エリーゼはそんな彼だから恋をしたのだ。

命を狙われ続けたアルフォンスが、家では幸福だったのだと思うと、エリーゼは彼を大事に育ててくれた人々に感謝の気持ちを抱いた。

「今日は、ご両親と一緒にお食事をする?」

整然と並べられた敷石の上をゆったり歩きながら、薔薇の花を眺めていたエリーゼが何気なく尋ねる。腰に届く白い髪を背にさらりと垂らしたエリーゼが纏うのは、アルフォンスから贈られたローズカラーのバッスルドレスだ。オーバースカートの下からは幾重にも重ねられたレースが覗き、上品ながらとても豪華なデザインである。

彼が贈ってくれるドレスは非常に高価そうで、エリーゼは毎回嬉しいけれど恐縮した。それに彼はエックハルト男爵家との縁談が破談になり、立ちいかなくなると思われたミュラー侯爵家への援助もしてくれた。

彼曰く、エリーゼの命を二度も危険に晒したのだから、これくらいは当然なのだとか。

おかげで家族も以前と変わらず平穏に生活でき、エリーゼは大変ありがたいが、どうお返しをすればいいのかわからない。

そんな気持ちを口にすれば、彼はにこっと笑って『じゃあ、デートしてくれたらいいよ』といつかと同じセリフを返すのだ。

自分に甘すぎる恋人を見上げると、彼は翡翠の瞳を細めた。

「今夜は二人で食事をしようか。両親にもそう伝えてるし」

今日のアルフォンスは、銀糸の刺繍で彩られた、爽やかな青の上下を着ていた。さらりと掻き上げた髪は、幼い頃エリーゼが目を奪われた夕陽色だ。

カテリーナが『凍結の魔法』をかけられて処罰されてから、彼はエリーゼの前では昔の姿を見せてくれるようになった。同僚や公の場では黒髪と紫の目に戻るが、魔法を使わぬ素の状態の方がやはり楽なのだそうだ。

幼少期の面影はあれど、凛々しく成長したアルフォンスは、元の姿でも十二分に恰好いい。

目が合うだけでちょっと見惚れてしまい、ぼんやりしていると、アルフォンスは首を傾げた。

「エリー？　聞いてる？」

ブランシュ公爵夫妻は割とお年を召しているので、夕食の時間が少し早い。共に食事をするならそろそろ帰らねばと考えていたエリーゼは、我に返って頷いた。

「あ……っ、ええ。それじゃあゆっくり散策できるわね」

アルフォンスはふっと笑い、エリーゼの腰に手を添える。

「何考えてたの？　また妹の心配でもしてた？　そうだ、アルミン君はどうしてるかな？」

彼の両親について考えていたエリーゼは、言われて最近の妹とアルミンの姿を脳裏に描く。

アンネは今、アルミンとちょっといい雰囲気だった。体調も割と良く、時折社交の場に顔を出しては大勢の異性に取り囲まれ、同伴したエリーゼのところに助けを求めて逃げてくる。

浮気者のヨハンに恋をして手酷い目に遭ったので、まだ次の恋をする準備はできていないようなのだ。

だがアルミンにだけは気を許していて、ミュラー侯爵邸を訪れた彼と過ごす妹の表情は、社交場とは雲泥の差で輝いていた。

「二人とも相変わらずよ。アルミンはアンネが誰かに取られやしないか、冷や冷やしているみたいだけれど」

社交場でのアンネを見られない未成年のアルミンは、自分こそが可愛いアンネを誰よりも見ているとは知らない。そう話すとアルフォンスは、ははっと笑った。

「元気そうなら良かった。母親と離れて、寂しさから体調を崩すのではと少し心配してたから」

エリーゼは家族まで気にかけてくれる恋人に、微笑んだ。

「そうね。私も元気がなくなるんじゃないかと思ってたけど、アルミンが毎日来てくれるから、平気みたい」

父とバルバラは、結局あれからすぐに離婚してしまった。エリーゼは父に結婚生活を耐えろと言ったが、バルバラの方がもういいと出て行ったのだ。

やはり自分を愛していない男性と一緒に生活するのは嫌なのか、それとも父が正気に戻り、自由にお金が使えなくなったからかは定かでない。離婚するならアンネは連れて行くと豪語していた彼女は、実際には一人で実家に戻った。

アンネが、同行を拒否したのだ。

エリーゼはいつまでもアンネを幼子のように思い、無意識にずっと庇護せねばと考えていたけれど、彼女は成人している。法的にも、両親が離婚した際、成人した子供がどちらの姓を名乗るかは当人の意向が尊重されると定められていて、アンネは望み通り、ミュラー侯爵家に残ったのである。

といっても、これまでさんざん甘やかして育てられた娘である。姉を折檻していたと知って拒絶したとはいえ、母がいなくなれば寂しくなり、寝込むのではと憂えていた。

ところが案外に彼女はしっかりしていて、一人で立つために新たに講師をつけ、アルミンに助けてもらいながら勉強も頑張り始めていた。

そんな逞しいアンネと優しいアルミンの様子を伝えると、アルフォンスは安堵した表情になる。

「それは良かった。母親がいなくなって寝込むなら、当分君も手放してくれないかと危惧していたんだ。アルミン君がいれば、俺が君を取り上げてしまっても平気かな」

「……え？」

ふと気づけば、エリーゼは花園の奥にある、最も景色の良い湖の前まで来ていた。陽は沈み、空は幻想的な紫と藍色に染まっている。ふわふわと宙に浮く魔法の灯籠(とうろう)があちこちで灯り始め、星明かりのようだった。

辺りを見回せば図ったように誰もおらず、エリーゼはドキッとしてアルフォンスを見上げる。

彼は真剣な眼差しをエリーゼに注ぎ、目の前ですっと片膝を突いた。

「ア、アルフォンス様……?」

周囲が混乱しないよう、エリーゼは今、彼を新たな名で呼んでいる。それはデューリンガー侯爵が与えた名らしく、どことなく彼もそちらの方が気に入っている雰囲気だ。

声をかけると、アルフォンスはエリーゼの左手を取った。何が始まるのか予感はあれど、心の準備をしていなかったエリーゼは、どきどきと鼓動を乱し、瞳を揺らす。

彼は真面目な表情でまっすぐにこちらを見つめ、静かに告げた。

「……エリーゼ。永久に貴女を守り、愛すると誓う。だからどうか——これからは俺の妻として、共に生きてくれないだろうか」

「……アルフォンス様……」

婚約も結ぶ前に結婚の申し込みをされ、エリーゼは驚きすぎて、唇を震わせた。

彼は緊張し切ったエリーゼの薬指に、光り輝く新たな指輪をすっとはめる。それは大粒のダイヤモンドに見えた。豪華すぎるそれにも、この事態にもエリーゼは動転し、声が出なかった。

アルフォンスは改めてエリーゼを見上げ、言葉を重ねた。

「エリーゼ、必ず君を幸せにすると約束するよ。結婚しよう」

狼狽している場合ではない。心臓は激しく鼓動を打ち、嬉しすぎて吐息も指先も震えていたが、エリーゼは必死に空気を吸い、答えた。

「……はい。貴方と生涯を共にすると、誓います」

アルフォンスは瞳を輝かせ、立ち上がる。エリーゼを懐深く抱き寄せ、彼もまた喜びに震える声で囁いた。

「愛してるよ、エリーゼ。出会ったあの頃から、ずっと」

「私も……貴方が誰より大好きよ」

アルフォンスは軽く身を離し、エリーゼの顔を覗き込む。はにかんで笑ったエリーゼを愛おしげに見つめ、彼は恋情に染まる目を細めて、唇を重ねた。

気がついたら婚約者が妹とできていて悪女のそしりを受けています

著者　鬼頭香月　© KOUDUKI KITOU

2023年3月5日　初版発行

発行人　藤居幸嗣

発行所　株式会社 J パブリッシング
〒102-0073　東京都千代田区九段北3-2-5 5F
TEL 03-3288-7907　FAX 03-3288-7880

製版　サンシン企画

印刷所　中央精版印刷株式会社

ISBN:978-4-86669-544-0
Printed in JAPAN